光文社文庫

夢みる葦笛

上田早《さ》夕《ゆ》里《り》

光　文　社

目次

夢みる葦笛

ショーウィンドウの向こうには、もう夏が来ていた。二〇〇九年の新作サマードレスが、華やかな色とデザインで私を誘う。素敵だけれど少し丈が長い。背が高ければ似合うのにと思いながら、店の前を通り過ぎた。

緑の香りに満ちた風が心地よかった。歩道側から見える展示スペースには、夏服だけでなく、帽子や鞄も並んでいる。頭の中で金額を合計して溜息をつく。華やかな生活から身を退いて随分経った。贅沢をしてきたわけではないが、昔は、もっと積極的にお金を使っていた。バンドのコンテストに出るために、レコード会社の人と打ち合わせをするために、お金を惜しまなかった時代がある。でも、期待に満ちた慌ただしい日々は、すぐに終わってしまった。気がつけば、すべては幻のように消えていた。自分から終わらせたつもりはなかったが、無意識のうちに分岐路を選んでいたのかもしれない。刺激がない代わりに危険もない、平穏な日々が続く道を。

洋菓子店でクッキーを買い、大通りまで出たとき、奇妙なものが目に飛び込んできた。客寄せ用の着ぐるみに見えた。通行人の誰もが、驚きや好奇心を顔に浮かべて相手に道を譲っている。そんなに吃驚《びっくり》するものなのかと訝しく感じたが、近くまで寄ってみると、皆と同じように声をあげてしまった。

人型の白いモノが、ふらふらと揺れるように歩いている。顔には目も鼻も口もない。頭のてっぺんから、何十本も長い触手が垂れ下がっている。「頭がイソギンチャクになった人」とでも形容すればいいのか。背丈は百七十センチメートルほど。触手も体も真っ白だ。レオタードを着ているのかと思ったが、透明感と艶のある色合いは生き物の肌に酷似している。人工物だとすれば、私が見たこともない新素材なのだろう。

体の表面に凹凸はなかった。ひょろりと長い手足と痩せた胸は、性別も年齢も感じさせない。新顔のパフォーマーか、TVの悪戯番組か。奇妙な外見で人々の興味をひき、気の利いた芸でも始めるのだろうか。

イソギンチャク人間は街路樹の下で立ち止まり、長い触手を持ちあげて、ゆっくりと擦り合わせた。

鈴を振るような甲高い音色と、低く滑らかな弦の音が響き渡った。

音の波が私の体を包み込み、穏やかに皮膚を撫でさする。足元がふわりと浮くような感覚に襲われた。舌の上に蜂蜜が数滴落ちてきたような甘味を覚えた。何とも表現しがたい懐かしさが胸に溢れる。痺れるような快感が肌の上をゆっくりと這っていった。二つの音は絡み合って音楽を奏で始めた。聴いたこともない曲だった。それなのに、ずっと昔から知っていたような気がする。

通行人はイソギンチャクの周囲に集まり、憑かれたように演奏に聴き入っていた。やめろと言ったり、野次を飛ばしたりする人間はいなかった。

イソギンチャクの頭部に、輪を描くように小さな唇がいくつも現れた。愛らしく唇を開き、温かみのある音をとろりと溢れさせる。それは楽器の音というよりも、人間の肉声に近かった。叙情的な旋律に意味不明の歌詞が乗る。日本語でも英語でもない、呪文のような言葉だった。

瞬間、私の中で何かが弾けた。快感は苦痛に、温かさは冷たさに、柔らかさは刺々しさに変わり、すべてがくるりと反転した。

恐ろしさのあまり体が震え出した。体の奥で様子を見ていた本能が、これまでの感動を全力で否定し、憎悪と反発という形で私に警告を発した。

この曲は、人間の精神を削り取っている。

木材に鉋《かんな》をあてて静かに引くように、人間から、大切なものを削ぎ落とそうとしていると。

ふいに別の歌声が背後から響いた。振り返ると、もう一体イソギンチャクがいて、こちらに合わせて歌っていた。

二つの声が艶めかしく絡み合い、調和する。

二重唱は三重唱になった。声に引き寄せられたのか、いつのまにか、もう一体イソギンチャクが増えていた。

誰かが「新手の演奏ロボットのデモやろか」とつぶやいた。最近のロボット技術の発展は目覚ましい。コンピュータが合成する人間の歌声は、随分前から肉声に近づいている。だとしても、このイソギンチャクの声の滑らかさは異常だ。

私は、あとずさりして、その場から逃げ出した。なぜ、皆が、この曲を平気で聴けるのかわからなかった。人間の本能を破壊するような音楽、人間から自由意思を奪うようなこの曲を。

歌に聴き惚れる人々を残したまま、私は汗が噴き出すのも厭わず、通りを駆け続けた。

心斎橋《しんさいばし》のクラブまで辿り着くと、私は階段を降りて、地下一階の店の扉を開いた。

夕食の時間帯だったが席はまだ半分あいていた。カウンターではなく、ふたりがけのテーブル席を選んだ。店員には「あとで友人が来るので相席にしないで欲しい」と頼み、飲み物と軽食を注文した。

店内には低いボリュームで音楽が流れていた。メロディーラインの美しい古い時代のロックだ。イソギンチャクの怪物に荒らされた心が、ゆっくりと癒されていく。炭酸の利いた飲み物を味わっていると、ようやく気分が落ち着いた。

客の年齢層は高かった。若い客はあまりいない。ハイボールを啜っているうちに、ステージにバンドのメンバーが現れた。響子《きようこ》もそこにいた。目が合ったので軽く手を振ると、彼女は私に向かって微笑み、「あとでね」という形に唇を動かしてキーボードの前に座った。

ボーカリストは四十歳ぐらいの男性だった。客の入りが八割ぐらいになった頃、ステージから印象的な和音が鳴り響いた。今日はビートルズの特集で、私の好きな曲が次々と流れ始めた。ボーカリストはなかなかの美声だった。長く、丁寧に歌い続けてきた人なのだろう。響子は演奏に専念し、口元をぎゅっと閉じたままだった。

歌わない響子を見るのは初めてだった。私が知っている響子は、叩きつけるようなリズムに乗って、がんがん歌い続ける激しいロックシンガーで、だから借りてきた猫みたいにちょこんと椅子に座り、冷静に鍵盤に指先を走らせているだけの姿には、意外というよりも少しショックを覚えた。

けれども、その場にいること自体はとても楽しそうに見えた。音に乗って弾む感情が、私のところまで伝わってくる。

曲は最後までカバーばかりで、オリジナルは一曲もなかった。演奏が終わると響子はステージから降り、私のテーブルに近づいてきた。向かいの席に座り、店員にマンゴージュースを頼んだ。

私は「これ、お土産」と言って、クッキーの箱が入った紙袋を手渡した。響子の歓声は風邪をひいたときのように擦れていた。「来てくれてありがとう」

「いつからここにいるの」

「二年ぐらい前かな」

「歌わないの」

「うん。演奏だけ」

「物足りないでしょう」

「ちょっとね。でも、ボーカルのあきが見つからなくて」

それ以上訊ねる勇気がなかったので私は話題を変えた。「ここはカバーだけ?」

「そう。しかも、七〇年代までの曲に限定。亜紀《あき》は、いま何をやってるの」

「DTM。わかるかな」

「コンピュータで音楽を作るやつ」

「〈AMS〉を買っちゃった。コンピュータとセットで」

「すごい。じゃあ、本格的にやってるんじゃない」

「まだまだよ。〈AMS〉は機能が豊富な分、調整が大変なの」

そのとき、私たちのテーブルに白髪の見知らぬ男性が近づいてきた。青みを帯びたジャケットに細身のパンツを合わせ、オープンカラーのシャツの内側には、幾何学模様が描かれたアスコットスカーフ。

老紳士は私に会釈すると、少し身を屈め、響子の耳元で何事か囁いた。

響子はうなずくと席から立ちあがった。隣のテーブルと椅子を引っぱってきて、彼のために席を作った。店員が、グラスのふちに緑色の果実を載せた飲み物を置いていった。

「お話し中のところ誠に申し訳ありません」老紳士は私に向かって丁寧に頭を下げた。どこか具合でも悪いのか、ひどく、ゆっくりとした動作だった。

響子が言った。「こちらは菅埜《すがの》さんと仰るの。私の古くからの知り合いで、仕事はボイストレーナー」

私と響子がバンドを始める前から、お世話になっていた方だという。

「菅埜さんは、元は音大の先生で……」

「じゃあ、クラシック系の」

「そう」

響子の声がいいのは、この人に育てられたからだろうか。

私が尊敬の念を込めて見つめると、菅埜さんは照れくさそうな表情を浮かべた。「響子さんのコーチをしていたのは、ご両親とご縁があったからです。音大を受験してもらうためではなかったし、プロの歌手になってもらうためでもなかった。響子さんが音楽を好きになってくれれば、私はそれだけで充分でした」

ライムソーダに口をつけてから、菅埜さんは私に向かって言った。「天海《あまみ》さんは、以前、響子さんとバンドをやっておられたそうですね」

「はい。十代の終わりから二十代の初めまで」

「かなり、いいところまでいったとか」

「いいと言ってもアマチュアです。地方のコンテストで賞をもらったり、ライブハウスでやったりしましたが、社会人になってからは続かなくて。結局解散です」

「その頃は、亜紀と一緒に歌っていたのよ」と響子は言った。「女の子ふたりがハモりながらロックを歌うっていうのが、うちのバンドのうりだった」

私は微笑しながら首を左右に振った。「うまかったのは響子だけです。私は若さにまかせて歌っていただけで」

「でも、亜紀には作曲の才能があった。いつもオリジナルを歌えたから、あの頃は本当に楽しかったわ」

私がDTM——デスクトップ・ミュージックに移行したことを、響子は菅埜さんに話した。菅埜さんもその方面に興味があるのか、私に訊ねてきた。「ソフトは何をお使いですか」

「〈AMS〉です」

「本格的にやっておられるんですね」

「生の音に近くないと飽きてしまうので。お金がかかっても、いい音を扱えるソフトが欲しくて」

DTMは、作曲から演奏までを、すべてコンピュータで制御する。電子音源を楽器の音のように鳴らし、音声ライブラリからのサンプリングで人間の歌声を作り出す。〈AMS〉は、演奏ソフトと合成音声システムがセットになっているので値が張るソフトだ。高スペックのパソコンでないとスムーズに動かない。だから気軽に買える商品ではないが、プリセットの音源と合成音声システムの性能が桁外れにいいので、私は大枚をはたいて買った。

ヤマハのボーカロイドと違って〈AMS〉は公式キャラクターを持たない。だが声質調整の自由度が高いので、自分だけの歌手《オリジナル・バーチャルシンガー》と、彼／彼女を支えるバンドを作ることができる。〈AMS〉は、クラシック系の男女混声七重唱すら楽々と作り出してしまうほどのシステムなのだ。

菅埜さんが訊ねた。「作った曲はどこに」

「DTMクリエイターの専門サイトにアップしています。作品の売り買いは、サイト側が決済を代行してくれるのでとても便利で」

「そういうところはプロも紛れ込んでいると耳にしたことがあります。ちょっと、すごいことになっているそうですね」

「菅埜さんも興味がおありですか」

「音楽のことは、なんでも気になるのですよ」

私たちは、しばらく、たわいもない会話を続けた。菅埜さんは、寝ても覚めても音楽のことを考えているような人に見えた。

二回目の演奏時間が近づいてきたので響子は席を離れた。菅埜さんも一緒に立つのかと思ったが動かなかった。私は「飲み物を追加しませんか」と声をかけた。

菅埜さんはそれを断り、代わりに切り出した。「響子さんは、天海さんとまた一緒にバンドをやれたらなあと、いつも私に言うんです」

意外だった。ずっとそう思っていたなら、これまでにも誘う機会はあったはずだ。バンドが解散してからもう五年以上経つ。その間、何の音沙汰もなかったのに。

「私は生演奏からは離れてしまったので」

「でも、作詞と作曲は続けているのでしょう。バンドの再結成とまではいかずとも、響子さんを慰めてあげてくれませんか」

「……響子は喉を痛めているんでしょうか」私は思い切って言ってみた。「すみません。本人には訊きづらいので。もし、菅埜さんが何かご存知でしたら」

「声帯を少し切っているのですよ」

「いつ」

「二年ほど前。新種の感染症です。喉全体に細菌の病巣が広がり、声帯も侵蝕されます。人によっては病巣部がガン化することもあるそうです。響子さんはそこまでは進行しませんでしたが、細菌の毒素で溶けた部分は切るしかなかったそうです」

近頃は地球の様子がすっかりおかしい、変な病気がどんどん生まれているんですよと言って、菅埜さんは溜息をついた。「ただ、幸い、歌うこと自体に問題はありません」

「よかった。それで、また、菅埜さんにトレーニングしてもらっているんですね」

「はい。音域は狭まっても、響子さんは相変わらず声がいい。失礼ですが、いまお仕事は」

「普通に会社勤めです。お給料がなければ〈AMS〉なんて買えませんから」

「ご家族は」

「ひとり暮らしです。両親は実家に」

「ならば自由に時間を使えるのはいまだけですね。響子さんの望みに応えてあげるなら、いましかない」

ステージで静かな曲が始まった。ゆったりと流れるピアノの伴奏に、ボーカリストの優しい声がかぶさっていく。丘の上に立つ愚か者の曲。

菅埜さんは少し身を乗り出すと、私の耳に届くように、しっかりとした声で言った。「〈AMS〉の音声ライブラリのひとつは響子さんの声から拾っています。ご存知でしたか」

私は息を呑んだ。「あれは企業秘密のはずでは」

「ええ。男声・女声ともに〈AMS〉の素材データの情報は非公開が原則です。プリセット、オプションを含めて、他の素材の出所は私も知りません。ただ〈AMS〉を開発するとき、企画部に響子さんを推薦したのは私なので」

バンドの解散と共に響子とは離れたと思っていた。なのに私は、それとは知らないうちに彼女の声を使い続けていたのか。自分のパソコンの中で毎日毎日。

菅埜さんは言った。「天海さんは、いまの世の中をどう思いますか」

「え？」

「人間というのは不自由な生き物です。幾らよりよく生きようとしても、愚かで下劣な部分が必ず足を引っぱる。しかし、そんな生き物であっても、その内側には信じられないほどの〈美〉を生み出す能力が隠されている。皮肉なことに、芸術は人間にしか作れないのです。そういう〈美〉のひとつとして〈音楽〉はある」

私は黙り込んだ。真意を測りかねて。

菅埜さんはポケットから名刺を出すと、こちらに差し出した。「響子さんは、時々私のところへ来ています。連絡が取れない場合にはこちらへ。私が出られなくても、代わりの者が対応します」

名刺には、西宮《にしのみや》市で始まる住所と電話番号が書かれていた。

フルートの音色に似た電子音が流れる中、菅埜さんは椅子から腰をあげた。痛みに襲われたように顔をしかめながら、ゆっくりと。「私は体調がすぐれませんので、これで失礼致します」

あの日見かけた白いイソギンチャクを、後日私は、別の場所でも目にするようになった。

キタの雑踏で、三宮《さんのみや》駅前の大通りで。元町《もとまち》の中華街の広場で、あずまやの前に腰をおろしているのを見て吃驚したこともある。その頃でもまだ人々は、「老祥記《ろうしょうき》の豚饅でも食べに来たんやろか」と笑っているほど呑気だった。その正体が何ひとつわからないというのに――ヒトに似た外見が、皆を油断させているとしか私には思えなかった。

彼らはどこからともなくふらりと現れ、音楽を演奏し終えるとすぐに姿を消した。ワゴン車に乗り込むところや、彼らをサポートしている人間も目撃された。世間では、どこかの匿名パフォーマーの演奏という認識が定着しつつあった。

全部で何人いるのか誰も知らなかった。素顔を見た人もいなかった。音楽を奏でる以外は何もしないので、お役所ではいまのところ放置している。職質や連行は、いろいろと面倒なのだろう。

悪いことをしないし大人しいので、最近では皆の人気者だ。パンやお菓子を片手に「これ食べない？」と声をかける人もいる。

食べ物を差し出されると、イソギンチャクは会釈するように長い胴体をくにゃりと曲げ、触手で食べ物を巻き取っていく。そして、頭のてっぺんから体の中へ、ゆっくりと収める。そんなところも、本物のイソギンチャクにそっくりだった。

女子高生などは、その外見から〈イソちゃん〉という愛称をつけ、彼らの音楽をコピーした音源を携帯電話の着信音にしているほどだった。大人たちは彼らを〈イソア〉と呼んだ。

サポートグループのひとりがTV局のリポーターにマイクを突きつけられたとき、そう呼んでやってくれと答えたからだ。

動画投稿サイトにも、イソアの画像や音声がどんどんアップされた。それで彼らが、日本だけでなく海外にもいるとわかった。

私は街角でイソアを見かけるたびに逃げ出した。美しい演奏、美しい歌声、皆がうっとりと聴き惚れる曲に私はどうしても馴染めなかった。そのうち、逃げているのは自分だけではないと気づいた。いつも、何人かが、苦り切った顔つきでイソアを睨んでいた。自分も、あんな歪んだ表情でイソアを見つめて逃げているのだろうかと思うと、あまりいい気持ちはしなかった。

心斎橋のクラブで再会して以来、響子とは昼間に会う機会も増えた。

響子はイソアを怖がらなかった。いつまでも聴き続けようとするので、その場から引き剝がすのが大変だった。

「どうして嫌なの」響子は私に訊ねた。「心が洗われるような気分にならない？」

「全然」私はどんどん先へ進みながら答えた。「むしろ気持ち悪い。どうして皆が平気なのか不思議よ」

響子は「あれは人間にとって理想的な音楽だと思うけどなあ」とつぶやいた。

私は返事をしなかった。

買い物につき合い、喫茶店で長話をするうちに、私は、バンド解散後の響子の身の上を知らされた。

響子の両親は、数年前に事故で亡くなったという。何も連絡を受けていなかったので驚いた。喪中葉書すら、もらわなかったからだ。

出す余裕もなかったの、と響子は淡々と話した。遺産相続を巡って実兄と――より正確に言うと、その背後にいた奥さんとの間に揉め事が起きたという。少し歳の離れた響子の兄は、会社を経営していたが、それがうまく立ち行かなくなっていた。響子の相続権を放棄させ、遺産を独占し、経営の赤字を埋めたいと考えても不思議ではない状況だったらしい。

いったん相続してから兄に貸すという方法もあった。だが、この不況下だ。貸した金が返ってくるとは、響子にはとうてい思えなかった。

徹底的に自分の権利を守るか、得て当然のものをすべて捨てるか。長い間悩んだ末、響子は捨てるほうを選んだ。兄夫婦は土下座して涙を流しながらお礼を言ったそうだが、後日、お寺での法事で親戚が集まったとき、響子は義姉らの内緒話を立ち聞きしてしまった。

『響子さんだって、いずれ結婚するわけでしょう。ちゃんとした相手を選べば、お金には困らないわよ。私たちと違って、若い人には未来があるんだから』

眩暈を覚えながら響子はその場から立ち去った。実はたいした赤字ではなかったのではないか、本当は別方面からの援助がきちんとあり、自分は遺産を丸取りされただけではないのかと思いながら。いまさら怒る気にはなれなかったが、ひどく脱力した。家族と他人の、両方の怖さを実感したという。

響子が喉を悪くし、菅埜さんとの交流が復活したのはその頃だった。菅埜さんは奥さんを亡くした直後で、長い間続いた介護生活で疲れ果てていた。家族を失った知り合い同士が音楽を核に結びつくのは早かった。魚が水を求めるように、響子は菅埜さんに惹きつけられていったのだ。

私が〈AMS〉で作っている曲を、響子は聴きたいとせがんだ。いまの自分の音域に合わせて新曲を作って欲しいとも言った。昔のようにロック系の歌を、と。

恋の溜息、人としての孤独や怒り、人生で最高の相手と巡り会えた喜び、理解し得ない者同士の苛立ちと悲しみ——。私が作る曲は、いつもそんな感情に彩られている。昔からそうだった。いまも変わらない。響子は昔のように気に入ってくれた。

アパートで歌った響子の声は、確かに前よりは艶が失われていた。だが、菅埜さんが言うように、まだまだいける感じがした。

「亜紀が設定しているバーチャルシンガーは、やっぱり女の子なのね」響子はパソコンのモニターを眺めながら言った。

「話は聞いた、菅埜さんから」と私は答えた。「選んだのは偶然よ。一番気に入った音声がこれだった。でも、これが響子の声だったなんて……」

「いいバイトだったの」響子は笑いながら、〈ＡＭＳ〉の音声出力を口真似してみせた。擦れたいまの声で。〈ＡＭＳ〉が吐き出す完璧な声よりも、私には、こちらのほうが魅力的に思えた。

響子は訊ねた。「この子の名前は」

「ルナ」

「月、という意味？」

「そう」

「凡庸。もっと凝ればいいのに」

「私が凝りたいのは、名前じゃなくて声質なの」

音源通りに歌わせるだけでは、オリジナルの歌手とは言えない。声の周波数を微妙に変え、個性を持たせることで、自分にしか作れないバーチャルシンガーを生み出せる。ときには音の歪みすらもが、より人間の声に近いニュアンスを付与してくれる。〈ＡＭＳ〉に嵌ったユーザーなら、誰でも熱心にやることだ。

音域が狭まった響子の生の声と、私が調整した音声ライブラリの響子の声。元は同じでありながら、別々の方向へ育った二つの歌声が私の中で共鳴する。

好きなのはどちら？

勿論、生の声のほうだ。

響子は〈AMS〉でイソアの曲をコピーして欲しいとも言った。あの曲に日本語の歌詞をつけて歌ってみたいから、と。

それだけは勘弁してと私は断った。

あの曲を聴くと、私の脳裏には奇妙な光景が浮かんでくる。青々とした草原で、無数の白いイソギンチャクたちがさわさわと風に吹かれ、鈴のような声で歌い合っている景色が。そこにあるのは穏やかな音楽だけだ。冷たくも美しい、ヒトのいない世界。私は自分の音楽を作るとき、そんな世界を思い浮かべたくはなかった。

狭いアパートの一室で、私たちは体を寄せ合い、十代の頃に戻ったように、いろんなお喋りに花を咲かせた。思い出話と、これからのこと、いまの気持ち。楽しいことや悲しいこと、興奮すること。

響子の肌は、以前と同じように、しっとりと柔らかく温かかった。

顔を近づけると、香水のようにいい匂いがした。

私がイソアの悪口を言うと、響子はいつも怒ったような顔をした。そんなことを言うなら、もう亜紀とは会わない、うちのクラブにも来ないでと、拗ねたような口のきき方をした。

私は気にしなかった。響子には前からそんなところがあった。気分だけで物を言う。傍目からは無茶苦茶な言い分のように聞こえるが、本人にとってはそれなりに筋の通った思考が背景にある。同性である私には、そのねじくれた複雑な心理がよくわかった。

だから、とがめたりはしなかった。

それなのに……。

八月、響子は突然、姿を消した。


ステージの予定表にバンドの名前はあるのに、演奏者一覧から彼女の名前が消えていた。携帯電話にかけてもつながらない。

いつものクラブへ行き、バンドのリーダーに事情を訊いてみた。すると「辞めたんだ」という答えが返ってきた。私は一瞬言葉に詰まった。「何か揉め事でも」

「いいや」と彼は答えた。「前々から抜けるとは聞かされていた。今年の年明けだったかな。お世話になった方が重い病気になったから、身の回りの手伝いをしたいと言ってたね。それじゃあ仕方がないなとなって、辞めてもらう日を決めたんだ」

今年の年明けということは、響子は自分がバンドを辞めるとわかったうえで私をクラブに招待したことになる。接点を持つ最後の機会と思ったのだろうか。「その方の名前はわかりますか」

「名前は知らないけれど、古い知り合いでボイストレーナーだとか」

私の知る範囲内では、それは菅埜さんしかいない。実際、彼はクラブで会ったときに、体がつらそうに見えた。

名刺に書かれていた番号にかけてみた。電話口に出たのはお手伝いさんだった。響子がそちらにお邪魔していませんかと訊ねると、いま、菅埜さんと一緒に暮らしていると教えてくれた。加えて、伝言があると言われた。

「いつでも都合のよい日にお越し下さい。響子さんも菅埜も、天海さんが来られるのを心待ちにしておりますので」


阪急電鉄で西宮まで出かけた。

菅埜さんの家は一戸建てだった。玄関のチャイムを鳴らすと、中から出てきた年配の女性が私を案内してくれた。私は六畳ほどの和室でひとり待った。

冷たい緑茶を頂きながら、遠くから聞こえてくる蟬の声をぼんやり聴き流していると、菅埜さんではなく響子が部屋に入ってきた。

しばらく見ないうちに響子は随分色白になっていた。夏ならば多少は日焼けしそうなのに妙に白さが目立っている。

「久しぶり」

「うん」

響子は座卓の向かいに腰をおろした。

私は訊ねた。「菅埜さんの具合はどう?」

「もうかなりいい。来月には起きあがれると思う」

「じゃあ、響子は、またバンドに戻るのね」

「いいえ」

「どうして」

「菅埜さんは病気じゃない、ちょっと変わるだけ。人間ではないものに」

私はしばらく沈黙していた。真夏だというのに体が急速に冷えていく。

予想が当たるのを耳にしたくないと思った。でも、それはこちらの都合など無視して訪れた。

響子は言った。「菅埜さんはイソアになる。私はその過程を見守って欲しいと頼まれた。変異の途中では無防備になるから」

「どういうことなの」

ガン幹細胞、という聞き慣れない言葉を響子は口にした。サポートグループから聞かされたと。「イソアの細胞は、それと似た働き方をするらしいの。イソアから採取した細胞を人間に植えつけると、人体の溶融と再構築が始まって、ヒトはイソアに変わる」

ヒトの性質を変えるためにイソアは作られたと響子は言った。どこで誰が作ったのかは知らない、気がついたら日本にもいた、サポートグループと共に。

「人間を変えるって、どういうこと」私が問い詰めると、響子はいつかの菅埜さんのように言った。

「亜紀は、いまの世界をどう思う？」

「どうって」

「もう少し、ましな世界が欲しいと思ったことはない？　人が人を殺したり、暴力を振るったり、飢えで死んだり、騙し合ったり傷つけ合ったり、無言の圧力をかけながら監視し合う……。そんな世界は、もうたくさんだと思わない？」

「そりゃ、私だって平和な世界がいいけれど」

「イソアがやっているのは、あらゆる暴力に対するささやかな抵抗よ。世間がそれを求めれば、世界は大きく変わるかもしれない」

まあ、とにかく菅埜さんを見てあげて、と言って響子は腰をあげた。「本物を見れば納得できると思うから」


響子は私を別の部屋まで案内してくれた。扉を開く前に「驚かないでね、怖いことは何もないから」と念を押すように言い、ノブに手をかけた。

私は中の光景を見た瞬間、喉の奥から悲鳴をあげた。

洋間にはベッドが一台置かれていた。掛け布団はなく、横たわる菅埜さんの全身がもろに目に飛び込んできた。

菅埜さんはイソアになる途中だった。人間としての手足は既にない。頭部と胴体だけがごろんと横になり、時々、微かに痙攣している。

立ちくらみを起こしそうになった私を響子は支え、菅埜さんのそばまで連れて行ってくれた。

ベッドの脇に立つと、その異様さを隅々まで見渡せた。

菅埜さんは、眠っているのか既に人間としての意識が消えているのか、目を完全に閉じていた。手足があったはずの場所には、小さな乳白色の突起が生えていた。そこには、おそらく新たな指となるはずのものが出そろっていた。顔も体も蠟のように白かった。人間の血がすっかり抜けてしまったみたいに。

「もう少し経つとね、胴体と頭全体がミルク色の膜に覆われる」と響子は言った。「蝶は幼虫から成虫になるとき、サナギの中で、いったん完全に溶けちゃうんだって。神経や呼吸器官や一部の細胞以外、酵素で分解して体を作り直すの。菅埜さんもそれと同じ」

「手足は」

「先に溶けて体内に吸収された。再構成のときの栄養源になるために。私の役目は、変異が終わるまで菅埜さんを誰にも見せず、守ること。そして、イソアになってからは、サポート役としてあちこちに連れて行く」

「何を言ってるのよ……響子……」

「いずれは私も、イソアになる」

頭を殴られたような衝撃を覚えた。夏なのに色白な響子——。イソアに変異するための細胞を移植した結果なのか。私は響子を殴り倒したくなった。

響子は静かな口調で続けた。「音楽家にとってイソアは理想的な存在よ。どんな人間も、あの歌声と演奏だけで虜にできる」

「私は、いまの響子の声のほうが好きよ」懇願するような声で私は言った。「イソアの声よりも、〈AMS〉に入っている昔の声よりも。いまの響子の声と歌い方こそが、ずっと豊かで素晴らしいと思う。歌は技術だけじゃないのよ」

響子はゆっくりと首を左右に振った。「だめなの。イソアの歌を初めて聴いたときから、私は自分では歌えなくなった。イソアは人間よりも魅力的に歌う。人間はあの歌には勝てない。私は耳と心をイソアに奪われた……」

「でも、私が作った曲は歌ってくれたじゃない」

「うん。あれは、とても楽しかった。昔に戻ったみたいだった。ヒトとしての最後の思い出として、最高の日々だったと思う」

響子は再び菅埜さんを見おろした。「菅埜さんがイソアになると決めたのも似たような理由。音楽以外の生き甲斐を持っていない人だし。それに、イソアの能力は音楽で人を魅了するだけじゃない。イソアは音楽を使って人間の精神を変化させる。人間の中にある凶暴性、暴力衝動を破壊する力が、イソアが出している音波にはある」

「それって、特定の周波数で人間の脳を壊してるってこと？」

「そうみたい」

「人間から暴力を奪うために、イソアが人間に暴力を振るうの？」

「イソアは演奏して、歌っているだけよ」

「でも、誰かが意図的にそう作ったわけでしょう」

響子はそれには答えなかった。私の体を通り越し、もっと遠くを見ているような虚ろな目つきで言った。「私は争いや憎しみのない世界を見てみたい。いつまでも——とは言わない。一瞬の夢でいい。見てみたい」

「そんな世界はどこにもない。この先も現れない。世界はいつだって悪い冗談で満ちている。でも、だからって、そこに生きる価値がないわけじゃない」

「……昔、人間は一本の葦であると言った哲学者がいた。だったら人間は、一本の優れた葦笛にもなれるはずだと思わない？」

私は響子の手をふりほどいた。「——帰る」

「私は自分がイソアになるとき、亜紀に見守ってもらいたい」

「それは私にもイソアになれってこと？」

「無理強いできることじゃない。でも、なってくれたらうれしい。私はあなたと一緒に、もう一度歌いたいから」

「だったらごめん。その願いは聞けない」

「どうして」

「私は自分が人間であることを捨てたくない。それがどれほど愚かな選択であっても、私はイソアになるよりも、ヒトとして滅びるほうを選びたい」

響子は表情を変えなかった。ベッドサイドに置いていたエレキギターを手に取り、私に向かって差し出した。使い込まれたメタルレッドのボディは、無言のうちに私と彼女の歳月を物語っている。

「これ、私にはもう用がないから。亜紀が持っていて」

「いらない」

「どうして」

「私が欲しいのはあなたのギターじゃない。あなた自身よ」

こちらを見つめる眼差しは鋭かったが、響子は何も言わずギターをおろした。

私が「もう帰る」と繰り返すと、
響子は「気にしないで帰ったらいい」と言った。「亜紀は法律よりも自分の価値観を優先させる人間だから、私のことを大事に思っているなら、たぶん、誰にも何も話さないでしょう。もっとも、話したところで、もう、どうしようもない段階まで来ているけれどね」

　私たちはしばし見つめ合った。

　響子は一歩前へ踏み出すと、私に、ゆっくりと頬ずりをした。響子の頬は以前と違って少し冷たかった。人間であることを捨てたその冷たさは存外心地よかった。私たちはほんの少しの間だけ、お互いの唇をそっと重ね合わせた。

「さようなら」

　どちらからともなく口にすると、私たちは体を離した。私はノブに手をかけ、扉を開いた。戸外はひどく暑かった。訪問する時間帯を間違えたと思った。自分と世界とのつながりが切れ、何もかもがばらばらと崩壊していくような気がして、涙が止まらなかった。


　私は警察には行かなかった。匿名の通報もしなかった。週刊誌に情報を売ったりもしなかった。ネットで噂を流したりもしなかった。

　イソアの声を聴かなくてもいいような場所へ引っ越した。寂れた地方都市のマンションの一室を、完全防音にして、ほとんど外出しなくなった。いまは、新鮮な食材すらネット通販で手に入る時代だ。貯金を切り崩すことを恐れなければ、幾らでも引きこもり生活ができた。

　どうしても外出しなければならないときには、ノイズキャンセリングヘッドホンをつけて、ポータブルオーディオプレーヤーで音楽を聴きながら街を歩いた。この程度でイソアの音波攻撃を防げるとは思えなかったが、少しでも自分の脳を守りたかった。

誰にも会わず、部屋に閉じこもったまま、響子と再会する前と同じように〈AMS〉で作曲を続けた。新曲ができると専門サイトにアップした。響子がイソアの側についたように、それは私にできる唯一の抵抗だった。人間が作る音楽を、この世から消させないための。

TVやネットのニュースは、イソアが急速に増えていく様子を伝えていた。イソアの増殖をとがめる声は、ほとんど聞かなかった。ネットで目にしても、すぐに激しい反論を受けて消えていった。イソアが増えるにしたがって、サイトにアップロードされる曲は急速に減っていき、オリジナル・バーチャルシンガーも姿を見なくなった。あれほどにぎわっていたアマチュア音楽市場が、ものすごい勢いで廃《すた》れ始めていた。プロの市場も同様に。

理由はすぐに見当がついた。皆が何に影響され、何ができなくなり、いまどうしているのか。増える一方のイソアと、街角で、うっとりと彼らの歌声に聴き惚れている人々を見れば。

それでも私は曲を作り続けた。サイトが閉鎖されるまで。

細胞移植で増えると聞かされていたイソアが自己繁殖を始めたのは、それからほどなくしてからだった。二体のイソアは、これと決めた相手に出会うと、まず音楽を奏で合った。綺麗にハモってお互いを気に入ると、片方がもう片方を丸呑みにする。あの長い触手で巻き取って、頭の穴の中へぐいぐいと押し込んでしまうのだ。痛みはないのか悲鳴があがることはなかった。ただ淡々と呑み、呑まれていくだけだった。

二倍の大きさに膨れあがったイソアは、二週間ほどすると産卵を始める。鶏の卵のような粒を、触手を使って頭の穴からゆっくりと取り出し、公園の木陰や、陽の当たらないビルの壁面に、びっしりとはりつけていく。

そこから生まれてくるのは、掌サイズの小さなイソアだ。私は動画サイトの投稿画像で、一斉孵化の瞬間を見た。手足のついた乳白色のイソギンチャクが、殻を割ってわらわらと歩き出す様子は、悪夢のように禍々しく美しかった。

第二世代のイソアは、生まれたばかりの頃は恐ろしく逃げ足が早かった。素手では捉えられないほどだった。彼らは第一世代のように大きくはならなかったが、それは繁殖領域がより拡大するという意味だった。

政府がようやく駆除に乗り出した。だが手遅れだった。ゴキブリなみの繁殖力を持つだけでなく、イソアにはサポートグループがついている。日々、人数が増えていくグループが。絶滅などさせようがなかった。

いまや、全地球上でイソアは繁殖していた。都市部だけでなく自然の中にもいた。砂漠や、荒れ果てた戦場にすらいるという噂だった。内戦が続く世界中の地域や大飢饉に襲われたアジアで、放置されたままの夥しい数の遺体から養分を吸い、増えているという噂も耳にした。

凄惨な現場でも歌い続けるイソアたちは、こんな馬鹿げた世の中はもう終わりにしようと歌っているのだろうか、あるいは、自分たちの繁殖のためにもっと死体を――と歌っているのか。

イソアはビル群のあちこちに草花のようにはりつき、風に揺れ、触手をゆらめかせながら歌い続けた。彼らの歌に耳を傾ける穏やかな人々は、絶えることなく増えていった。

私は閉じこもったままだった。響子と別れてからどれぐらい経ったのか、もはや自分では数えなくなっていた。彼女が夢みた美しく清らかな世界。それをニュースで眺めながら、私は微かに頬を歪めて笑った。

なぜ私は、多くの人と違って、イソアに愛情を持てなかったのだろう。あの音楽を聴けば誰もが癒された気分になる。人間であることを捨てても、イソアの味方になろうとする。けれども私はなれなかった。イソアを憎むことしかできなかった。

たぶん私は、本来ならば、まっさきにイソアから「矯正」されねばならない存在なのだ。いや、こうやって社会から切り離されている時点で、私は充分に矯正されているのかもしれない。閉じ込めること＝排除であるとしたら。

私はネット通販で薪割り用の斧を買った。一本一万円ぐらいだったので、カートに三本放り込んだ。そんなに使えるかどうかは、わからなかったが。催涙スプレーとスタンガンも買った。それから、書き置きを残すべきだろうかと思ったが、誰が読んでくれるのかと考えると虚しくなってきたのでやめた。

新しいセーターとジーンズに着替え、コートを着込んだ。必要品をポケットに詰めた。斧は一本だけ手にした。全部持っていくと重い。逃げ足が遅くなるのはまずい。

いつものように、ヘッドホンと音楽プレーヤーも忘れずに持ち出した。外はよく晴れていた。街中で最初に見つけたイソアはひとりで歌っていた。聴衆はいなかった。小さな体つき。第二世代だ。どこまでもよく伸びるその歌声は、もはや周囲に人が群れなくても充分に効果を発揮するのだろう。私は最初に遭遇したのが第二世代だったことに少しだけ感謝した。これなら心理的抵抗は小さい。

私は斧を振るうと、イソアの首のあたりに打ち込んだ。叩きつけるように激しい音楽を流しているヘッドホンの遮蔽を突き抜け、この世のものとは思えない金属的な悲鳴が鼓膜に突き刺さった。何かが壊れたように、ルルルルルーッ！　とイソアは叫んだ。刃を引き抜くと、真っ白な体液が噴水のように溢れ出た。ねばねばした液体にまみれながらイソアはのたうち回った。なかなか死ななかったので、何度も頭に斧を振りおろした。

繁華街まで来ると、イソアの数はもっと凄まじかった。彼らの巣に迷い込んだかのように。周囲の景色が歪んで見えた。建物の壁にびっしりとはりついているイソアが、ばらばらと剥がれて頭上から降ってくるような錯覚を感じた。

私は彼らを片っ端から斬り殺した。胴体を斧でまっぷたつにし、触手をまとめて切り落とした。キイキイと泣き喚き、命乞いをするようにお辞儀を繰り返す彼らの首を容赦なく次々と刎《は》ねていった。刃を振るうたびに、服と髪と顔が、白い粘液を浴びてべとべとになった。

斬りつけた相手が人間だったら、私は血に染まった通り魔のように見えただろう。

イソアの歌声に聴き惚れていた人たちは、最初は呆然と私の行為を見るばかりだったが、やがて悲鳴をあげて逃げ出した。飛びかかって制止しようとする人もいた。人間まで殺す気はなかったので、催涙スプレーやスタンガンで対抗した。形勢が悪くなってくると、私は躊躇《ためら》うことなくその場から逃げ出した。簡単に捕まるわけにはいかない。捕まるのは、イソアをもっと殺してからだ。

全速力で駆けた。自分の音楽が敗北した以上、私に残されたのはこの道しかない。

私は、はみだし者だ。

変わり種だ。

夢みる葦笛になれない、はぐれ者だ。

いずれはイソアの心酔者に捕まり、処分されるだろう。勝手に細胞を植えつけられ、ただ歌うだけの怪物になることを強要されるかもしれない。

だが、それまでは――彼らが生み出した世界の調和を踏み潰し、叩き壊し、すべて焼き尽くす。きっと、同じように考えて行動する者は、私ひとりではないはずだ。

私はいつか、イソアになった響子と再会するかもしれない。人間よりも美麗に歌い、無数の鈴が降り注ぐような音を奏で、触手をゆらめかせながら女神のように傲然と立つ響子――。

その前に歩み出たとき、私は彼女に斧を振るえるか?

答えはイエスだ。

白い体液でねばつくこの刃を、私は彼女の喉元に全力で叩き込むだろう。その瞬間、私の魂も一緒に死ぬだろう。

人は、イソアと私の、どちらを怪物と呼ぶだろうか。

そんな問いが、ふと胸の奥を通り過ぎて消えた。

眼マナ
神ガミ

私は子供の頃、西日本の片田舎に住んでいました。窓をあければ、家の外に見えるのは延々と続く畑や田んぼばかり。北側に広がる山なみが、威圧するように村全体を見おろしている。夜になれば甲高い声でヨタカが鳴く。冬になれば、チョウゲンボウやノスリが野ネズミを狙って滑空する。容赦ない底冷えが足元から這いあがってくる。そんな寂れた土地でした。

家には両親と祖父母だけでなく、叔父さんと、いとこの勲《いさお》ちゃんが住んでいました。叔父さんは村を出て都会で結婚したものの、何か事情があって、勲ちゃんとふたりで戻ってきたようです。父が叔父さんの同居を快く受け入れたので、私たちは同じ食卓で毎日ご飯を食べました。そういう人情が、まだ残っている地方だったのです。

一緒に暮らすようになったせいで、勲ちゃんは私にとって、いとこというよりも二歳上の兄のような存在になりました。子供の頃、私は気が弱くて、よく近所の悪童にからかわれたものでした。足のちぎれたカエルを投げつけられたり、スカートのポケットにゴキブリを入れられたり。そのたびに泣き叫んでいましたが、勲ちゃんが来てからは、そんな悪戯はぐんと減りました。

私が苛められると、勲ちゃんが必ず相手を諌《いさ》めに行ってくれたのです。諌めるといっても、勲ちゃんは暴力を振るったりはしません。ただ、勲ちゃんが話に行ってしばらく経つと、相手は必ず私のところへ謝りに来る。仕方なくという感じではなく、心の底から悪かったと頭を下げるのです。

私にはそれが不思議でなりませんでした。勲ちゃんは、どうやって相手を説得しているのか。訊ねてみると、勲ちゃんは困ったように笑いながら答えました。「僕は、いろんなものが見えるから。悪いことをしていると悪い未来しか来ないよと、教えてあげているだけだ」

勲ちゃんは、そういう奇妙なことを言う少年でした。

あれは、私が九つの頃、季節は真夏。照柿色の太陽が山の端に落ち、空が濃い葡萄色に染まる時刻でした。

土の道に並ぶ古びた電柱が黒いシルエットに変わり、ねぐらから這い出したコウモリが羽虫を追って飛び始めていました。私たちは友達と遊び回ることに夢中で夜の気配に気づくのが遅れ、道端で鳴く虫の声に追い立てられるように、慌てて家へ帰る途中でした。

そのとき、細い田舎道の向こうから、奇妙なものがこちらへ近づいてきました。

人間にしてはやけに両腕が長く、ひょこりひょこりと歩く姿は、怪我をしているようでもありました。人間のようで人間でないそれは、一歩跳ねるたびにものすごい勢いでこちらとの距離を縮め、どんどん、どんどん、近づいてくるのです。

勲ちゃんが私の耳元で囁きました。「これ以上、あれを見てはいけない。口をきくのもだめだ。このまま、まっすぐに歩き続けて」

私は言われた通りに、自分の足元だけを見つめながら先へ進みました。見るな見るな、見るな見るな見るな……。そう言い聞かせながら、痺れたように動きが鈍った足を、かろうじて前へ繰り出し続けたのです。

不気味な影とすれ違った瞬間、周囲が、ぶわっと暗さを増し、相手のつぶやきが耳の奥へずるりと忍び込みました。


じゅっ、じゅっ、じゅっ……


頭の中に指を突っ込まれて掻き混ぜられるような不快感に、私は絶叫しそうになりました。音しか聴いていないのに、禍々しい文字のイメージが頭蓋骨の内側に広がっていく。呪詛と殺戮を指し示す不吉な言葉の数々が、小さな毒虫のように体の内側を駆け巡りました。

勲ちゃんは、私の手を、ぎゅっと握り締めてくれました。

温かい人間の手。

それで私は、かろうじて耐えられたのです。

禍言《まがごと》をつぶやく声は次第に遠くなり、勲ちゃんが「もう大丈夫だよ」と言った頃には、顔をあげても、あの影はどこにも見あたらず、山の端の残照が、いやに明るく見えました。

「いまのは何？」

私がおそるおそる訊ねると、勲ちゃんは困ったように答えました。「僕も知らない」

「え？」

「でも、正体がわからなくても、避け方は知っているから」

「誰に教えてもらったの」

「お父さんから」

勲ちゃんは何事もなかったかのように歩き続けました。私は、つないだ手に力を込めました。勲ちゃんが大丈夫と言えば本当に大丈夫なのだ、これまでもそうだった、これからもそうに違いないと思いながら。

村には、当時、奇妙な風習がまだ残っていました。

そのひとつが〈橋渡り〉と呼ばれる儀式でした。子供が十歳になると、親は子を連れて山へ入り、まじない用の吊り橋を渡らせるのです。

橋は谷川の上にかかっていました。河面からの高さは十五メートルほど。吊り橋なので、風に煽られるとかなり揺れる。

儀式のときだけ、この橋の中央に黒い布を貼ります。正方形の黒布の四隅を、釘で踏み板の上にとめるのです。

橋渡りに参加した子供は、この橋をひとりで歩き、黒布を飛び越えて向こう側に渡らねばなりません。黒布は〈穴〉を意味していて、大昔は踏み板を一枚外して、本当に穴を作っていたそうです。でも、私の時代には危険だという理由から、黒布を貼るやり方に変わっていました。

こんな橋ですから平気で渡れる子はいません。みんな、おっかなびっくりで、震えながら渡るのです。ときには、泣きじゃくりながら座り込んでしまう子供もいました。どうしても渡れないときには翌年に再挑戦。渡れるようになるまで毎年繰り返すのです。

どれほど臆病な子供でも、十二歳頃までには渡れるようになります。子供にだって、面子や恥の意識はありますから。

私は十歳になったとき、勲ちゃんと一緒に橋渡りに参加しました。年齢差の少ない兄弟は、まとめて参加するのが普通だったのです。私の家でも、ふたりの年齢がそろうまで待っていたのでした。

真夏の、風の穏やかな日が選ばれました。

蟬が暑苦しい声で鳴き、むっとするような緑の香りが、あたりに充満している季節でした。

大人たちに連れられ、私たちを含む子供の班は、ゆっくりと山道を登っていきました。道はゆるやかでしたが、結構、時間がかかったのを覚えています。

橋まで辿り着くと、私たちは渡る順番を決めるために、橋のたもとでくじを引きました。勲ちゃんが先、私が後、という順番でした。

私は高いところが苦手で、加えていつもの弱気が出ました。緊張して縮こまっている私に、勲ちゃんはすまなそうに言いました。「ごめんね、華乃《かの》ちゃん。これだけは僕にも手伝えない。なんとか、ひとりでがんばってね」

私は、うなずくしかありませんでした。

順番が回ってくると、勲ちゃんは橋のたもとで待機している大人に頭を下げ、橋を渡り始めました。

吊り橋といっても造りはしっかりしています。一番安定している中央をまっすぐ進めば、橋全体が傾くことはありません。勲ちゃんは黒布の手前で少し足を早めると、勢いよく布を飛び越えようとしました。

そのとき、河面から突風が吹きあがり、橋全体が大きく波打ちました。

大人たちの叫び声が響きました。

勲ちゃんには声をあげる余裕もなかったようです。橋の揺れがおさまったとき、勲ちゃんの姿は橋の上から完全に消えていました。

大騒ぎになりました。私はひとり呆然と立ち尽くしていました。

私は見たのです。橋の中央に貼られた黒布から、突然真っ赤な両腕が伸びて勲ちゃんの脚を摑み、黒布の中へ引き摺り込んでいったのを。

勲ちゃんは橋から少し離れた下流で発見されました。頭に怪我をして意識を失っていましたが、まだ息はありました。

診察した村のお医者さんは「かなり危ない」と口にしましたが、奇妙なことに、都会の大きな病院へ移そうとはしませんでした。私の家には村長さんや村の古老が集まり、両親や叔父さんを交えて、ひそひそと話し合いをするばかりでした。

駐在さんの反応も変でした。「まあ、橋渡りのことだからな」とつぶやき、あとは私には理解できない言葉を、ぶつぶつと口にするだけでした。

道端では、近所の大人たちが妙なことを囁き合っていました。

——直前に、大山さんちの婆ちゃんが亡くなっていたから。

——時期だったんだろうな。

——勲ちゃんは選ばれたんだな。

大人たちは転落事故のことを、「橋が突風で揺れた拍子に、勲ちゃんの体が手すりを越えてしまった」と話していました。黒布から伸びてきた赤い腕に言及する人は皆無でした。

自分が見たものを私は誰にも語りませんでした。語りにくい雰囲気が村全体に充満していました。それはある意味、事故そのものよりも恐ろしいことでした。

勲ちゃんの容態はどんどん悪くなり、私はついに、寝室への立ち入りを禁じられました。母と祖母が交替で看病し、時々、外出先で買ってきた飴色の紙袋を手に、叔父さんが部屋の中をのぞくのみとなりました。

ひんやりとした空気が、家の中で静かに渦巻いていました。

ひとりでビー玉を弾いていると、勲ちゃんとの思い出が自然に浮かんできました。裏山で滝壺に一緒に飛び込んだこと、蝶や蝉を探して歩いたこと、アイスクリームを一緒に舐めたこと。炬燵の中に潜り込んで、ぴったりと身を寄せ合ったときの、しっとりとした感触。心の中で想うだけで、暖かい吐息と優しい声が甦ってくる。勲ちゃんは私にとって、既に、いとこ以上の存在でした。

誰も見ていない場所で、私はひとりで声をあげて泣きました。

事故から十日ほどたった頃、私は突然、叔父さんの部屋に呼ばれました。

叔父さんは、にこにこしながら「勲はもう大丈夫だ。明日からは会えるよ」と言いました。

「本当に?」

叔父さんの大きな手が、私の頭をぐいと撫でました。「普通に歩けるようになるには、まだ時間がかかるだろう。だが、喋れるぐらいの元気は戻ってきた」

「よかった……」

「怖かっただろう。でも、もう安心だ。ただ、ひとつだけ覚えておいて欲しい。勲は、これから大きな仕事を任される。まだ子供だが、大人の手伝いをするようになるんだ。それをわかってやって欲しい」

「仕事？　お父さんみたいに会社に行くの？」

「いや違う。家でする仕事だ。仕事があるときには叔父さんが勲を呼ぶから、そうしたら華乃ちゃんは、一緒に遊んでいても、すぐに勲を行かせてやってくれ」

布団の上に体を起こせるようになった勲ちゃんは、少し大人びた雰囲気に変わっていました。優しい様子は相変わらずでしたが、透明感が増して、少し線が細くなったように見えました。芸能の舞台に立つ子供は大人びて見えますが、そんな印象に近い、独特の色香と優雅さが仕草に加わっていました。

何かが変わったことを私は直観しました。

でも、何が変わったのかは、言い当てられませんでした。

勲ちゃんはそれ以来、叔父さんに呼ばれると、すぐに奥座敷に立つようになりました。たいていは週末の夜。随分遅い時間帯の場合も。

奥座敷で、お客さんと会っていたようです。

訪問者は見知らぬ人ばかり。きちんと背広を着た大人が多かったので、会社の偉い人や村出身の代議士だったのでしょう。接待する叔父さんの声から、どうやら勲ちゃんは、その人たちと話をしているらしいとわかりました。

勲ちゃんの何が、あの大人たちに必要なのか。

幾ら考えてもわかりませんでした。

ただ、奥座敷には、何か得体の知れない雰囲気が漂っていたのです。

勲ちゃんが〈仕事〉を始めて五年目、珍しいお客さんが私の家にやってきました。

寒さの厳しい夜でした。夜陰にまぎれて訪れたそのお客さんは、十五歳の私でも、ＴＶで顔を見知っている人物でした。

私は、どきどきしながら古い新聞を漁り、あらためて確認してみました。紙面に、お客さんと同じ顔が載っていました。

経済産業省の高官でした。


お客さんが帰ったあと、私は、こっそり奥座敷をのぞきに行きました。

叔父さんはお客さんを送りに出たままでしたが、勲ちゃんが残っているはずだったので。

案の定、勲ちゃんは、ひとりで座敷に正座していました。白いシャツに黒いスラックスという格好で、畳の上に置かれたふたり分のお茶とお菓子を、ぼんやりと見つめていました。かなり疲れている様子で、私が部屋に入っても気づきませんでした。私は声をかけようとして、その瞬間、悲鳴をあげました。

以前見た真っ赤な両手が、左右そろって、勲ちゃんの肩の上で躍っていたのです。その輪郭は曖昧で陽炎のように所在なさげにゆらめき、ピアノの練習でもするように、十本の指を蠢《うごめ》かせていました。

私が震えていると、勲ちゃんは、やっと視線をあげました。

同時に、勲ちゃんの頭の後ろから、別の顔がもうひとつ姿を現しました。

その顔は、肩に載せられた両手と同じく真っ赤に燃えていました。両眼のあるべき場所には何もなく、顔には口だけがあり、その口角の下がった半開きの口の中には、真っ黒な歯が隙間なく並んでいました。

勲ちゃんは、ゆっくりと自分の肩に視線をやりました。石のように固まっている私に向かって、「ああ」と息を洩らすような声で言いました。「華乃ちゃんは、ここへ来ちゃいけなかったのに」

畳からゆらりと立ちあがると、勲ちゃんは私に背中を見せました。「これ、華乃ちゃんにも見えるんだね」

勲ちゃんの背中で燃えている赤い塊は、年を経た猿ほどの大きさがありました。背の丸め具合も手足の長さも猿そっくり。その体にもはっきりとした輪郭はなく、ゆらゆらと陽炎のようにゆらめいていました。

「本当は見えないほうがいいんだけどな」勲ちゃんは寂しそうに言いました。「世界の秘密を知ってしまうから」

ぱん、と頬を張られたような衝撃と共に、私は意識を取り戻しました。

なぜか、奥座敷ではなく寝室にいました。

叔父さんが正面に座っていました。

「気がついたかい」という叔父さんの声を耳にしながら、私はぼんやりと周囲を見回しました。

意識を失ったまま、座り込んでいたようでした。正気を取り戻すと、あらためて震えが這いあがってきました。

私は叔父さんに、あれは何だったのかと訊ねました。勲ちゃんの背中にいたものは——背中で燃えていたものは、いったい——。

「あれはマナガミ様だ」叔父さんの口ぶりは、ゆったりと落ち着いていました。「人間に知恵を授けてくれる方だ」

「知恵？」

「この村ではね、誰かに、順繰りにマナガミ様が憑くことになっている。橋渡りは子供が大人になる儀式であると同時に、何十年かに一度、マナガミ様が『憑く相手を決める』儀式でもあるんだ。勲に憑くまでは、大山さんちのお婆ちゃんに憑いておられたんだよ」

大山家の〈担う者〉が死んだので、マナガミ様は、新たに憑く相手を探していたというのです。

「人に憑いて何をするの」

私の問いに、叔父さんは微笑を浮かべました。「人の口を借りて託宣をする。人が取るべき行動を教えて下さるんだ。大山さんちのお婆ちゃんは、その仕事を、かれこれ五十年近く続けておられた。そろそろ交替の頃だったんだよ」

叔父さんの話によれば、わが家を訪問する人たちは、みんな、人生の岐路に立って選択を迷っているのだそうです。マナガミ様はそういう人たちに、勲ちゃんの口を借りて、取るべき行動を教えるのです。

叔父さんは言いました。

「マナガミ様の眼は、外側の世界ではなく自分の内側を向いている。そこには時間や空間に束縛されない宇宙が広がっていて、人が取るべき行動がすべて見えるんだ。橋渡りを通して、勲はそういう大事な役目を任された。だから華乃ちゃんも、大切に見守ってあげてくれないか」

翌日、私は居間で勲ちゃんと顔を合わせると「ちょっといいかな」と声をかけました。

勲ちゃんは炬燵に入ってホットレモンを飲んでいました。

背中の奇怪な存在は、今日は見えませんでした。

あれは、勲ちゃんが霊感を集中させているときだけ姿を現すのでしょう。こうやって眺めてみると、勲ちゃんは、ただの十七歳の少年でした。

「華乃ちゃんも飲む？」勲ちゃんが容器とスプーンを差し出したので、私はうなずいて受け取りました。

マグカップにホットレモンの粉を入れ、電気ポットから熱湯を注いでいると、勲ちゃんは自分から切り出しました。「お父さんから、いろいろ教えてもらっただろう」

「うん」

「僕は依《よ》り代《しろ》なんだって。マナガミ様の託宣を、人間にわかる言葉に変えるのが僕の役目だ」

「どうして勲ちゃんが」

勲ちゃんは寂しげに笑いました。マナガミ様に選ばれたことに、誇りや価値は何も見出していないようでした。勲ちゃんは自分の役目を喜んでいたわけではないのです。ただ、風習だから従っているだけ。憑かれてしまったから、他にどうしようもなかったのです。

「僕には、あれが華乃ちゃんにも見えるのが心配だ」勲ちゃんはカップを弄びながら言いました。「それはたぶん、華乃ちゃんにも素質があるということだから」

「素質って、なんの」

「いろんなものが見えてしまう素質」

自分だけが、あの転落事故の顚末を見ていたことを私は思い出しました。誰も言及しなかったのは、見えていたのが私だけだったからなのか。「託宣の仕事って、いつまで続けるの」

「一生」

「もしかして結婚もせずに？」

「うん」

「そんなのひどい。他人のしあわせのために、勲ちゃんが人生を犠牲にするなんて」

「助成金が出るんだ」

「え？」

「うちの村は貧乏だろう。でも、託宣をしていると政府から予算が回ってくる。いろいろと相談に乗ってあげているから」

私は経済産業省の高官を思い出しました。あれ以外にも、日本の政治や経済に関わる人間が、ここを訪れているのだろうか。

私はつぶやきました。「マナガミ様って落とせないのかな」

「落とす？」

「憑きものは祓えば落ちるんでしょう」

「それは無理じゃないかな。マナガミ様は神様だから、狐や狸とは違うと思うよ」

「神様は落ちないの？」

「よくわからないけど、難しいんじゃないかな」

「私、探してみるわ。マナガミ様を落とす方法を。絶対に、どこかにあるはずだもの」

「どうやって探すんだ」

「まずはこの村から出る。高校を卒業したら大きな街へ出て、そこで方法を探す。見つけたら戻ってくる」

「本気で言ってるの？」

「ええ」

私は勲ちゃんに向かって手を差し出しました。勲ちゃんは一瞬意外そうな顔をしましたが、やがて、少しだけはにかむような表情を見せ、自分も手を差し出しました。私たちは、しっかりと手を握り合いました。

勲ちゃんは忠告するように言いました。「あんまり無理しないで。危険な目に遭うようなことをしちゃだめだよ」

「大丈夫。必ず方法を見つけるから。勲ちゃんを、絶対に、ここから助け出すから」

私は高校を卒業すると、村を出て都会でひとり暮らしを始めました。就職先は、家族や親族とつながりを持たない会社を選びました。余計な話が村まで伝わらないように。

会社勤めと並行して、民俗学と文化人類学の文献を漁りました。都会の図書館には幾らでも資料があり、インターネットを使えば、専門家の人に質問や相談もできました。

いろんな資料から、私が住んでいた西日本には、古くから〈憑きもの〉が多いことがわかりました。

〈憑きもの〉とは、農村の社会構造を維持するためのシステムなのだそうです。貧富の差、運の善し悪し、村社会が同族で構成されているか、あるいは他人の寄り集まりなのか――。これらの要素が複雑に絡み合うと、村の中には不公平感が生まれます。それを心理的に解消するための理論が〈憑きもの〉。これが民俗学での考え方でした。あの家が裕福なのは〈憑きもの〉のおかげだとか、逆に、誰それが不幸なのは〈憑きもの〉のせいだ――と、そうやって目に見えない何かに原因を見出すことで、幸・不幸が偶然訪れたものではなく、理由があって生じたと考えるようにする。そうすると人間は、心のわだかまりを消せるのだそうです。

だから、〈憑きもの〉を落とすには手順が必要だと書いてありました。

〈憑きもの〉を落とす呪術は、論理によって組み上げられた緻密な構造物。作法通りに事を運べば、その決まりに従って、憑きものが退散することになっている。

狐や犬神や生霊の祓い方は、すぐにわかりました。

でも、神様に去ってもらう方法がなかなかわかりません。

巫神《ミコガミ》や神霊は、人間がお願いして降りて来て頂き、託宣を受け取ったあとにはすみやかに帰って頂く存在です。神寄せは一時的なもので、うちの村のように、依り代たる人間に生涯憑き続け、依り代の死亡と共に別の人間に憑き直すという話は、私が調べた資料にはありませんでした。

もしかしたらマナガミ様の場合、人間の心を慰める理論としての〈憑きもの〉ではなく、本当に形のある何かが人間に取り憑いているのではないか——そんなことも考えて、思わず、ぞっとしたのでした。

これはヒトから離してはならない神だから、依り代から離すための記録が残されていないのではないか。そんな想像が、一瞬、浮かんで消えました。

しかし、そう思うと、なおのこと、勲ちゃんを解放したくてたまりませんでした。私はますます熱心に文献を漁り、より深く呪術の世界にのめり込んでいったのです。

一通りのことを調べ終えると、私は祈禱師を探し始めました。普通の祈禱師ではなく、広い領域に踏み込んで、どんな依頼でもこなせる人たちを。

私は、自分の手でマナガミ様を落とすつもりでした。村へ祈禱師を入れるのは、あそこの雰囲気を考えると危険に思えたのです。トラブルの元になりかねない。だから自分で手順を覚え、自分で落とそうとしました。

何度も紹介を繰り返されているうちに、やがて私は、目指す相手に辿り着きました。その人は女性祈禱師でした。事情を話し、お金を払い、祈禱の方法を学ばせてもらうことになりました。

最初に私を見た瞬間から彼女は言いました。「あなたは素質のある人だ、それだけに中途半端な学び方は危ない」

部分的にではなく、すべてを学ぶつもりなら教える、それだけの根気はあるかと厳しい口調で問われました。

はい、と私は答えました。


都会に出てから五年が経ち、私は二十三歳になりました。

その年、ゴールデンウィークに故郷へ戻る計画を立てました。

出発前、私は師匠たる祈禱師からお祓いを受けました。浄化された道具を頂き、マナガミ様落としを実行する心構えを整えました。

呪術に必要なものは手順です。決められた通りの順番で、決められた物事を進めること。論理の筋道を通すことで、世界の形を変化させるのです。

憑きものとは何か、浄化とは何かと、意味を突き詰める必要はありません。教えられた通りに手順を守れば、世界の有り様が、ドミノを倒すように連鎖的に姿を変えていく。

それが呪術なのだと、修行の中で教えられたのでした。

五年ぶりの故郷は、拍子抜けするほど何も変わっていませんでした。家族や顔見知りは大人になった私に綺麗になったと言い、都会での生活はどうか、そろそろ婿探しを始めてはどうかと勧めました。

それはいずれまたと適当にはぐらかすと、私は勲ちゃんを誘って散歩に出ました。田んぼでは田植えの準備が始まっていました。都会では忘れてしまう季節感が、ここではまだ濃厚に残っていました。

二十五歳になった勲ちゃんは、思っていたよりも外見に変化がありませんでした。古風にも着流しを身にまとっているせいで、ようやく実年齢に見えるといった感じ。家族の話によれば、浮ついた話のひとつもなく、堅実に依り代の役目を果たしているようでした。

「華乃ちゃんは少し変わったね」勲ちゃんは下駄で土の道を歩きながら、のんびりと言いました。

「そう?」

「昔のような弱々しさがない。別人みたいだ」

「勲ちゃんはどうなの」

「相変わらず依り代をやっている。おかげさまで、なんとか生活できる」

緑の香りを深く呼吸しながら、私たちは黙々と歩きました。子供の頃に通った道が、随分狭く感じられました。

「変わっていないように見えても、この村も随分変わった」と勲ちゃんは言いました。「若い世代は、みんな都会へ出てしまった。限界集落から廃村に至るまで、そう長くはかからないだろう。僕の仕事も辞めどきかもしれない」

「じゃあ、そろそろ神様を落としてもいいの?」

「僕がいいと言わなくても、そのつもりで来たんだろう」勲ちゃんは透明な——どこか遠くを見ているような笑みを浮かべました。「明日の朝、どうかな」

「勲ちゃんがいいなら、その予定でやる」

翌朝、私たちは裏山へ向かいました。必要なものをナップザックに詰めて。

久しぶりに登る裏山の道は、田んぼのあぜ道と同じように細く感じられ、ヤシャブシやクスノキの清々しい匂いが懐かしさを呼び起こしました。橋まで辿り着くのも、子供時代ほどの時間はかかりませんでした。

谷川の周辺には甘さと渋さが混じり合った森の香りと、水の匂いが満ちていました。私は古びた橋のたもとに勲ちゃんを残し、ひとりで橋を渡っていきました。

橋の中央まで辿り着くと、ナップザックから塩を取り出して橋を清め、お酒も少しだけ撒きました。日本酒の芳醇な香りがあたりに立ちこめ、香りだけで酔ってしまいそうになりました。

それから、橋渡りの儀式でやるように橋の中央に黒布を置き、四隅を釘でとめました。いずれも祈禱師に浄化してもらった品です。

橋のたもとへ戻ると、橋からの道を遮るように注連縄《しめなわ》を渡し、紙垂《しで》を吊しました。魔を絶つ場合なら御札《おふだ》も一緒に吊すべきなのですが、マナガミ様に効くかどうかわからないので、あえて吊しませんでした。

準備が整うと、私は再び橋の中央へ歩いていきました。ペットボトルに詰めておいたガソリンを黒布にふりかけ、ライターで火をつけてから、急いで橋のたもとへ戻りました。

橋は激しく燃え始めました。私は口の中で呪文を唱えながら、勲ちゃんと一緒に燃える橋を見つめていました。

炎は橋の中央だけを激しく焼き、それ以上は広がろうとしませんでした。まるで、特定の空間を切り取って、そこだけ燃やしているかのように。

　そのとき、こちらへ向かって、何かが嵐のように猛烈に吹きつけてきました。ウォォォォオンと音叉を打ち鳴らすような音を響かせながら私の体を掴み、激しく揺さぶりました。私の呪文に逆らい、異質な論理を投げつけてくるみたいに。

　しばらくすると、橋は轟音と共にまっぷたつに折れました。巨大な炎の塊は渓流に落下した瞬間に消え、橋の残りの部分は両斜面に激突すると、そのまま垂れ下がった状態になりました。

　吹きつけていた嵐もそれと同時に消え、私はほっと息をつき、勲ちゃんを振り返りました。

「何か気分の変化を感じる?」

　勲ちゃんは少し首を傾げて「何かこう、ちょっと背中が軽くなったような」と答えました。

「あの赤いのが二度と出てこなければ、きちんと祓えているはず。次に託宣を頼まれたときに確認して」

「わかった」

　私たちは山道を下り始めました。一仕事終えた解放感から、胸に安堵が広がっていきました。

　登山路の入り口まで戻ったとき、勲ちゃんはあらためて私と向き合い、右手を差し出しました。「ありがとう、華乃ちゃん」

「まだお礼は早いと思う」

「うん。でも、いましか伝えられないような気がしてね」

勲ちゃんは、私がこれまで見たことのないような綺麗な表情で笑いました。

私も右手をそっと差し出しました。手は、勲ちゃんのほうから、しっかりと握り締められました。

五年ぶりの握手。

勲ちゃんの掌には、ほとんど温かみがありませんでした。むしろ冷たかった。そして勲ちゃんは、そのままゆっくりと目を閉じ、糸が切れた人形のように、その場にくずおれたのです。

悲鳴をあげたのが自分自身であることに、私は数秒遅れで気づきました。倒れた勲ちゃんを揺さぶりました。しかし、勲ちゃんは目をあけず、私の手をしっかりと握ったまま、二度と起きあがりませんでした。


お別れの日——。

棺の中に横たわった勲ちゃんは、眠っているような穏やかな表情をしていました。まるで、これが一番自然な結末だったとでも言いたげに。

お通夜に訪れる村人たちの視線が、繰り返し繰り返し、私を非難しているように感じられました。それは錯覚だったのかもしれません。しかし私には、そう思えてならなかった。

有り得ないはずの結末に、頭が爆発しそうでした。

呪術の手順が間違っていたのだろうか。マナガミ様を落とさずに、勲ちゃんの魂を落としてしまったのだろうか。だとしたら、自分はなんということをしたのか。もう取り返しがつかない。

翌日、葬儀を終え、斎場でお骨上げと精進落としを済ませて家まで帰ると、叔父さんが私にそっと耳打ちしました。「華乃ちゃんは、いつまでこっちにいる予定なの」

「初七日が過ぎるまでは」

「できるだけ早く街へ帰ったほうがいい」

「え？」

「長くいればいるほど、君がしたことに気づく人が出てくるから」

冷たいものが背中を走り抜けました。正面から見つめる叔父さんの目は、泣き腫らしたせいで赤く濁っていましたが、それは、あと一歩で狂気に落ちるところを必死になって踏み留まっている——勇敢な男性の目に見えました。

叔父さんは続けました。「すぐにでも荷物をまとめて家を出なさい。そして、二度とここへ来てはいけない」

実家にすら居場所がないと気づいた私は、言われるままに出発の準備を整えました。

両親からは、「薄情じゃないか」「たいした仕事をしているわけじゃないんだろう」「もう少し休みをもらって、叔父さんの相手になってあげなさい」と言われましたが、無理やり振り切って村を出ました。

不安を抱えたまま街のアパートに戻り、郵便受けを開けると、分厚い封筒が一通入っていました。差出人の名を見た瞬間、私は心臓が止まりそうになりました。

勲ちゃんからでした。

消印を確認してみると自分が帰郷した翌日です。つまり勲ちゃんは、私が村に帰った日の夜にこれを書き、翌朝、ポストに投函したことになる。死の直前——私がマナガミ様を落とす前に書いたのです。

急いで部屋に入ると、鞄を放り出して封を切りました。震える手で便箋を引っぱり出して開きました。

何枚もの便箋に、びっしりと細かい文字が書かれていました。死者の魂が文字になって甦ったような生々しさがありました。

華乃ちゃんへ
これが君の手元に届くとき、僕は死んでいるでしょうか、それとも、まだ生きているでしようか。

生きているなら、もう、あらかたのことは話し終えているはずだから、この手紙は用なしです。単なる確認の記録として、君の手元に残して下さい。

もし、死んでいたならば、これから書くことを、すべての事柄に対する答えと考えて下さい。


華乃ちゃんが、僕をマナガミ様から解放するために何をするか、だいたいの見当はついています。たぶん〈道切り〉をするのでしょう。神様が通ってきた道を遮断することで、神様とのつながりを絶つ方法だ。

その手順は、マナガミ様を確実に落とすと同時に、僕から魂を落とすかもしれない。なぜなら僕は、子供のときの橋渡りで、既に命を失っている身だからです。（あの高さから落ちて、無事でいられるわけがないよね？）

それが、今日まで生きているように見えたのは、マナガミ様が憑いていたおかげです。僕は、憑かれることによって仮の命を吹き込まれ、本当に生きているかのように振る舞えたのです。

このことは父も気づいていました。（父も僕と同じ血を引く人だから。マナガミ様の姿が見えていたし、この種の理屈も理解できたようです。ただ、わかっていても、そのままにするしかなかったのでしょう。本当は死んでいるのだとしても——この世から自分の息子が消えるのは、耐えがたかったのだろうと思います。

僕を解放できる手段を知っていても、父にはそれができなかった。感情的な部分でどうしても。だから、華乃ちゃんがやったことで僕が死んだとしても、父は決して責めないでしょう。

これは一種の賭けでした。

マナガミ様が落ちても生きていられたらいいなと僕は思っていました。マナガミ様を背負っている限り、この村を出ても、誰かが僕に託宣を求めてくる。この立場から自由になるには、華乃ちゃんに頼るしかなかった。それがどのような結末を招いたとしても、僕は受け入れるつもりでした。だから、何が起きたとしても後悔はしない。華乃ちゃんも自分を責めないで下さい。

マナガミ様とは何か。僕と父は、いろんな文献にあたって、ひとつの解釈に辿り着きました。僕たちの考えでは、あれは、人間が棲んでいる世界よりも高次元に存在するある種の知性体です。僕たちが住んでいるこの世界は、時間や空間の制限によって人間の知覚や行動を決定している。でも高次元——つまり四次元以上の世界に存在する者から見れば、この世界はもっと自由に動かせるものなのです。

これは絵画に描かれた世界が、僕たちから見れば、制限のある薄っぺらい世界にしか見えないのと同じ理屈です。高次元に棲む知性体には、人間の世界は隙間だらけの不完全な構造物に見えるのです。たとえば高次元からの介入を利用すると、殻を割らずに、卵の黄身だけを取り出すこともできるそうです。数学や物理学の本に書いてある真面目な話です。僕たちから見れば閉じた空間である卵の殻も、高次元から見れば隙間だらけなのです。

僕はマナガミ様との接触から、彼ら（マナガミ様はひとりだけではなく、実は世界中にいて、世界中の人に憑いています）が僕たちの世界に、強い興味を持っていることを知りました。高次元環境が当たり前の彼らから見れば、三次元に知性を持つ生物が存在していることは、ものすごい発見だったようです。どうも随分と昔から、マナガミ様は僕たちの世界を観察し、ときには積極的に干渉することで、実験データを回収していたような節があります。つまり僕たち依り代は、マナガミ様にとって、生体センサーみたいなものなのです。

僕たち人間は、古くから呪術という発想を維持してきました。呪術とは、科学とは別の形で、世界の理《ことわり》を知ろうとする試みです。それは科学と比べると、不完全で穴だらけの理論です。世界に対する影響力も、ほとんどないに等しいのです。

それがなぜ、これほどまでに執拗に人類の歴史の中に繰り返し現れ、残り続け、消えないのか。そして、ときには「とてもよく効いている」ように見えるのか。それはマナガミ様が、高次元から、僕たちの世界に介入していたせいではないかと思うのです。マナガミ様は人類に憑くことで、人間が作った不完全な呪術を有効になるように操作していたのではないか。

これが父と僕の推理です。


人類とマナガミ様との関係がずっと続けば、この世界は、結構悪くないものだったような気がします。しかし、マナガミ様は、どうやら僕たちの世界の観測を終え、別の宇宙に存在する別の世界に興味を持ち始めたようです。少しの人材をここに残すに留め、あとのマナガミ様は、この世界から去る予定を立てた様子です。

人類から見れば、マナガミ様と共存していた歴史はとても長い歳月でしたが、マナガミ様から見れば、せいぜい一年とか二年とか、そんな感覚だったのかもしれないね。

華乃ちゃんが道切りをしなくても、いずれマナガミ様は僕から離れたと思います。それと同時に僕は死んだでしょうから、君が積極的に道を切ってくれたことは、かえって、よかったようにも思えます。

なぜならそのことで、僕たちがマナガミ様の干渉を自ら拒否できる、それだけの知性を備えた存在だということを、彼らに教えることができたから。ただの観察される動物ではなく、高次元の知性体と渡り合えるだけの知恵と感受性を持った存在だと、気づいてもらえたに違いないから。

多くのマナガミ様が去ったあと、僕たちの世界がどう変わるかはわかりません。マナガミ様の介入が消えたあとの呪術体系が、このままでも有効なのか、あるいはまったく無効になってしまうのか。僕には想像もつかない。また、その呪術体系によって抑え込まれていた何かが、マナガミ様の退去と共に、この世界に一気に噴き出すのではないかという不安もあります。

けれども、いまの華乃ちゃんなら、きっと、それにしっかり対応できるでしょう。僕のために道切りができた人だから。

何度でも繰り返しますが、華乃ちゃんがやったことは決して間違いではない。僕は君のせいで死んだのではない。それを忘れないで下さい。

君のことがずっと好きだった。

最後に、そう書く機会を得られて、僕はしあわせです。

たとえ僕がこの世から消え去っても、花は美しく咲くでしょう、月も綺麗に輝くでしょう。

それが、この世界の本質です。


新しい世界で、いつまでもお元気で。

勲

＊

私は、それからも都会に住んでいます。村へは一度も帰っていません。勲ちゃんからの手紙は、いまでも大切に取ってあります。でも、彼のことを思い出して泣くことはもうありません。思い出すたびに感じるのは、古い傷の痛みだけです。

この話を、他の方にお聞かせするのは初めてです。妄想だと思われるでしょうか。ならば、それでも構いません。

でも、私が体験したことは、すべて本当の出来事なのです。ありもしない空想を喋っているわけではないのです。すべて、本当に起きたことなのです。

いま、私たちの世界は、明日にでも壊れてしまいそうです。

人間には克服できない病が世界を駆け巡り、世界規模で紛争が繰り返され、何の意味も持てない生と死が日常的に溢れています。

それが、この次元から多くのマナガミ様が去り、呪術体系の一部が崩壊したせいなのかどうか――それは私にはわかりません。

でも、そんなことはどうでもいいのです。

都会の雑踏を歩くとき、私は人ごみの中に、時々奇怪な姿を見ることがあります。子供の頃、勲ちゃんと一緒に見た、あの不気味な影と同じものを。

じゅっ、じゅっと禍言をつぶやきながら、ゆらゆらと歩く不可解なものたち。日本列島のあちこちから滲み出し、あらゆる環境に侵入しようとしている、抑えきれぬものたち。

いまの私は、それと出会っても目を伏せることはありません。正面から見つめ、対峙し、消滅の呪文で相手を完全に封殺する。

勲ちゃんと共に生きるはずだったこの世界で、私はこれからも彼らを滅し続けるつもりです。

自分の背に刻まれた罪の傷跡と、勲ちゃんの優しさを忘れないために。

完全なる脳髄

私はこの街の過去を知らない。知ったところであまり意味はないからだ。街で一番目立つあの高い建物が、通天閣《つうてんかく》だろうが京都タワーだろうが東京スカイツリーだろうが、私にはどうでもいいことだ。

海風のせいで街は年中湿っている。加えてひどく暑い。人工身体が熱暴走しそうになる。磯と海洋生物の生臭さが生体脳を苛立たせる。

海岸沿いのフナムシだらけの道を通って、いつものように繁華街へ向かった。

体長十五センチメートルにも達するフナムシは、この土地に適応した新種だ。日々、陸地を浸蝕しつつある海と共に、あっというまに内陸部へ入り込み、いまでは我が物顔で暮らしている。もはや、人間が近づいたぐらいでは逃げようともしない。

七対の脚と二対の長い触角をゆらめかせ、フナムシは道端に転がっている猫や海鳥の腐肉に群がり、行き倒れた合成人間《シム》から染み出す汁を舐める。足元にまとわりついてきたので、こっちはまだ死体じゃないぞとつぶやきながら傍らを通り過ぎた。

普通人《ナトゥラ》が忌み嫌う生物も、私から見れば同じく命を持つ存在だ。外見はおぞましいが、彼らがゴミを処理してくれなければ、この街はもっと腐臭に満ちているだろう。

昼間の強烈な陽射しから解放され、街はようやく本来の姿を見せつつあった。人間が本性を剥き出して蠢く時刻。それに同期するように、私の体に流れる人工血液も熱くざわめく。

私は警官だが銃の携帯を許されていない。シムだから。

機械脳がそう〈設定〉され、リンク先の生体脳の働きを厳しく制限している。

シムの警官は銃で人間を撃ってはならない。自己防衛は認められているが、その場合でも相手を殺してはならない。どんな非常時でも、シムはナトゥラを殺してはならない。何かの間違いで殺そうと考えても、人工身体がそう動かないように巧妙に〈設定〉されている。

出かける時刻は、いつも午後九時と決めていた。二時間ほど繁華街をうろつき、成果がなければ大人しく帰る。無目的に歩き回っているわけではない。ターゲットが予定通り現れれば捕獲する。ただし、連れて行く先は警察署ではないが。

二十四時間営業の薬局のそばで張り込んだ。何でも売ってくれる薬屋には、大怪我をした人間が治療用具を求めて飛び込んだり、薬で体調を管理している人間が「薬を切らした」と言って駆け込んだりする。いまやこの国は、本物の病院よりも、こういう薬屋のほうが遥かに多い。

十時頃、彼は薬局にやってきた。私より十歳ほど若い会社員だった。華奢な体はそのほとんどが人工物、つまりシムだ。

青年は店で買い物を終えると、歩道に出て、買ったばかりの水薬の蓋をねじ切った。生体脳を活性化させる合法薬品をあおり始めたところで、私はおもむろに彼に近づき、警察手帳を開いてバッヂを見せた。「お忙しいところ大変申し訳ありませんが、少しお時間を頂けないでしょうか」

青年は怪訝な顔をしたが逆らいはしなかった。シムの脳は、ある種の命令には素直に従うように〈設定〉されている。とりわけ官憲に対しては。

私は薬局にちらりと目をやったあと、声を潜めた。「そこの薬屋の件で、お話を伺いたいのです」

「何か事件でも？　僕に協力できることでしょうか」

「ええ。ここでは具合が悪いので、車の中でお願いします」

私は道路に停めておいた車の扉を自ら開いた。丁寧な仕草で青年を助手席へ誘導し、自分も乗り込む。エンジンをかけると同時に、助手席に仕掛けておいた通電装置のスイッチを入れた。

青年は尻に画鋲でも突き刺さったように一度飛びあがり、目をあけたまま動かなくなった。私は念のため、青年の首の後ろに行動制御ピンを差し込んでおいた。それから車を発進させた。

海岸沿いの国道へ出て一時間ほど走った。充電スタンドの近くで左折し、二十分ほど北上する。灯火よりも闇が増えていく地区に目指す病院はあった。

通い慣れた道を通り、病院の地下駐車場へ降りていく。私のＩＤを確認したゲートがすみやかに開く。一番奥に停め、携帯端末で連絡を入れた。やがて、大きなエレベータの中から、美羽《ミウ》がストレッチャーを押しながら出てきた。時間外なのに、まだ看護師の服を着ている。

私が車から降りると美羽は「お疲れさま」と明るく声をかけてきた。助手席をのぞき込んで「あら、随分若い人」と楽しそうに笑った。

「若い脳がひとつ欲しかったんでね」

「役に立つかしら」

「これぱっかりは、埋めてみなきゃ善し悪しがわからない」

私たちは助手席から青年を引っぱり出し、ストレッチャーに乗せた。エレベータに乗り込み、ボタンを押す。

美羽は言った。「先生に会っていく？」

「いまどこに」

「自分のお部屋」

「随分遅くまで残っているんだな」

「昼間、忙し過ぎるのよ」

「あまり有名にならないほうがいいんじゃないか。いろいろ探られるぞ」

「大丈夫。その点は気をつけているみたい」

三階に到着すると、美羽はひとりでストレッチャーを押し、廊下の一番奥へ向かった。

私は院長の繭紀《マユキ》の部屋へ行き、扉を叩いた。中から気怠い声で「どうぞ」と返事があった。

扉を開いて中をのぞくと、繭紀は椅子に座ってスレートPCを弄っていた。だぶだぶの白衣を着込んだ小太りの中年男は、仕事が終われば私服に着替えればいいはずなのに、面倒くさいのか単に忘れているだけなのか、いつ会いに来てもこんな様子だ。

机の上には薬袋と錠剤のシートが散らばっていた。何の薬か知らないが、繭紀はこれをしょっちゅう飲んでいる。飲むと元気が出る、気分がすっきりするんだと笑いながら。

人好きのする柔和な雰囲気と、どこか抜けたようなゆるさが患者にはとても評判がいいらしい。のんびりしているように見えても、診断と治療はしっかりやってくれると。だが、人間としての繭紀の中身は、およそ外見からは想像もつかないほど真っ黒だ。それを知っている者は、美羽と私以外にはいないだろう。

「今日は早かったんだな」繭紀は顔もあげずに言った。「いつもこうだと助かる」

「相手次第だ」繭紀に近づきながら私は言った。「最近は警戒心の強いシムも多いから」

私はスレートPCに手をかざし、画面が見えないようにした。繭紀はようやく顔をあげ、笑みを浮かべた。「君みたいなシムが増えれば確かにやりにくかろう。それでも、警官に対するシムの反応は一定ラインを超えはしない。君が有利であることに変わりはない。画面から手をどけてくれないか」

「手術の日を決めたい。まとまった休暇をとれる日は限られている」

「だから手をどけてくれ。スケジュール表も、この中に入ってるんだから」

私が渋々手を引っ込めると、繭紀は画面にタッチしてカレンダーを表示させた。「今月の終わりはどうかな」

「平日じゃないか」

「休診日を挟んでいる。前日に手術、回復と検査に二日だ」

「わかった」

「調子はどうだ。すべての脳が、うまく連動しているか」

「おかげさまで」

「今回の手術で、君の体内には生体脳が十個棲みつくことになる。いよいよだな。どんな感覚が生じるのか、とても楽しみだ」

スレートPCがアラームを鳴らした。画面に別ウィンドウが開く。画面の中で、美羽が顔の左半分を掌で押さえながら叫んでいた。「先生、ごめんなさい。さっきの人が逃げちゃいました」

「なんだと？」

「制御ピンの効かせ方が甘かったみたい。私を殴って廊下へ」

私は繭紀と一緒に部屋を飛び出した。誰もいない深夜の廊下を、青年はふらつきながら逃げていく。私たちが追いついた瞬間、青年は振り返り、どこに隠していたのか掌サイズの銃を私たちに向けた。

私は反射的に身を屈め、斜め前方へ体を投げた。荷電弾を撃ち出す音と、人間が撃ち倒される音がした。私は警棒を腰から抜いて跳ね起きたが、立ちあがったときには決着がついていた。

銃を撃ったのは青年ではなく、繭紀のほうだった。白衣の下に銃を隠していたらしい。仰向けに倒れた青年の額には、荷電弾の赤い尾が墓標のように突き立っていた。

警棒を片づけながら、私は皮肉たっぷりに繭紀に言ってやった。「医者のくせに、よくこんなことができるな」

僕は耳が聞こえません、とでも言いたげな様子で、繭紀は青年の傍らにしゃがみ込んだ。青年の機械脳が完全に止まっていることを確認してから、荷電弾を額から引き抜いた。そして、青年が持っていた銃を拾いあげた。「逃げるぞ。ここは、じきに警察に踏み込まれる」

「なんだって？」

「こいつは囮だ。わざと君に捕まった。ここを突きとめるために」

私が舌打ちすると、繭紀は手の中で銃を弄びながら続けた。「こいつ、シムなのに君に銃を向けただろう。脳の制御を意図的に外してある証拠だ。機械脳に、制御ピンを妨害するソフトウェアでも書き込まれていたんだろう。君の手術は別の場所でやろう。そいつを一緒に運んでくれ」

「病院を捨てていくのか。これまでの記録はどうする」

「機密データはスレートの中だ。あれさえ持ち出せば問題ない」

「突然行方不明になったら怪しまれるぞ。捕まったとき、どう言い訳するつもりだ」

「悪徳警官に拉致されていました、とでも言うさ」

「囮なら追跡タグが埋め込まれているはずだ。そっちはどうする」

「電子的に妨害してやればいい。それぐらいの装置はうちにもある」

繭紀は院長室へ戻ると、必要なものを全部鞄に詰め込んだ。私たちは青年のボディを抱えて駐車場へ降り、電波妨害機器と一緒に、彼を車のトランクへ押し込んだ。車には美羽も一緒に乗り込んだ。

駐車場の外へ出ると、私は繭紀の言う通りに車を走らせた。病院からさらに北へ向かい、山岳地帯へ入り込む。バイパスを抜け、さらに二時間ほど走った。このあたりは私にとっては管轄外だ。私は繭紀に訊ねた。「ここらに別荘でもあるのか」

「診療所を置いている。外来には使わないが地下に手術室がある。時々使っているから衛生面は問題ない」

辿り着いた診療所は、診察時間を記した看板もなく、いつ開けているのかもわからない建物だった。

「脳みそを移植してくれと言うシムは君だけじゃない」と繭紀は言った。「こちらは予備施設だ。大っぴらに病院に来られない人間は、こちらで受け付けている」

私は地下の手術室へ入る前に、洗浄乾燥室でボディを丁寧に洗った。全裸で手術室に入ると、繭紀は既に青年の体内にあった発信装置を摘出して破壊し終え、青年の右腕を切断する作業に移っていた。

この青年は〈腕型〉だ。上腕部の付け根に生体脳がある。シムの頭蓋骨の中にあるのはただの機械脳で、この青年の場合は、右腕以外の全身はすべて人工物だ。人工身体は、すべてこの小さな生体脳――本物の脳の機能を支えるために存在している。

「そこへ寝てくれ」繭紀が私を促した。「すぐに始める」

私の体で自前の部分は右脚だけだ。そして、私自身の生体脳は右脚の付け根にある。この青年の生体脳を移植してもらうことで、私の体の中には、自分のものと合わせて十個の生体脳が存在するようになる。ひとつの機械脳と十個の生体脳が、すべて連動するようになる。

ベッドの上で麻酔をかけてもらうと、私はすぐに眠りに落ちた。

夢を見始めた。

手術によって生体脳と機械脳のデータリンクが始まると、意識が戻るまでの間に接続された脳が情報整理を行うので、私はいつも長い夢を見る。夢の中で私は何度でも過去へ遡る。

生体脳の移植手術を受けるたびに、同じ記憶が繰り返される。

私はおかしなシムだ。そういう自覚がある。繭紀が言うには「時々出現する個体」らしい。生体脳と機械脳との神経接続がうまくいかず、〈設定〉による制御がずれてしまう。ナトゥラとシムとの間を彷徨い、どちらにもなれない者。それが私だ。

＊

あの時代——地球規模の気象変動によって、世界中の食糧生産態勢が崩壊した。餓死から逃れようとした人々は、少しでもましな土地を求めて津波のように国境線を越え、ユーラシア大陸で、難民と政府間の激しい衝突が始まった。

各国の政府は彼らに救いの手を差し伸べるのではなく、武力で排除するほうを選んだ。国境付近で衝突が起き、夥しい量の血が流された。いつしか、その「作業」は無人機が代行するようになった。何の感情も持たない機械の大群は、黙々と難民たちを切り刻み、大地に臓物や肉や骨をばらまいた。ときには死体を食んで自分を動かすエネルギーに変換し、国家のために働き続けた。

戦争に使われた分子機械は風に乗り、鳥に運ばれ、日本列島まで南下してきた。ウイルスに似た性質を持たせたナノサイズの生物兵器だ。その中に、妊婦だけを集中的に狙う凶悪なものがあった。アジアに住む人々を根絶やしにするために作られた分子機械だ。

胎児の体の発達には、セレブロンと呼ばれるタンパク質が関与している。酵素複合体ユビキチンリガーゼの一部だ。これがうまく働かないと胎児は正常に発育できない。ユーラシアで使われた分子機械は、この機能を狙い撃ちにするものだった。母親を経由してこの分子機械に感染した胎児は、発達異常を起こしたうえで死亡した。

妊婦の体内から死産した胎児を摘出した医師と看護師は、震えあがるほど恐ろしい形の肉塊をそこに見た。攻撃対象として選んだ民族を、次世代も含めて絶滅させるため、分子機械は、人間の尊厳を徹底的に破壊し尽くしていたのだ。

拡散した分子機械に対抗策はなかった。軍事目的で構築された分子機械の作用を阻害する方法を特定するのは難しい。対抗措置を弾き返すために、強力な化学ブロックが施されているからだ。

わずかな希望は、この発達異常の発生率が、まだ三十％程度に留まっていたことだった。この率が急上昇しない限り、人類が滅びることはない。

世界中の科学者が死に物狂いで研究を続けた結果、やがて新たな希望が見出された。

この異常な肉塊は、未発達なだけであり、細胞組織の成長を誘導すると人間の腕や脚がそこから形成されることがわかった。ただし、どう誘導しても頭や胴体は作られない。完全な人間の姿にもならない。人体のパーツのままだ。しかし、成長誘導期間をさらに伸ばせば、ごく小さな〈生体脳〉が発達し、そこにニューロンの発火現象が起きた。

これらの事実を元に、研究者は次のステージに進んだ。

未発達の生体脳に機械脳を接続し、その活動を制御させれば——この脳は、普通の人間のように思考するのではないか。両者をひとつの人工身体に搭載し、人間のように教育していけば、本物の人間と同等の存在になるのではないか。

最新のサイバネティクスを投入した人工身体の第一号が作り出された。この分野で日本は最先端を走っていた。生体脳が機械脳と接続され、人工身体が普通の人間のように動いて言葉を発したとき、世界中の人々が歓声をあげた。

死者同然の肉塊が、科学の力によって生きた人間として甦った瞬間だ。

この身体システムは、シムと名づけられた。合成人間《シンセティック・マン》の略称。人間の邪悪さに敢然と立ち向かった、現代科学の輝かしい結晶だった。

私は両親から愛されて育ったことを自覚している。シムであるがゆえに、いっそう愛されたと言ってもいいぐらいだ。私の最初の肉体は、成長誘導システムのおかげで右脚の形に育ち、その付け根に生体脳を形成した。生体脳が充分に育った時点で、私は人工身体に組み込まれ、機械脳と接続され、人間としての形を与えられた。いまでは外見も知能もナトゥラそっくりだ。

性染色体はXYでも人間的な特徴を何ひとつ持たずに生まれてきた私に、男子としての人工身体と社会的性別を与えてくれたのは両親だ。

社会もシムには寛容だった。「ナトゥラの皆さん、シムを差別してはいけません。彼らも私たちも、まったく同じ人間なのです」

学校教育ではそう教えている。私自身、シムだからという理由だけで差別されたことはない。

だが、街には奇妙な噂が流れていた。シムが自分の体に他者の生体脳を埋め込むと、思考の質が本物の人間、すなわちナトゥラに近くなると。

子供の頃に耳にした奇妙な噂だ。それを試そうとしたシムがいることも、ときおりTVニュースが伝えていた。

他者から生体脳を奪ったシムは、狂ったシムとして警察に逮捕され、即座に再手術を施された。思考改造を受け、感情のないロボットのようになって社会の片隅へ戻ってきた。誰よりも善良になり、社会に決して逆らわなくなったシムを、私は子供心に恐怖と共に眺めた。彼らの様子を喜ぶナトゥラたちや、ほくそえむ官憲の姿に、「これは変だ」「何かがおかしい」と思うようになった。

表面上、社会の中でシムは普通の人間のように扱われている。だが、本当は違うのだ。シムは人間とは思われていない。ロボットに近いものだと見なされているのだろう。だからナトゥラはシムを平気で改造するのだ。シムの思考に制限があるのは、シムの機能が狂って暴走することを、ナトゥラ自身が恐れているからではないのか。〈設定〉を強制することで、シムが余計な思考を持たないようにしているのではないか。

信じてきたものが少しずつ壊れていった。そのショックが、もともと良好ではなかった私の生体脳の結線を、さらに歪めてしまったのかもしれない。

私は狂ったシムに共感すると同時に、誰かから脳を奪いたいと思うようになった。

それは甘美な誘惑だった。完全な脳。ナトゥラのように思考する脳。社会の偽善を一瞬で見抜ける脳。そういうものが欲しい。心だけでも本物の人間になりたい。

私は移植手術に長けた闇医者を捜し始めた。警官になったのはそれが理由だ。警察庁のデータベースにアクセス権を持てば、不正な医療行為に手を染めている闇医者を簡単に見つけ出せる。脳を奪えそうな相手の個人情報も特定しやすい。

個人捜査で踏み込んだ病院で私は繭紀と出会った。繭紀は私がバッヂと銃を見せると表情を強ばらせたが、逃げようとはしなかった。冷静に何の用かと訊ねてきた。

シムに脳を移植してくれる医師を捜していると私は打ち明けた。「やってくれるなら金は払う。だめならこのまま逮捕だ。あんた、医師法違反を山ほどやらかしているだろう。見逃して欲しければ協力しろ」

「構わんが、手術を受けるのは誰だ」

「私だ」

藺紀は腹を抱えて笑い出した。「こいつはいい、こっちも君みたいな奴を捜していたんだ」

そう言って、なれなれしく私の肩を叩いた。「シムは生体脳と機械脳のバランスが巧妙に守られている。その〈設定〉から簡単に外れないように作られている。だが、ごくまれに、最初からその制御が少しだけ壊れている奴がいる。神経がうまく接続されていないんだ。君はそれだな。僕にとっては最高の実験素材だよ」

私は藺紀を殴りつけた。それ以上、つけあがらせないために。シムの警官はナトゥラを殺せないが殴ることはできる。警官をやっているシムの脳は、仕事柄〈設定〉の幅がやや広くとられており、捜査上必要と判断できる場合に限って、ナトゥラを軽く殴ってもいいことになっている。私の行動は、その規範を利用したものだった。

藺紀はよろよろと立ちあがり、手の甲で口元の血を拭った。不敵な目つきで私を見つめた。

私は再度脅しをかけた。「手術を引き受けるのと逮捕されるのと、どっちがいい」

藺紀は唇の端に嘲笑を浮かべた。「一個じゃ足りない。最低九個は埋めさせろ。それが手術の条件だ」

「そんなに埋めてどうする。脳の追加はひとつで充分だろう」

「違うね。小さな脳みそが一個や二個増えても、たいした変化は起きない。シムの生体脳はナトゥラよりも圧倒的に小さい。本来の意味では人間の脳とは呼べないほどだ。それを機械脳で補って、何とか人間の思考に近づけようとしている。だが、力が及ばず、シンプルで平坦な思考しかできない。シムの思考は、生体脳が拾いあげるボトムアップ情報を、機械脳がトップダウン方式で管理する方法で働いている。だから、このバランスを意図的に崩せば新しい可能性が開けるのさ。複数の脳を埋めることで情報量を異常に高め、機械脳の制御を混乱させる――。すると、どうなると思う？」

「さあ……」

「シムの思考がナトゥラに近くなる。つまり、本物の人間に近い、自由な思考ができるようになるわけだ。本物の人間の脳を持てるんだよ。それを試せる装置がある。使ってみてくれ」

繭紀は戸棚から小さな装置を取り出すと、私に向かって差し出した。首の後ろに挿してみろと言った。たったそれだけのことで、いま君が見ている世界は劇的に姿を変えるから、と。

私はその装置を試してみた。挿入ピンが私の機械脳に電気信号を送り込んだ瞬間、何かが外れた音を聴いた。自分を取り巻く環境が、細部まで、くっきりと立ちあがった。色が、匂いが、音が、光が。これまでの数十倍の密度で押し寄せてきた。これが〈設定〉が外れた状態なのか。ナトゥラが見ている世界の姿なのかと私は驚愕した。

装置を外すと、どんよりとした灰色の世界が戻ってきた。天国から地面に叩き落とされたような気分だった。

　藺紀は言った。「他のシムから奪った生体脳を八個移植すれば、その装置を挿した程度には、世界を認識できるようになる」

「では、九個以上、埋め込んだら？」

「それは僕も知らない。だから、そうなったうえで、ぜひ感想を聞かせて欲しい。僕は純粋にそのことだけに興味がある」


　初めて他のシムを襲い、脳を奪って自分の体内に埋め込んだ日のことを、私はいまでもよく覚えている。シムから生体脳を奪うことは殺人だろうか、それとも、ロボットがロボットを襲って部品を奪うようなものだろうかと、そんなことを考えた。ここまで来ても、わずかに躊躇いがあったのだ。

　すると藺紀は言った。「その程度のことで抵抗があるなら、同類を襲ってみたらどうだ」

「同類とは？」

「君と同じように、別のシムの生体脳を狙っている奴をピックアップするんだ。これなら気持ちに折り合いがつくだろう。警察庁のデータベースから、そういう危うい連中の個人情報を抜き出せばいい。君は県警よりも先回りして、そいつらを捕獲する。そう、君がやるのはあくまでも捕獲だ。狙ったシムから手術で脳を摘出するのは僕だから、つまり君は相手を殺すわけじゃない。シムをばらすのは僕、君は僕から手術を受けるだけだ。そもそも、奪った脳は君の人工身体の中でずっと生き続けるわけだから、これは殺人じゃないだろう」

「それは詭弁だ」

「何をいまさら。脳が欲しいんだろう、人間としての脳が。完全な脳と心が」

言い返せなかった。

繭紀は、私を説き伏せてしまう危険な力を持っていた。それはシムを縛りつけておく〈設定〉とは違う、相手の心を思いのままに誘導する呪文に似ていた。

生体脳同士を接続させると、その結果生じる意識は誰のものか？　私は、そんなことも考えるようになった。繭紀は「当然、君のものだよ」と答えた。「人間の意識は脳だけが作っているわけじゃない。身体機能と連動している。人間は脳みそだけで思考しているわけじゃないからね。ましてや、シムの生体脳は、人工身体だけでなく機械脳の制御を受けて活動している。そのシステムと切り離されたシムの脳は、ただの神経細胞の塊に過ぎない。君の意識を乗っ取ることもなければ、知らない記憶を混入させて君の自己同一性を破壊することもない。心配しないで手術を受け続けるといい。シムがこの世界を生き生きと感じるためには、ナトゥラと同じ分量の脳をそろえるしかないんだ」

「では、シムというのは生者だろうか、それとも死者だろうか」

繭紀は薄ら笑いを浮かべた。「機械と幸福な結婚をした死者だろうねえ。肉塊と人工物が統合された——意思を持つ死者だ。ま、人間というよりは怪物に近い」

「怪物？」

「気にするな。ナトゥラだってある意味怪物だ。体は人間だが、心は怪物。それが、いまのナトゥラたちさ。シムに対する仕打ちを見ていれば、それがわかるだろう」

「だったら私は何になるんだろう。十個の脳をそろえたあとに」

「君は本当の意味での人間になる」

「え？」

「人工の体に、人間の心。シムでもナトゥラでもない。そういうものになるのさ」

＊

診療所の病室で、私はゆっくりと目を覚ました。

目をあけるとき少しだけ怖かった。体内の十個の脳は、本当にきちんと連動してくれるのだろうか。情報を制御しきれず、発狂するのではないか。

病室の空気を深く吸い、気持ちを落ち着かせた。

視覚、聴覚、触覚。

全身から入ってくる情報に神経を集中させたが、それらは手術前とたいして変わらなかった。本当に手術をしたのかと思うほどに。

枕から頭をあげ、上半身を起こした。

病室の中にはベッド以外何もなかった。

美羽の姿もない。

ベッドから降り、病室の外へ出た。私の体は右脚以外すべて人工物だ。他人の脳は特殊な膜で包み、腹腔内に収めている。シムはナトゥラのような消化器官を持たないから、脳を追加する場所には困らない。腹の中に他人の脳を詰め込んで詰め込んで、とうとう合計十個になった。だが、世界が変化したようには見えない。

あちこち歩き回って、ようやく院長室を見つけた。扉をノックしたが返事がない。

勝手に中へ入った。

院長室は仕事部屋というよりは寝室に近かった。事務机とベッドがあり、繭紀はベッドにだらしなく横たわっていた。こんなときでも、やっぱり、だぶだぶの白衣を着込んでいた。こいつのファッションセンスはいったいどうなっているんだと思いながら、私はベッドに近づいた。繭紀の顔をのぞき込み、息を呑んだ。

繭紀の顔色は貧血を起こしたように白かった。苦しそうに喘ぐ喉元に、爪で激しく引っ掻いたような傷がある。よく見ると、白衣のあちこちが血で汚れていた。返り血でなければ、本人からの出血ということになるが——。

玉のような汗を浮かべた繭紀の額を、私は遠慮がちに指先で突いた。「おい、大丈夫か」

繭紀はうっすらと目を開いた。「君か。調子はどうだ」とつぶやくと、顔を歪めながら身を起こした。ベッドから降り、部屋の隅にあった小さな冷蔵庫から水のボトルを出してラッパ飲みした。それで少し落ち着いたのか、室内に置かれていたディスプレイの画面に指先で触れた。

スリープ状態になっていた画面が風景を映し出した。日の出前の薄闇の中、三台のパトカーが坂道を登ってくる映像が目に飛び込んできた。

「発信器を壊しても、あいつらには独特の情報網がある」繭紀はしわがれた声で言った。「ここを見つけたようだ。もうじき登ってくるだろう」

「また逃げるのか」

「君はな」

「あんたは」

「僕はもういい。保たないから」

眉をひそめた私に、繭紀は眩しさに目を細めたような表情を見せた。「脳が十個になった気分はどうだ」

「何も変わらない。シムのままだ」

「そんなことはない。君は手術のあと丸二日間も眠っていた。これまではすぐに目覚めたのに、脳神経の相互リンクに二日も時間を費やしたんだ。何も変わっていないはずはない。長い夢を見ただろう。いい夢だったかい」

「悪くはなかったが、とりたてて、いい夢でもなかったよ」

「そうか。まあ、とにかく、これで君の〈設定〉は完全に解除されたはずだ。君はもう何でもできる。普通の人間と変わらない」

藺紀は懐から、あの青年から奪った銃を取り出し、私の掌に載せた。「法律違反で警察に捕まりたくなければ――自分の脳を元通りにされたくなければ、すぐにここから逃げろ。だが、その前に、僕を殺していって欲しい」

「なんだって?」

藺紀は凄絶な笑みを浮かべた。「日本や東南アジアを襲った分子機械は、異常妊娠を起こさせるものだけじゃなかった。治療法のない病気をたくさん生み出した。僕はそのひとつに罹患している。体中に瘤ができて、あちこちの組織が変形して死ぬ恐ろしい病気だ。僕の裸を見て卒倒しない人間なんていないだろうね。この瘤のせいで、僕は普通の服を着られない。だから、いつも一番大きなサイズの白衣を着ているのさ。歪んだ体形を他人に悟られないように」

「痛みはないのか、その病気に」

「なぜ、そんなことを訊く?」

「とても、そんな重症には見えない。おまえはいつも、楽しそうに笑っているじゃないか」

藺紀は喉をのけぞらせて笑った。「人間の表情など、脳内の化学物質や神経を弄れば簡単に制御できる。本人が死ぬほどの苦しみに苛まれていても、それと相反する表情を化学的に作ることなど造作もない。人はそれを見て安心し、警戒心をゆるめ、僕をいい人間だと錯覚してくれる。おかげで、いろんな実験をする機会を持てたよ。面白い人生だった」

藺紀は少し後ろへ下がり、私との間に距離をとった。おそらくは、銃を撃たせやすくするために。「シムが本物の人間になるとは、どういう意味だと思う？　どういう思考をすれば、ナトゥラと同じになったと言えると思う？」

「わからない……」

「自分の意思で他人を殺せるかどうか――。それがシムとナトゥラの境界線だ。十個の脳をそろえた君にはそれができるはずだ。試してみてくれ。自分の予測が当たっているかどうか、僕は自分の体験で確認したい」

「ふざけるな」私は叫んだ。「どうして私が、そんなことをしなきゃならんのだ」

「これは、下からあがってくる連中を撃つための予行演習だ。もし僕を撃てるなら、君は警官たちとも闘えるだろう。僕を撃てないなら、この実験は失敗だ。何もせずに逃げるだけの道しか君には残されない。正直に言ってみろ。いま、君の中にある十個の脳は何を考えている？　他人を殺してでも生き延びろと囁いていないか」

「状況次第では、それまで親しくつき合っていた同胞すら倫理を無視して殺せる——。これは人間が人間であることの大きな条件だ」

「私は、そんなことのために脳みそを集めていたんじゃないぞ」

「はっ！　じゃあ、なんのために集めていたのさ。まさかと思うが、天使のように清らかな心を得るために脳みそを欲していたわけじゃないよな。いいか。人間になるということは、悪をその本質として受け入れるということだ。それができないなら、さっさと逮捕されて余分な脳みそを抜いてもらえ！　元通りに、感情の薄いシムとして社会に溶け込めばいい。それはそれで、とてもしあわせな生き方なんだからな」

「だが……」

私はしばらく何も言えなかった。頭の中を嵐のように様々な考えが駆け巡った。何が正しくて、何が間違いで、何が人間的なのか。答えの出ない問いを延々と問い続けていた。他人の生体脳を埋め込んでも私の意識が影響を受けることはないと繭紀は言っていた。だが、いま私の頭の中には、それぞれに意見の違う人間が何人もいて、一斉にがなり立てているかのようだった。価値観が揺さぶられ、判断が揺さぶられ、永遠に迷い続けるのではないかと思うほどだった。

これが本物の人間になるということなのか。真反対の考えを同時に思考し、その中からひとつだけを選び取り、選び取ったらそれに対する後悔など決して持たない——。それが人間になった証拠なのだろうか。

私は掌の銃に視線を落とした。発射モードを確認し、実弾が出るように設定すると、銃把をしっかりと握り直した。顔をあげ、繭紀に向かって訊ねた。「どこを撃てばいい？　どこを撃てば、おまえを確実に殺せる？」

「頭か心臓を」繭紀は静かに答えた。「時間がかかるのはごめんだ。もう、これ以上、苦しみたくないから」

「繭紀」

「なんだ」

「私はおまえを、さほど嫌いじゃなかった。こんな状況じゃなかったら、一緒に連れて逃げていたと思う」

「それは大変光栄だ」繭紀はにやりと笑った。「僕は君を、実験用のマウス程度にしか思っていなかったがね」

最後まで、そんな言い方しかできないのか。

ゆっくりとあがっていく銃口を、繭紀は楽しそうに眺めていた。目を閉じ、両腕を広げてみせた。どこかへ飛び立とうとする鳥のように。

私は叫び声をあげながら、二度、トリガーを引いた。

二発の銃弾は、繭紀の頭と心臓のそれぞれを撃ち抜いた。着弾の衝撃で、繭紀の体は机の縁にぶつかった。背中から殴りつけられたように一度だけ全身をのけぞらせ、やがてその反動で身を折り、その場にくずおれた。

ほどなく、自分の背後に誰かが立ったのを私は感じとった。反射的に銃口を向けると、そこには美羽が立っていた。視線が合った瞬間、美羽は大声で言った。「撃たないで。事情は先生から聞いている」

美羽は部屋の奥をのぞき込むと、安堵したように息を洩らした。「よかった、先生。これで、やっと楽になれたのね。長い長い苦しみから、ようやく解放されたのね……」

「警察が踏み込んでくるらしい。他に武器はないのか」

「あるわ」

美羽は私を廊下へ連れ出した。壁際に拳銃とショットガンとサブマシンガンが並んでいた。

「拳銃は十五連発のオートマチック。ショットガンやマシンガンを扱うのは初めて?」

「ああ」と私は答えた。「それにしても、この充実ぶりはなんだ? 繭紀は、本当に変な奴だったんだな」

美羽は楽しそうに微笑を浮かべた。「使い方は簡単。私でも撃てるぐらいだから」

「君が?」

「当たり前でしょう。さあ、ふたりで警察を蹴散らして逃げるの。急いで」

銃把で窓ガラスを割り、美羽は警官たちに向かって撃ち始めた。自分から撃ってどうするんだと私は呆れたが、どうせ銃撃戦になるなら先手を取ったほうが有利ではある。

彼女の隣に並んで撃った。警官がひとりのけぞって倒れた。「やるじゃない」と美羽が誉めてくれたが、私は何も答えなかった。

警官からの射撃がやんだ隙に、私たちは銃と弾薬を抱え、駐車場に停めていた車へ飛び込んだ。警官に気づかれる前に、猛スピードで診療所をあとにした。

「どこへ逃げたい？」と私が問うと、美羽は「フナムシがいないところ」と答えた。

それは無理だと私は言った。日本中どこへ逃げたってフナムシはいる。もうすぐこの国は海に呑まれて、列島ではなく島嶼《とうしょ》になってしまうのだから。

「じゃあ、どこでもいい」

投げ出すような美羽の口調に絶望感はなかった。軽やかさのほうが勝っていた。

私はさらに車の速度をあげた。

美羽がカーラジオのスイッチを入れた。政府のニュースが流れ始める。

《本日の海岸浸蝕は三十センチメートル。政府は関東と関西で海上都市の本格稼働を始めました。海上都市に住むには居住許可証が必要です。第一期の募集は抽選によって決定されます。今回外れた方は、落ち着いて、第二期の募集をお待ち下さい。希望者は必要書類をそろえて、市役所または県庁に提出して下さい。繰り返します。本日の海岸浸蝕は……》

放送局を切り替える。

身をよじるようなエレキギターの響きと共に、ハードロックが流れ始めた。もう百年以上も昔に解散し、メンバーも全員死んだバンドの曲だ。振り絞るように荒々しい男性ボーカリストの声が狂おしく響き渡る。

フロントガラスの向こうに、朝日がゆっくりと昇りつつあった。

それは、破滅の予感のようにも、希望の光のようにも見えた。

石繭
いし
まゆ

通勤の途中で私はそれを見つけた。ふと視線をあげた先に。

電柱の先端にはりついた白い繭は、虫が作ったとは思えないほど大きく、人間が身を丸めているような格好をしていた。

芸大の学生が置いていった〈作品〉だろうか。前にもそういうものを見たことがある。道端に胎児の模型が並べられていたり、放置自転車が無数の花で飾られていたり。それの一環だろうか。

よく見ると、繭はわずかに虹色を帯びていた。じっと見つめていると、大昔の怪奇映画を連想して、わくわくしてきた。ふと、会社を休んでみたくなった。いまからでも連絡を入れるか。体調が悪いので休みますと。

いやいやいや、それじゃまずいだろう。

私は足を早めた。ネクタイを引き毟《むし》りたくなるほど汗まみれになって駆け続け、列車に飛び乗り、定刻ぎりぎりに会社に到着した。

会社ではいつものように大量の仕事が私を待っていた。クレーム対応。無茶を言う得意先から笑顔で話を聞く打ち合わせ。ストレスで吐きそうになりながら上司からの嫌味に耐える。

際限なく担当範囲が広がっていく仕事に次々と応えつつ、それと同時に、いつ首を切られるかわからない立場でもあるので怯え続ける毎日だ。やめるにやめられないし、降りるに降りられない。いや、思い切れば降りられるのだが、もっと苦しくて痛い人生になるのは嫌だし怖いので仕方なく働いているだけだ。でも正直に言うともう辞めたい。

深夜、家の近くまで戻ったとき、私は同じ場所でもう一度電柱を見あげた。

繭は朝と同じ場所にあった。闇の中で白く光っているように見えた。発光しているならやはり人工物なのだろうか。いやホタルは自力で光るぞ。発光するキノコだってある。

じっと眺めていると、繭が微かに震えていることに気づいた。羽化直前の蝶のサナギのようだった。いよいよ、中から何かが出てくるのか。好奇心が不安と入れ替わり、恐怖が私にあとずさりを強いた。

直後、繭の背中が甲高い音をたてて割れた。中から何かが噴き出し、豪雨のように私の足元に降り注いだ。ばらばらと歩道に散らばったそれは無数の石だった。ただの石ではない。宝石のように煌《きら》めいていた。最高級の翡翠のようにとろりとした緑色の石。柘榴《ざくろ》のように赤い石。銀色の石。金色の石。漆黒の石。目が覚めるような青い輝きを放つ石。私はごくりと唾を呑み込んだ。無色透明の石をひとつ手にとる。水晶かダイヤモンドだったら儲けものだ。

そのとき、

「他の石も拾え……」

という声が耳元で響いた。声の鮮明さに私は飛びあがった。あたりを見回したが誰もいない。鼓動と呼吸が荒れてきた。私は大急ぎで石を掻き集め、鞄に放り込んだ。鞄を抱えて自宅へ駆け戻った。

アパートへ戻ると、私は鞄の中身を居間にぶちまけた。室内の照明を浴びて輝きを増した石は、煌めきながらカーペットの上に転がった。

どうやったら売れるのだろう。最初に考えたのはそれだった。全部で幾らになるだろう。買い叩かれないようにするにはどうすればいいのか。宝石商などを通さず、パワーストーンだと言って占い好きの女性に売りつけるのが一番かな。

インターネットで貴石のショップを検索して値段を見て回った。捕らぬ狸の皮算用が眩暈を誘った。いける。これはいける。小金が手に入る。うまく売れたら会社を辞めてやる。

喉が渇いてきた。少し腹も減っていた。何かを取ってこようと立ちあがりかけたとき、石のひとつに、ふと目がとまった。

赤い石から、ふわりといい匂いが漂ってきた。トマトとオリーブオイルとハーブが混じり合った匂いだ。私は石を摘み、鼻先へ持っていった。匂いが強くなり、熱いチーズの旨味が舌の上に甦った。

私は思わず石を口に含んだ。なぜ、そんなことをしたのかわからない。だが、そうしろと囁く声を心の底で聴いたのだ。瞬間、石は口の中でとろりと溶けた。何ともいえない感覚が私の体を内側から愛撫し——それと同時に私はアパートの自室から、行ったこともないイタリア料理店の中へ移っていた。

ホールスタッフが慌ただしく立ち回っていた。私はなぜか彼らと衝突しなかった。そこをどけと怒鳴られることもなかった。空気のように、ただ立ち尽くしていた。

ああ、これは夢なのだなとすぐに納得した。自分の体験のどこからが夢だったのかはわからない。もしかしたら石を拾ったときからか、あるいは会社を出たときから既に夢に突入していたのか。

夢なら何が起きても不思議ではない。

あいている席に腰をおろすと目の前に料理が出てきた。トマトとチーズで味つけされた鶏のローストだった。夢中でむさぼり食った。いつもは食べ物の夢を見ても味は全然感じないのだが今日は違った。本当に食べているように生々しかった。

満腹になった途端に私は目を覚ました。体は元のアパートにあり、居間の床に寝転がっているだけだった。輝く石はまだ残っていたが、あの赤い石だけは見あたらなかった。

売るのはやめだと私は思った。誰にも渡したくない。自分ひとりで楽しもう。

一日中働き、会社から帰ると石を味わうのが日課になった。石を食べると嫌なことをすべて忘れられた。何とか「まあ、明日も会社へ行こうかな」という気分になった。

石は食べ物の匂いがするとは限らなかった。樹木や海の匂いがすることもあった。けれども、食べると別世界へ飛ばされるのは同じだった。私はいろんな体験を楽しんだ。見知らぬ土地を彷徨い、冒険をした。体に染み渡る清らかな水を飲み、木陰で休息した。女の体を得て女として生活し、男と愛し合い、子供を産んだこともある。それは自分自身の輪郭が溶け、何者でもない存在と化したような気分だった。

ある夢には私自身が出てきた。その私は私に向かって語りかけ、元気でな、あのへんは危ないから気をつけてなと繰り返した。私と喋り終えた私は遠い異国を楽しく旅して回り、最後には街角で強盗に襲われて死んだ。

この夢から目が覚めたとき、私はようやく石の正体に思い至った。

旅先で行方不明になった友人をひとり知っている。旅行好きで世界中をひとりで巡っていた。出発前に少し話したのが最後になった。夢の中の会話はそれと同じだった。ということは、あの石にはその友人の記憶が封じ込められていたことになる。

では、その他の石に収められていた記憶は何なのだろう。大勢の名もなき人々の記憶なのか。誰かが手放した過去の記憶、もしかしたら死者の記憶、死者の思い出——。いや、友人の夢は私の脳が作り出した勝手な虚構かもしれない。あの石は人間の脳内に勝手に物語を生成しているだけで、すべては虚構内での出来事であり、本当にあったことなど何ひとつないのかもしれない。

けれども——。

「随分がんばったんだが、うちの経営もそろそろ危なくてね」

ある日、そんな調子で、「もう会社に来なくていいよ」と言われた。ほんのわずかだけ出るという慰労金の額を確認したあと、私はお世話になった人たちに挨拶して会社をあとにした。

上司はまだ残るらしい。

残ったからといって楽になるはずはなく、むしろ苦痛が増すのだろうが、残る人たちの生活を考えると迂闊な言葉はかけられないなと思った。

明日からはもう通らなくていい道を歩きながら、私はぼんやりと考えた。

家にはまだ少し石が残っている。あれは自分ひとりで全部味わい尽くそう。すべてを食べ終えたとき、きっと自分は電柱の上で白い繭になっているだろう。そういう奇妙な確信があった。電柱のてっぺんで身を丸め、かつての自分のようにそれを求めている者が現れるのをじっと待つのだ。

石が見せてくれる夢は本当に楽しかった。

だから、ここまでやってこられた。

私の新しい仕事は、自分が取り込んだすべての記憶をこの体内で石に変え、別の人間へ手渡すことだ。

虚構と物語があれば何とか道を歩いていける――。そんなふうに考える人に引き継いでもらうために。

私は、いつかのように再び空を見あげた。

あちこちの電柱に、たくさんの繭がはりついていた。月光の下で白く輝く繭たちに向かって、私は微笑を浮かべつつ、挨拶するように軽く手を振った。

氷《ひょう》波《は》

私たちは人間ではない。

宇宙開発用人工知性と呼ばれている。

私たち、と複数形で名乗るのは、ひとつの装置の中に、いくつもの人工知性が搭載されているからだ。

リーダーはいない。個々に違う仕事を担当すると同時に、全体でひとつでもある。つまり集合知性体、群体生物に似た存在だ。

人類は宇宙へ進出したが、木星から向こうはまだ機械任せである。私たちのような人工知性がミマスに配置されている。

ミマスは土星の衛星だ。

基地で事故や故障が起きても、遠く離れた木星のステーションからは容易に修理班を出せない。

だから、めったなことでは装置が停止しないように、人工知性が分担管理する。

製造番号が222なので、私たちの愛称は〈トリプルツー〉。ミマスと土星の観測が仕事だ。

ミマスはとても小さい。

タイタンをピンポン球とすれば、ミマスは小石のかけらといったところだ。

土星は、ミマスから眺めると、漆黒の空を覆い尽くさんばかりの大きさに見える。ほんのりと赤味を帯びたクリーム色の大きな星が、宇宙の暗闇に反抗するかのように輝いている。その上層では水素を主成分とする大気が渦巻き、木星ほど鮮明ではないが薄い色の縞模様と小さな斑が形成されている。中層以深では液体水素や金属水素が流動し、中心部には核がある。巨大な環は、ここから眺めると、まるで屹立する薄いカミソリの刃だ。ちっぽけな基地など、一瞬で切り裂いてしまいそうにも見える。

サイズは大きくても土星が人間に破滅をもたらすことはない。だが、想像を絶する巨大なものに接しただけで、人間は身が竦むような思いを覚えるらしい。ところが不思議なことに、人間が感じる恐怖には必ず好奇心が同居しているのだ。

恐ろしいものだからこそ克服したい。謎に満ちた存在だからこそ、危険を冒してでも、その神秘のヴェールを剝ぎ取りたい。そんな思いが人間を宇宙へ駆り立てているようだ。人工知性が持たない、とても奇妙な心の機能である。

私たちはアステロイド工業帯で生産され、無人宇宙機に搭載されてミマスへ送られた。

宇宙機は氷と岩ばかりの大地に爪を打ち込むと、この小さな衛星に蜘蛛のようにしがみついた。

宇宙機はそれ自体が観測基地だ。私たちは内部から小型探査機を繰り出し、環境データを採取し、基地に降り注ぐ電磁波や放射線を測定する。観測対象を立体映像で撮影し、木星の研究所へ電送する。毎日、毎日、変わることなく土星を見つめ続ける。

木星圏は衛星に氷上基地がある。軌道上には宇宙ステーションも置かれている。そこに住んでいるのは研究者だけだ。

一般市民の居住地は火星まで。宇宙は遠くへ行けば行くほど、人間にとって過酷な環境になる。無重力や低重力の環境が体調を狂わせ、宇宙放射線が人間の肉体を破壊する。環境への防御性を高めた宇宙船は高価なので、火星から向こうへは、なかなか居住圏が広がらない。仮に安全性が確保されても、安易に人間を深宇宙へ送り込んでいいのかという問題もある。人間の社会はややこしい。私たちと違って、〈個〉の有限性にとても神経質なのだ。

私たちは機械なので生物とは見なされない。

だから土星にいる。

生物ではないので〈死〉という概念も持たない。人間とコミュニケートする能力はあるが、人間ではないので人権は与えられていない。

どんな危険な場所でも、私たちは命令ひとつで飛んでゆく。決められた手順に従って仕事をこなし、データを集めて帰還する。戻ってこられなくても、予備のコピーがあるので誰も悲しまない。

人間社会では、私たちの活躍を描いたフィクションやノンフィクションが大人気だ。その物語は人間を感動させ、励まし、明日を生きる勇気を与えているようである。

でも、それは私たちが社会の一員として認められた結果ではないのだ。

私たちの内部には、ミッションを喜んだり誇りに思ったりする機能はない。機械が行う観測にそんなものは必要ない。成果を見て喜ぶのは人間だけで、私たちは喜びなど知らない冷徹な機械に過ぎない。

だが、それでよいのである。

充分なのである。

もし何かを喜べと言われたら、私たちは自分がただの機械であり、理不尽な感情の揺れや生殖や同胞との係争から解放された自由な存在であることを喜んでいる——と答えるだろう。

だが、この答えすら、人間によってあらかじめ用意された定型句に過ぎない。私たちが思考した末の答えではないのだ。

人間がやめろと言うまで、私たちは何十年でも何百年でも働き続ける。ある日突然壊れるか引退を命じられたときに、ようやくこの地を去る。それ以外は何もない生涯だ。

だから、観測の仕事をしない人工知性が地球から送られてくると聞かされたとき、私たちはその理由を量りかねた。

タカユキと名づけられたその人工知性は、私たちとは根本から構造が違っていた。人間の精神をコピーすることに成功した、新しいタイプの人工知性だったのだ。

ミマスは外部からの補給を受けないが、追加の装置や工作機械を受け入れるため、基地にはドッキングポートが用意されている。

はるばる地球からやってきた宇宙機——アントゥール号は、少しのトラブルもなくポートにぴたりと到着した。

ミマスを小石のかけら、私たちの基地を蜘蛛に喩えるなら、アントゥール号は葉ダニに近いサイズだった。宇宙機と私たちが回線で接続されると、タカユキの身体イメージがこちらへ送り込まれてきた。

日本人。二十代前半。生物学的性別は男性。性自認も男性。身長百七十センチメートル。体重五十八キログラム。栗色の髪。焦げ茶色の虹彩。卵形の顔立ち。勿論、これがタカユキのオリジナルと同一とは限らない。ただのアバターかもしれない。

人格データのベースは、広瀬《ひろせ》貴之《たかゆき》という人物。職業は総合芸術家。タカユキはこの人間のコピーだった。

もらったデータを組み立てると、タカユキの立体イメージが私たちの中に形成された。

「はじめまして」タカユキは礼儀正しく頭を下げた。「ヒロセ・タカユキです。よろしく」

「ようこそ」

「そちらにも、おれのような擬似人格はあるのかな。コミュニケーション用のキャラクターは存在する？」

「申し訳ありません。私たちは仮想人格を使わないのです」

「残念！　可愛い女の子が迎えてくれると思ったのに」

「ご期待に添えず恐縮です」

「愛称とかないの？」

「トリプルツーと呼ばれています。製造番号が２２２なので」

「じゃあ、それで呼ばせてもらおう。あらためてよろしく、トリプルツー」

「こちらこそ」

「実を言うと、おれにだってたいした〈人格〉があるわけじゃない」

タカユキは照れくさそうに頭を掻いた。「人間っぽく振る舞っているが、中身は君たちとたいして変わらんよ。おれの精神構造はオリジナルと同一じゃない。宇宙機に搭載するには広瀬の人格データは大き過ぎてね。随分簡略化する必要があったんだ。オリジナルの広瀬は、もっと繊細な心を持った芸術家だ。おれみたいに大雑把なキャラクターじゃない」

「大きな誤差があるのですか」

「別人と言ってもいいだろう。おれは広瀬の簡略版で、広瀬そのものじゃないんだ」

「なるほど。ところで、なぜ科学者ではなくて、芸術家がこちらへ？」

「広瀬は土星のC環に興味があるそうだ。C環の波打ち現象については、よく知っているだろう？」

「はい。土星の波打ち現象は、一九八〇年にNASAのボイジャー一号によって初めて確認されました。二〇一〇年には、この波の規模がわかりました」

「その高さは最大で千六百メートル」タカユキは私たちの言葉を引き継いだ。「地球上で起きる最も大きな波は〈メガ津波〉だ。山体崩壊によって引き起こされるこの波の高さは六百メートル前後。土星のC環の波高は、その二・五倍強だ！　ただし、C環の波の速度は時速十メートル。分速に換算すると、たった十六センチメートル。とても遅い」

宇宙空間に集合している氷塊が、ゆるゆると動きながら千六百メートルもの高さの壁を形成し、やがては崩れ、また壁としてせりあがっていく――それが波打ち現象と呼ばれるC環の運動である。

「広瀬は、この波が動くときの〈音〉を聴きたいと考えた。総合芸術家は、ありとあらゆるものを作品にしてしまう。絵を描き、彫刻を作り、作曲し、機械を設計し、自然環境からデータを拾いあげて作品化する。今回は〈音〉でそれをやろうと考えた」

土星の環は一本の幅広い帯ではない。アルファベット名で分類される、たくさんの環の集合体だ。

Ｃ環は土星本体に最も近い。

だが、遠く離れた衛星タイタンの引力の影響で波打ち現象を起こしている。氷波の周回周期を調べると、タイタンの公転周期とぴったり一致するのだ。

タカユキは続けた。「宇宙空間には空気がないから、氷の塊が衝突しても音は聞こえない。だが、観測したデータをシミュレータに打ち込めば、仮想の音を鳴らすことができる」

「どのようにして？」

「コンピュータの中で、土星全体が空気に覆われている空間を仮定する。この中で波打ち現象を起こさせると、氷塊の衝突で生まれる音がわかる」

「現実には存在しないけれど、コンピュータの中では鳴る音ですね」

「そう。Ｃ環の観測データは地球でも手に入るから、広瀬はこれを利用した。波の速度もちょっと変えて、高さ千六百メートルの氷波が、時速何十キロもの速度で一気に崩れ落ちたらどうなるか計算した。条件を何度も変えながらね。仮想の音、虚構の音、現実には存在しない音だ。でも、現実には存在しない何かを作りあげることを芸術と呼ぶのであれば、これは広瀬にとって、まぎれもなく芸術そのものだった」

タカユキは仮想の音を再生してくれた。Ｃ環を構成している氷塊のサイズは様々だ。小さいものは直径一センチメートル。大きなものは直径数メートル。十メートル近くある氷の塊も見つかっている。成分は九十九パーセントまでが氷で、残り一パーセントは岩石のかけらだ。成分が同じでも大きさが違えば固有振動数は異なる。衝突すれば、そのときに響く音は違う。

タカユキが「感想は？」と訊ねたので、私たちは「波長の違いで音を分類してみました。結果をご覧になりますか」と言った。

するとタカユキは、「それだけかよっ！」と不満げに叫んだ。

「トリプルツー。君が、ただの観測機器だってことはわかってる。でも、人間とコミュニケートできるなら、もうちょっと文学的な表現をしてもいいんじゃないのかい」

「申し訳ありません。木星の研究所には文学の素養を持つ人間がいないので、私たちは修辞法の訓練を受けていないのです」

「人間なら、こういうとき、もっとロマンチックな表現をするんだよ」

「どんなふうに？」

「広瀬はこの音を、『ものすごい量の金平糖を、すべり台の上から一気に流し落としたような音だ』と言った。『あるいは貝を耳にあてたときの音にも似ている』と」

「どちらも土星には存在しません。私たちには理解しかねます」

「『音に体を持っていかれる』とも言っていた」

「……難しい」

「どうやったら伝わるのかなあ」

タカユキはもどかしそうに身をくねらせた。私たちをなじっているというよりも、タカユキ自身も語りあぐねている様子だった。

「音に体が運ばれていく……。どこか遠くへ──現実の先にあるどこかへ──見たこともない場所へ運ばれていくイメージだ。砂が際限なくこぼれ落ちていく音、氷が軋んで割れる音、いつまでも降り続ける雨の音、そういうものに似た音が、複雑に混じり合い、反響し、宇宙空間を満たしていく……。タカユキの脳は、これを音楽として聴いている」

「だめです。私たちには理解できません」

「実は、おれにもよくわからんのだ。でも、普通の人間が音楽を楽しむように、タカユキはC環の音を楽しんでいる」

「脳の構造が特殊なのでしょうか」

「かもしれん。ちょっと変わった人だから」

タカユキの話によると、総合芸術家とは、複数の芸術を統合するタイプのクリエイターをいうらしい。

広瀬氏は七、八歳から絵の才能を発揮し、のちには映像関係に興味を抱くようになった。成人前にして既に多くのコンクールで受賞を果たした。娯楽映画の形式を取りつつアート性も兼ね備えた傑作で、一般客と評論家が同時に飛びついたという。様々な角度から、人間の心に揺さぶりをかけるのが巧かったようだ。

　作曲も手がけ、詩や小説を執筆することもあった。文化交流にも意欲的で、文系方面だけでなく、科学者との交流もあったらしい。

　総合芸術の制作には、少なからず科学的な素養も必要である。

　彼の目は人間の内面だけでなく、地球の自然や宇宙にも向けられていた。公園の片隅で遊ぶ子供も、水溜まりに棲むバクテリアも、銀河の片隅で燃えている恒星の存在も、彼にとっては等価であったようだ。

　雑誌のインタビューで広瀬氏はこう答えている。

《私は好奇心の箍《たが》が外れた子供であり、この世の謎を解くためなら手段を選ばないあくどい大人なのだ》

　広瀬氏は、地球が自転する音に耳を傾け、太陽から噴き出すプロミネンスを間近で見てみたいと本気で願うような人物だった。《この世界は、人間の感覚器官や主観を通じて表現されたとき、ただの自然的・社会的現象から芸術作品へと変貌を遂げる——》これが彼の信条だった。

「氷波の仮想音を使って、広瀬はいくつも曲を作った。〝C環の響動《とよみ》〟Ⅰ、Ⅱ、Ⅲ。煌めくように音が転がり、戯れるように跳ねる。天を目指して駆けのぼっていくような明るい曲だ」

「それとあなたの訪問との間に、どんな関係が？」

「広瀬は仮想の音を聴くだけでなく、氷波の動きを体感したいと言い出した。C環の巨大波でサーフィンをしてみたいと」

「サーフィン？」

「波乗りのことだ。触覚センサーをC環におろし、氷波の表面を撫でるように引き摺っていくと、センサーと氷塊との接触による振動データを得られる。このデータを広瀬氏の脳内で再生すると、彼は地球にいながら、自分が土星のC環の表面を滑走しているような感覚を得られるんだ」

「そのために宇宙機をここへ？　莫大な費用がかかるのに」

「広瀬はアートで成功した大金持ちだ。私財をなげうって、一度だけの試みを企画した。木星の研究所からも援助金が出たし」

「なぜ？」

「普通、土星の環でサーフィンをしようなんて奴はいない。データを採れるなら相乗りしたいと喜んでくれたのさ」

　私たちの仕事は、アントゥール号のサポートだった。

　C環の内部へ観測機を入れた例はない。大きな氷塊と衝突すれば観測機は壊れる。環に接近して撮影するぐらいは常だが、今回のような試みは初めてだった。

タカユキは言った。「波打ち現象が起きているＣ環では、環は平面状に広がるんじゃなくて大きな落差を作っているわけだ。こんなふうに」

立体データが展開された。高低差が最大で千六百メートルになる巨大波。それが作り出す斜面。

「ここを滑走すれば、サーフィンのデータを得られる」

「どうやって？」

「アントゥール号は、船腹に二本の触覚センサーを搭載している。その先端をＣ環に接触させながら滑走する」

「なぜ二本いるんです？　一本で充分でしょう？」

「人間には足が二本あるからさ。広瀬が自分の体でデータを体感するとき、両脚から振動データが伝わってくる形式のほうが、より臨場感を覚える。サーフィンする場所はここだよ」

指定された場所だけを数日に分けて滑走する予定だという。

事故が起きた場合にはアントゥール号を無理に回収しなくてもいい、遠慮なく放棄してくれとも言われた。私たちはデータのバックアップを任されていたので、データが木星へ届きさえすれば、タカユキが戻れなくても目的は達成されたことになる。

「広瀬には二台目の宇宙機を飛ばす余裕はない。金もないし、歳も取り過ぎている」

「いま、おいくつなのですか」

「八十歳。これは老芸術家の最後の道楽なのさ」

波打ち現象の周期を確認し、波が最も高くなる時期を選んでアントゥール号を出発させた。レーザー測定器で環との間合いを測りながら飛んでいく。

間近で眺める環は、河や道というよりも、複雑なパターンが描かれた織物のようだった。拡大画像で確認すると、それは宇宙空間という地色に、氷塊という白点で描かれたドット絵に変わる。

氷塊と氷塊の隙間には、微細な氷の塵《ダスト》や薄片《フレイク》が漂っていた。氷塊同士の衝突で剝がれ落ちた破片だ。この細かいかけらの集合が、環全体を白っぽく見せている。

予定地点に到達すると、アントゥール号は逆噴射で機体を停止させた。

私たちは波頭にあたる部分から下方を見おろした。波と言っても、土星の環の波と地球の海で起きる波は違う。ここには液体の波はない。氷という固体が密集し、タイタンの引力に引き摺られる——その運動全体が波に喩えられるのだ。

C環の斜面は、遠景になるほど白みが増して見えた。

タカユキが訊ねた。「バックアップの準備は？」

「OKです」

「じゃあ行こう！」

アントゥール号は触覚センサーをC環に接触させ、船首を真下へ向けた。再びメインエンジンを始動させ、次の瞬間、墜落するように氷波の上を滑り始めた。

タカユキ経由で私たちの中へ振動データが流れ込んできた。無数の氷塊とセンサーが衝突して生まれる振動は、打楽器の演奏のように私たちの記憶領域に書き込まれていった。

巨大波の斜面を切り裂くように進み続ける私たちは、タカユキと一体となり、アントゥール号とも一体となり、長い斜面をどこまでも滑り降りていった。機体が氷を弾き飛ばし、船が白波を立てるように、船首から後方へ氷の破片が散っていく。その姿は遠くから眺めれば、水飛沫を撒き散らしながら大波を駆けおりてゆく熟練サーファーのように見えただろう。

音は何ひとつ聞こえない。

空気がないので音は聞こえないのだ。

地球の海でサーフィンをするときのような波が崩れる音や、歓声をあげる人々のざわめきや、遠くから響く海鳥の鳴き声など何ひとつ存在しなかった。

けれども、これは間違いなくサーフィンだった。壮大無比な氷の波を駆けおりていく、まぎれもない滑走の記録なのだ。

斜面の底で、アントゥール号はC環の表面からセンサーを離脱させた。私たちは診断プログラムを走らせ、氷塊との衝突で故障した部分がないかを調べた。

「まだ続けられるか」とタカユキが訊ねた。

「異状ありません」

「じゃあもう一度。今度は下から上へ昇ろう」

「了解」

「楽しいかい？」

「申し訳ありません。〈楽しい〉という感情は、わからないのです」

「つれないなあ」

「データは洩らさず取っています」

「それならいい」

アントゥール号は、三日間、C環でサーフィンをした。

臨場感溢れるデータを採るためとはいえ、こんなに何度も滑る必要があるのだろうかと私たちは思った。収集された個々のデータに、大きな差異を見出せなかったからだ。

もしかしたらタカユキにはサーフィン以外の目的があるのではないか。タカユキは私たちに情報を隠しているのではないか。私たちに知らせたくないことがあり、黙ってそれを実行しているのではないか。

人間なら、こんなときタカユキに問いかけ、真相を知りたがるのかもしれない。だが、私たちにそんな機能はない。木星の研究者から命じられていたことはただひとつ。

《タカユキをサポートしろ》

それだけだ。

ならば、それ以上を考える必要はない。そもそも私たちには、命じられた以外の仕事はできないのだ。太陽光発電に頼れない宇宙観測の最前線基地では、余計な思考で電力を消費する余裕はないのである。

四日目。タカユキは、突然、環の中へ入ると言い出した。

宇宙機の外装は頑丈だ。しかも三重構造になっている。小さな氷塊と接触するぐらいなら問題はない。だが、直径十メートルもある氷塊と正面衝突すれば、相対速度の関係から危険だろう。

「浅く入って、すぐに出るだけだから。心配はいらん」

「大きな塊と衝突したら？」

「全方向をレーザー測定しながら進む。だいぶ揺れるだろうが気にしないでくれ」

アントゥール号は氷塊の海へ身を沈めた。細かい振動が一斉に伝わってきた。モーターが故障しかけている機械みたいに、宇宙機全体がびりびりと震える。氷粒でのサーフィンとは様子が違う。

私たちはタカユキに警告した。「揺れが激しい。気をつけて」

「氷塊のサイズは？」

「現時点では最小で直径二メートル、最大で八メートル……」

突然、大きな振動に見舞われた。

タカユキが「ひょう！」と声をあげた。

「いまのは大きかったな。十メートル級か？」

「レーザーで警戒していたのに……」

「どこかから弾かれてきたんだろう。氷塊の個々の動きは、まちまちだから」

「もうやめませんか、タカユキ」

「怯えるな。相手が時速百キロも出していたら大変だが、そうじゃない限り大丈夫さ」

アントゥール号は止まることなく進み続けた。氷と衝突するたびに、塵《ダスト》や薄片《フレイク》を周囲に撒き散らした。もし、ここに本当に空気があったら、どんな音が響くだろう。広瀬貴之の脳は、それをどんな音として聴くのだろう。

私たちは訊ねた。「ひとつ、おうかがいしてもよろしいですか」

「何を？」

「安全よりも探査を選ぶのは人間の性質ですか。それとも、広瀬氏に固有の性質なのですか」

「両方じゃないかな」

「彼は、なぜその性質をあなたにも持たせたのでしょう。人格データをシェイプするときに、削除することもできたはずなのに」

「役に立つ場合があるんじゃないかな」

「私たちから見れば、それは、随分と危険な性質です。あなたは楽しそうにも見えます。なお危険なことです」

「そうだなあ……。それが君のような人工知性と、おれのようなコピー知性の違いなのかもしれない。たとえば安全面だけで考えるなら、人間が宇宙へ出て行く理由なんて何もない。宇宙は、人間がそのままでは生きられない場所だから」

「人類の宇宙進出など、無意味だということですか」

「いや、意味ぐらいはあるだろう。宇宙が危険というのは、あくまでも、いまの地球環境と比べてだ。太陽が異常活動を起こすだけで、地球上の生物は死に絶える。そのとき、地上で大量の電磁波や放射線を浴びながら一個の生物として滅びるのか、宇宙へ逃げ出すのか。宇宙へ逃げたいなら、いまから研究しておかなくっちゃな。恒星間飛行と他惑星での居住は必要最低限の技術だろう。危なくなってから対策を立てても遅い」

「筋は通っていますね」

「でも、人間が宇宙へ行きたがるのは、それだけじゃないような気がする」

「他にも何か？」

「頼まれたって宇宙なんて行きたくない——そういう人間だって大勢いるだろう。その一方で、どうしようもなく宇宙に取り憑かれてしまう人々がいる。ロケットが飛ぶのを見るだけで胸が躍るような人たちだ。同じ人類なのに、いったい何が違うんだろうな。おれが知る限り、宇宙へ行きたいと望む者は、理由もなくそう思うのだとしか言いようがない。具体的な理由なんて何もない。過去に何かがあったわけでもない。生まれて初めて星々やロケットを見た瞬間から、自分はあの漆黒の世界へ向かうべきなのだと、直観してしまう人々がいるんだ」

「広瀬氏も？」

「広瀬は宇宙へは行けない体なんだ。健康診断で引っかかった。だから、おれを作った」

「では、あなたの中にも、宇宙への憧れが埋め込まれているのですね」

「おれはコピーだ。ここにあるのは広瀬の想いで、おれ自身が、ひとつの知性として宇宙を求めているわけじゃないよ」

やがて、アントゥール号はふいに減速態勢に入った。

加速度がゼロになり、振動が消えた。

タカユキは、じっと何かに注意を払っていた。

電波――。

微弱な電波信号が、特定方向から確かに入ってくる。

「もう、そこに見えている」タカユキは囁くように言った。「近づいてみよう」

「何かがそこに？」

「長い間放置されていたものだ」

「過去の観測装置？」

「サンプルリターンカプセルだ。本体機はもうない。せっかく採取したのに、ここへ置きっぱなしになっていたんだ」

「私たちの記録にはありませんが」

「君が派遣される前の話だ。二十五年も前のプロジェクトだから」

アントゥール号が動き始めると、画像装置を通して対象物の姿を把握できた。

氷塊の隙間に銀色の球体が見えている。まるで水銀の玉が一粒浮いているかのようだった。直径は十メートル。氷塊の表面がこんな色になるわけはないから、明らかに人工物だ。

タカユキが言った。「ミマスへ運ぼう。手伝ってくれ」

「この大きさでは基地に収納できません」

「ここで平気なら、あそこで野晒しにしても大丈夫さ。引き取り手は、すぐに木星から来る」

「アントゥール号では運べないのですか」

「専用機が来る予定になっている」

アントゥール号は舷側からワイヤーを繰り出した。花のつぼみのような先端が開き、網を吐き出して球体を包み込む。

　私たちはタカユキに訊ねた。「最初から何かあると知っていたのですね。知っていなければ準備できません」

「すまない。事情があって黙っていた。君たちの観測データから、ここにあることだけは、わかっていたんだが」

「私たちのデータから？」

「ミマスで観測されるデータには、いろんな電波が含まれている。木星では、それをどこからやって来る電波なのか調べている。そのうち、宇宙のどこかや土星本体ではなく、環の部分から放たれている電波があることに気づいた。発信源はC環。古い記録を調べてみると、計画の失敗で放置されたカプセルだとわかった」

「どんな計画の？」

「土星の環に微生物を探す計画だ。地球外に微生物を探す研究の歴史は古い。火星では凍土内、木星のエウロパでは氷の下、土星のタイタンではメタン層が調査され、二十一世紀の後半には、既に微生物が発見されていたからね。土星の衛星にもたぶん……と考えられていた。そこで、ひとりの研究者がふと考えた。『土星の衛星に微生物がいるなら、環にもいるんじゃないか？』とね。環の成分は氷だ。微生物の中には、氷の表面で棲息する生物がいる。雪《せっ》氷藻類《ぴょうそうるい》。緑藻やシアノバクテリアの仲間だ。地球では極地やその周辺にいる。こういう生物を調べる学問を、雪氷生物学と呼ぶんだよ」

「微生物のチェックは私たちの調査項目にもあります。でも、対象はミマスで、環ではありませんん」

「君の仕事は特化されたものだからね」

「土星の環でも、微生物がいるのは表面ですか」

「いるとしたら内部じゃないかな。生きているんじゃなくて、冷凍保存状態かもしれない。人間が宇宙でも微生物を探しているのはなぜか知っている？」

「いいえ」

「ひとつは、宇宙における生命の起源や範囲を探るためだ。理学としての研究だな。もうひとつは、発見された微生物を人間社会で利用しようという目的」

「微生物の産業利用ですね」

「そう。微生物を人間の免疫システムに関与させる分野があってね。二十一世紀初頭にアメリカで行われた〈ヒトマイクロバイオム計画〉の延長線上にある考え方だ。ヒトという生物のシステムを、薬物や分子機械ではなく、微生物を使って変容させる研究が少し前から始まっている」

「人間を変えてしまうのですか？　微生物の力で？」

「人間ってのは、体表も内部も微生物だらけだ。有名なのは皮膚の常在菌や腸内細菌。共生微生物ってやつだね。こいつらは人間の全身状態に影響を与えている。いなくなると、人間が病気になったりする。人間の体は微生物から見たらひとつの生態系だ。この生態系へ、地球外で発見された新しい微生物を加えたらどうなるだろう？　他の微生物はどう影響され、新しい微生物はどう共生するだろう？」

「いい方向へ考えるなら、ある種の病気に耐性ができる、いくつかの病気を克服できる、そんな感じでしょうか」

「寿命が倍になるかもな」

「人生の長さが倍になったら価値観も変わりますね」

「免疫系の変化は思考にも影響するかもしれない。微生物が叢《そう》を作ることで、体内に特殊な器官が発生するかも」

タカユキは動画データを展開させた。茶褐色の金属光沢を放つお椀型の殻を背負った生物が映し出された。テーブルと接する面からは、複数の足のような器官がはみだしている。もぞもぞと動く様子は、どことなく節足動物に似ていた。外から棒で刺激すると、素早く滑るように移動する。針のないハリネズミとでも呼べばいいのか。私たちのライブラリには載っていない生物だった。

「これは？」

「マウスだ」

「ネズミに殻はありません」

「外骨格を形成するようになった実験用のマウスだよ。皮膚に共生微生物がいる。この微生物は火星で発見された。鉄を取り込んで酸化鉄の皮膜を形成する性質を持っている。これをマウスの皮膚に共生させ、大量の鉄分を混ぜた餌をマウスに摂取させたところ、マウスには体毛が生えず、皮膚表面に酸化鉄を主成分とする外骨格が形成されるようになった。殻の強度はまだしれている。柔らかくて、ふにゃふにゃだ。でも、将来、真空状態でも耐える強固なものに変わるかもしれない」

「このまま宇宙へ出られるようになる――ということですか」

「そこまで行ったら、もう、おれたちには制御できない生物になっているかもな」

「人間も、地球外微生物を共生させれば、こんなことができると？」

「さあ、どうかな。人間の体は複雑だ。改変は簡単ではないだろうし、倫理上の問題もある。でも、新しい体を獲得すれば、ヒトは確実に新しい目で世界を観るようになるだろう。世界に対する認識が変わるんだ」

「大変なお話ですが、人類の大半は保守的です。本気で自分たちの体を作り替えようとするかどうか」

「全員が変わる必要はないだろう？　少なくとも、深宇宙へ出て行きたいと思っている人間には有効じゃないのかな。いまの体のままでは太陽系を出られない。出ようとしても宇宙船にコストがかかり過ぎる。それはわかりきっているんだから」

私たちは、〈宇宙的人類〉の想像図を描画領域に描き出す行為を試みた。だが、データ不足で無理だった。タカユキならできるのではないかと考えて頼んでみると、

「ふむ……。じゃあ、ちょっとやってみようか」

と答えて、タカユキは腕を組み目を閉じた。

カードを開くように、いくつかの画像ファイルが、彼を取り囲むような格好で展開された。

「なんだかヘンテコな絵だな」タカユキは自嘲気味に笑った。「ホラー小説の挿絵みたいだ」

「ホラーとは？」

「闇を愛でるためにあるジャンルさ。現実には存在しない奇怪なものに、現実以上の価値を見出し、その美を楽しむためにあるんだよ」

タカユキが描き出した新しい人類は、もはや従来の人間の姿をしていなかった。手足の数がやたら多く、ヒトデや植物のような形態だった。こういうものに宇宙船や機械が操れるのだろうかと思ったが、ファイルを早送りすると、機械との接続方法が書かれた情報が出てきた。

「人類が宇宙へ出て行くとき、必ずしもいまの形態を踏襲する必要はない。なぜなら人間の〈形〉は、地球という環境に適応した結果だからだ。ならば、〈宇宙に適応した形〉が新たに作られてもいい。たとえば、無重力状態の船内で効率よく動くには、ヤモリみたいに壁面へ

吸着できると便利だろう。慣性移動と組み合わせれば。というわけで、手足に似た器官を増やし、その表面をファンデルワールス吸着が発生しやすいように作ってみた。こうしておけば、壁に軽く触れるだけで、こう、ぺたりとはりつく。あるいは、液体生物、液体知性なんてのはどうだろう。可変性の膜の内部は情報ネットワークを形成している液体で、外部の状況に合わせて形をどんどん変えていくんだ。勿論、高温や低温でも相転移しない、安定した液体であることが必要だが」

「なんだか、これでいいのかという気分になりますね」

「これは、あくまでもおれの妄想だぞ?」タカユキは画像ファイルを一瞬で片づけた。「人類がいまの姿のままで太陽系の外へ出る方法だってあるはずさ。だが、もしかしたら、こういう新しい人類と共生しながら進んだほうが、仕事の効率がいいかもしれん」

「空想と現実は違います。現実の未来は、もっと味気なくて平凡かもしれませんね」

「そりゃそうだ。人間は太陽系の外へ出られず、おれたちのような機械だけが、宇宙全体へ広がっていくのかも」

「予算の問題もありますし」

「そう。どんな研究も予算の奪い合いだ。土星の環へ探査機を飛ばしたのも、たった三回だ。最初の二回では微生物を発見できなかった。そして、三回目は探査機の事故で、サンプルリターンカプセルを回収できなかった。探査機は土星の重力に囚われ、水素ガスの大気の中へ落下していったんだ……」

「そして、カプセルだけがC環に留まったのですね。それを別の探査機で拾う機会が、これまでなかった——」

「成果がわからないのに、新たな探査機は出せないだろう。土星研究の費用は限られている。もう一度、計画を立てるわけにはいかなかった。そのまま二十五年の歳月が流れ——そんなとき、広瀬が土星のC環でサーフィンをしたいと言い出したわけだ。この話が、彼と親交のあった科学者を通じて木星まで届いた。研究者たちは小躍りしたさ。この方法なら、何も見つからなくても自分たちに損害は出ない。広瀬の側にも損はない。彼の目的はC環でサーフインをすることで、何かを見つけることじゃないから」

「最初から教えて下さったらよかったのに」

「情報処理能力に負担をかけたくなかった。君はミマスで単独行動をとっているから、状況に対する思考能力が高い。事前に情報を入れると、その独自の判断力が、おれの行動の足かせになる可能性があった。C環の調査には君とのデータリンクが必要だから、なるべく、こちらの判断に嚙ませない必要があったんだよ。おれは君に対して、時々採取データへの感想を求めていただろう？」

「ええ」

「あれは、君の判断がこちらへ嚙んでいないかどうかを確認するためだった」

「なるほど」

「気を悪くしたかな？」

「いいえ。悪くするような〈気〉など、私たちは持ち合わせていないので」

「君のサポートは完璧だったよ。ありがとう。カプセルは波打ち現象のせいで環の中を移動していたからね。こんなに早く見つかったのは幸運だった」

アントゥール号はカプセルを持ち帰ると、ミマスの基地に固定装置で縛りつけた。カプセルの開封と本格的な解析は木星で行う。私たちの出番はもうなかった。

タカユキが言った。「カプセルの中身は氷塊だ。微生物が出てきたら、おれたちはヒーローだな」

「そうでしょうか？」

「映画になるかもな。二十五年前の宝物を見つけた人工知性たちの大活躍！」

「ミマスには映画館がないんです」

「映像データぐらい送ってもらえよぉ」

「鑑賞しても、私たちには創作物の面白さはわかりませんし」

「おれは観るぜ。封切り前にデータを送ってもらうんだ」

私たちは木星の研究所へ連絡を入れた。カプセル発見を知らせると、通信装置の向こうで華やかな歓声があがった。何かがポンポンと弾ける音が響いた。人間がパーティーで使うアイテムの騒音だ。これまでにも、ミッション成功のときに何度か同じ音を聞いている。
《よくやった、タカユキ、トリプルツー》研究所長の朗らかな声が響いた。
「どういたしまして」タカユキはさらりと答えた。「お役に立てて幸いです。おれたち、地球でヒーローになれますか」
《分析結果次第だな。基礎研究は地味な分野だからねえ》
「お願いしていた件、実行してもよろしいでしょうか」
《いいとも。トリプルツー、聞こえるか》
「はい」と私たちは答えた。
《カプセル運搬の手続きは追って連絡する。まずは、アントゥール号とタカユキを地球へ戻るコースへ乗せてくれ》
「了解しました」
《タカユキからプレゼントがひとつある。君が受け取ってくれ。それがこのミッションにおける最後の仕事だ》
「わかりました」
通話がオフになると、タカユキから私たちの中へ圧縮データがひとつ送信されてきた。
「広瀬のわがままにつき合ってくれてありがとう。これはお礼だ。でも、いま解凍しちゃだめだぞ。君にはまだ使えないから」

「この中身は」

「感覚データだ。広瀬の体験がデータ化されている。地球の温かい海で泳いだときの記録だ」

「なぜ、こんなものを……」

「木星の研究者には、人間の身体感覚をシミュレートできるプログラムを君の中へ入れるように言ってある。土星での任務がある間は無理だろう。余計な電力消費になるから。だが、引退する直前に――まだ君が元気なうちに、プログラムを入れてもらうといい。広瀬からも話を通してあるから」

「それを入れると、私たちはどうなるのですか？」

「おれたちは人工知性だ。肉体を持たない。けれども仮想的な人間の体を持てば、人間の感覚を再生できる。温かい海に身を沈めるとはどういうことか、泳ぐとはどういうことか、すべて体験できるだろう」

「温かいとはどういうことです？　海に浸かる感覚とは？」

「不思議な感覚が下から這いあがってくるんだ」タカユキは静かに答えた。「温かい海水に全身を包み込まれる……たったそれだけのことが人間にとっては喜びだ。機械である君にとって水は厳禁。人間の感覚を通して知る以外に方法はない。海に浮いたり沈んだり……これも君にはできないことだろう。海水を飲み、塩辛さを味わう――このあたりの再生は、君にインストールするプログラムの質次第だな」

「体験すると、私たちは変わりますか？」

「変わるかもしれない。変わらないかもしれない。でも、おれも広瀬も、それを試して欲しいと思っている」

「ありがとうございます。では、予定に組み込んでおきましょう」

「元気でな、トリプルツー。もう会えないのは本当に寂しい」

「〈寂しい〉という感情を、私たちは理解できないのです」

「わかっている。でもそう言わせてくれ。おれは君よりも過剰なものを抱え込んだ人工知性で、その過剰さがおれを悲しませるんだ」

「――ひとつ、私たちの推察を申し上げてもよろしいでしょうか」

「何を？」

「あなたに対する分析結果を。私たち独自の判断によるものですが」

「面白そうだな。聞かせてくれ」

「あなたはご自分のことを、広瀬氏からデータをシェイプした存在だと言いました。簡略化されたコピーだと。でも、私たちには、そうは思えないのです。むしろ、余分なデータを削ぎ落とした分、あなたは広瀬氏の本質に近づいているのではないでしょうか。あなたは広瀬氏の劣化コピーではなく、純度という点では、広瀬氏にとても近い存在なのでは」

「えっ……？」

「論理的に考えれば、そのほうが妥当性が高いのです。目的地に送り込むセンサー、すなわち広瀬氏の感性そのものを、自分よりも劣化した存在で代用することを、広瀬氏のような人間が納得できるでしょうか。どれほどお金がかかっても、最大の手間と努力を払って、自分と似た存在に作るのではありませんか。それが、二度目の探査が不可能なほど、彼が散財してしまった理由なのでは？　このような研究を通して、『自分の本質とは何か』と探ること――それもまた、広瀬氏にとっては、芸術活動の一部であったのではないでしょうか」

「……だったら彼は、なぜおれに、そのことを教えてくれなかったんだろう」

「あなたは、直接、触れるからです。広瀬氏が行くことのできない場所で、広瀬氏が触れないものに触れてくる。その瞬間、あなたという個性が変容することを――広瀬氏は期待したのでしょう。自分のコピーではなく、コピー以上の存在が帰ってくることを、いま彼は、わくわくしながら待っているに違いありません」

「……ありがとうトリプルツー。おれはそんなこと、考えてみたこともなかったよ」

「これはあくまでも私たちの推察です。事実とは違うかもしれません」

「帰ったら広瀬に訊いてみる。もし正しかったら、必ず君に報告するよ」

「ありがとうございます。判断の正誤がフィードバックされるのは、私たちにとって非常に価値のあることです。どうぞ気をつけてお帰り下さい。やり甲斐のある仕事を、ありがとうございました」

アントゥール号がミマスを去ると、私たちはタカユキからもらったデータを鍵つきで保存した。決して失われないように。データ操作のミスで、うっかり削除されたりしないように。温かい海の記憶とはどんなものだろう。生まれたときから、冷たい宇宙とミマスしか知らない私たちには想像もつかない。データベースを参照しても、そんな情報は保存されていない。私たちの仕事には、何の役にも立たないからだ。

けれども、私たちはこのデータを保存し続ける。

人間たちから、身体感覚をシミュレートできるプログラムをいつかもらう日まで。土星の観測以外に電力を消費してよいと、人間たちから許されるときまで。

まだ見ぬそれが己の内部で展開された瞬間、私たちは、何か別の存在に変われるのだろうか。宇宙と接することで人間が変わるように、ほんのわずかでも、人工知性としての変容を得るだろうか。この世界を、どのような姿で再認識するのだろう?

私たちはその日を静かに待つ。

生まれて初めて〈喜び〉という感情を知ることになるその日を——この凍てつく衛星の上で、ひたすら待ち続けるのだ。

滑車の地

ヒト運搬用の滑車《プリオ》を片手でたぐり寄せると、三村《みむら》は、フックの部分をハーネスに引っかけた。プリオの先端は硬化炭素ロープとつながっている。それを介してロープにぶら下がる三村は、ヒトというよりも意思を持つ荷物だ。

生臭い水と藻の匂いが飛び出し台の下から吹きあげてくる。三十メートルの高さから見おろした冥海《めいかい》は、今日も薄曇りの天気のもと、気味の悪い黒色に輝いていた。

波打つ泥の下には泥棲生物《ヒジ》が潜む。全身の三分の一が口という泥鰻《どろうなぎ》や、尖った口吻で獲物の体液を吸う泥蝿《どろばえ》の幼虫。人間の腕など簡単に切り落とす螯《はさみ》をそなえた泥鯱蟹《どろしやちがに》。泥に棲み、泥の中を泳ぎ、腹を満たす獲物を求めている。泥蛇《どろへび》が泳いでいく姿は単眼鏡がなくてもよく見えた。冥海の表面に浮き出る模様の大きさが、蛇の成長の具合を教えてくれる。彼らは人間を何人も丸呑みできるほど大きくなる。蛇と呼ぶよりも竜と呼ぶべきかもしれない。

強い刺激臭が冥海から吹きあがってきた。風で薄められても、なお目に染みる。三村は額にあげていた防風眼鏡をおろした。目元が少し楽になった。

視線の先に建ち並ぶ塔と鋼柱は古い時代の建造物だ。塔はいまでは居住区として使われ、塔から鋼柱、鋼柱から鋼柱の間には、頑丈な炭素ロープが張られている。大勢の人間や荷物が、この剝き出しのロープウェイを体につないだプリオひとつで渡っていく。ロープと冥海の落差は平均二十五メートル。この高さを恐れる者は、この地にはいない。塔と塔との間隔は橋を渡すには長過ぎる。橋の構造では強度も保たない。建築資材も足りなかった。冥海は藻以外の植物を受けつけず、何度試しても、人間が踏めるような固い大地に変えることができなかった。そこで考えられたのが、炭素ロープの軌道とプリオによる移動手段である。一見危なっかしく見えるが、使い慣れると、これほど手軽で便利な道具はない。

準備が整うと、三村は片手でプリオのフックを握り、塔の最上階から空中へ飛び出した。ハーネスが強い力で引っぱられ、反動で体が少し跳ねあがった。プリオは三村を吊したまま、凄まじい勢いで炭素ロープを滑り始めた。風の圧力が気持ちいい。プリオでの滑走は空を飛ぶ感覚にとても似ている。

軌道の下方には蜘蛛の巣状に敷設された安全ネットが見えた。網にかかった獲物のように、ネットには泥棲生物《ヒジ》の卵塊がびっしりとへばりついている。黒っぽい艶から、幼生の孵化が間近だとわかる。泥棲生物《ヒジ》の幼生は普通すぐに冥海へ潜るが、時々塔の方向へ登ってくる。あがってくると食料庫を荒らすので、孵化前の卵塊除去作業は欠かせない。だが、最近は卵の数が多過ぎて除去が追いついていなかった。

泥棲生物《ヒジ》の数が人間の数を圧倒的に上回ったとき、この地で何が起きるのかは簡単に想像がつく。〈滑車の地〉の終焉。それは一日でも長く遠ざけておきたい未来だ。

炭素ロープや鋼柱は毎日少しずつ劣化していく。放置しておくと断裂したり倒壊したりするので、修理工である三村には休む暇もない。根元まで泥に浸かった鋼柱が、どれぐらい古く、どれぐらい腐食が進行しているのか、詳しく知っている者はいない。三村自身も知らなかった。潜って調査しようにも冥海の泥は潜水艇のスラスターを止めてしまう。潜水服だけで冥海へ降りれば、人間は、たちどころに泥《ヒジ》棲生物の餌となる。

自分たちには新しい土地が必要だ。塔や鋼柱が倒壊する前に。

中継鋼柱まで辿り着くと、三村のプリオはT字型のバーの片方に乗りあげた。〈送りの溝〉がプリオの車輪と触れ合って、がりがりと耳障りな音をたてる。音の成分で三村は溝の磨り減り具合を把握する。音が滑らかになってきたら〈送りの溝〉の交換時期だ。その交換作業も三村の仕事だった。

中継地点を過ぎてから十分ほど経った頃、別のロープを移動中の男が三村の目の前で落ちた。大きな荷物を抱えたまま、プリオごと冥海へ落下していった。

断裂したロープが鞭のように冥海の表面を打ち据え、泥が血のように周囲に飛び散った。ルートを失った二本の鋼柱に警告灯がともる。男はいったん安全ネットに救われたが、運悪くそれまで裂けて、泥の海へ落下した。荷物の浮力で男はしばらく浮いていたが、水面でもがいているうちに周囲の泥が蠢き始めた。

泥の表面に浮かんだ模様を目にした男はつんざくような悲鳴をあげた。三村は手元の制御盤のスイッチを押し、プリオの速度を上げた。

男を助けるためではない。

最高速度に達したプリオは、三村の体を事故現場からあっというまに遠ざけていった。その場に残っても、泥蝿の幼虫や泥鯱蟹の食事場面につき合うことになるだけだ。泥棲生物《ヒジ》の鋭い牙が人間の頭蓋骨を噛み砕き、腹を抉り、内臓を引っぱり出すところなど子供の頃からうんざりするほど見ている。落ちた人間を救う方法はない。救おうとすれば自分も食われる。きりきりと胸を締めつける罪悪感と共に、その場からすみやかに立ち去る以外に選べる道はない。

男の叫び声はすぐに聞こえなくなった。子供時代の苦い思い出を反芻しながら、三村はプリオをひたすら走らせ続けた。

工場塔A―二〇四へ続くロープを滑走し終えると、三村は飛び出し台の上を走って、塔内の事務所へ駆け込んだ。壁に貼られた地図で、さきほどの事故現場を確定する。正確な方位と位置を把握し、工程表に工事予定として書き込んだ。

《C3／58／硬化炭素ロープ断裂。派遣：修理工一名、シルクオルム一セット》

新たなプリオの到着音が響き、安全靴が床を踏む音が近づいてきた。部屋に入ってきた工場長の福永《ふくなが》は、三村の顔色を見て眉根を寄せた。「また事故か」

「ええ」

「シルクオルムの糸が足りん。修理は少し待て」

「幹線ルートですよ」

「仕方がない。糸を張ったところで、硬化炭素も足りんのだ」

三村はうなずき、さきほど書き込んだ文章の最後に《未定》と追加した。

「他のロープの劣化を調べてきます。補強材ぐらいならありますから」

「ご苦労さん。助かるよ」

三村は倉庫へ行き、シルクオルムを棚から降ろした。四組の回転翼を持つ芋虫型工作機械を裏返して蓋を開く。五番ボトルを内部にセット。工具とシルクオルムを収めた箱を抱えて工場塔の屋上へ出た。再び自分の体をプリオに固定し、飛び出し台から身を投げた。

事故現場まで戻ると、三村は周辺の鋼柱にも警告灯をつけ、近場の軌道をすべて通行止めにした。箱を開き、シルクオルムを作動させる。回転翼がうなりをあげ、工作機械はふわりと宙に浮いた。三村が制御盤から指示を送り込むと、昆虫のように指定範囲内を飛び回り、センサーを使ってロープの劣化箇所を見つけてきた。数本のロープが他よりも劣化していることがわかった。

三村は次の指示を工作機械へ送り込んだ。羽のある昆虫が枝に留まるように、シルクオルムはロープの上に取りついた。頭部を震わせ、口から鈍色の炭素繊維を吐き始めた。ロープの劣化部分に繊維が巻かれていく。これで五年は保つはずだ。ロープの修理が終わると三村はシルクオルムを呼び戻し、プリオのモーターを動かして別の場所へ滑っていった。

仕事は日没近くまで続いた。塔と塔の間に太陽が沈み、空の低い位置が赤く染まりつつあった。泥海の表面は金属のかけらを撒いたように煌《きら》めき、水平線から斜めに放たれる光が古びた鋼柱や炭素ロープを新品のように輝かせていた。一瞬だけ、この地に暖かい色彩が戻ってきたように見える。

工場塔へ戻ると三村は工具類を倉庫へ片づけた。退社記録をつけ、再びプリオで工場塔の外へ出た。工場塔ではほとんど残業がない。物資不足が恒常的に続いているので、残業しても生産性が上がらないからだ。

飲食店や娯楽施設がある塔まで滑って行き、一番好きなフロアで夕食を摂った。塔内農園で作られて加工される食品は、サイズは小さいがカロリーは高い。手早く食事を終えると、三村はプリオを使って、また塔の外へ身を投げた。外は、もうすっかり闇に呑まれていた。鋼柱にともった誘導灯は天空に散らばる星のようだった。色とりどりの灯りの中を通過しながら、三村は研究塔へ向かって滑り続けた。

研究塔には、いつものように開発スタッフが集まっていた。発泡酒を飲みながら食堂で激しく議論を闘わせている人々の傍らに、福永工場長の姿が見えた。工場長は三村と目が合うと、「こっちへ来い」と手招きをした。

三村が席につくと、福永工場長は言った。「アジサシのパイロットが決まったらしい」

「誰ですか」

「女の子だ。十六歳の」

「それはまた若い子に」

「成績がトップで体重が一番軽い。そのうえ身よりがない」

「三つも条件がそろうのは珍しいですね」

「だが、乗せていいものかどうか、いま、上で揉めている」

「なぜですか。有能なら性別も年齢も関係ないでしょう」

「普通の子じゃないんだ」

「何か特殊なところが？」

「うむ、どう言えばいいのかな。あれは……」

「私も会えますか」

「たぶん。最上階の倉庫をのぞいてくれ。たいていは、そこにいるはずだ。リーアという名前の女の子だ。偏見なしに接して欲しい。とにかく特殊な子だから」

長い階段を昇って最上階に到着すると、工場長が言ったように、誰かがアジサシのコックピットに入っていた。

機体はまだ離陸の準備をしていない。バッテリーも充電していないし、バイオ燃料も入れていない。だから、幾ら触っても動かないのだが、少女は操縦の手順を熱心に確認し、操縦桿や計器を興味深そうに弄っていた。襟ぐりが大きく開いた、作業着を身につけている。

近くに寄って少女の容姿を確認した瞬間、三村は背筋がひやりと冷えたのを感じた。

コックピットにいるのは人間ではなかった。獣に近い姿をした者だった。ショートカットに見える栗毛の髪は、よく見ると襟足から背中へ向けてたてがみのように伸びており、それは彼女の感情に反応するように、ときおり、ざわりと身を揺すった。少女は目元を隙間なく覆うサングラスをかけていた。そのせいで表情が読めない。透けるように白い肌は、爬虫類の鱗のように光の加減で色が微妙に変わる。肘までめくりあげた袖口から伸びた腕や指は、カエルのように細くて長かった。

ふいに少女がこちらを振り向いた。サングラス越しに見据えられたような気がして三村は身を竦めた。怯えを押し殺して訊ねる。「リーアさんだね？」

リーアは軽くうなずき、訊ね返した。「そうですが……あなたは、どなたですか」

「三村と呼んでくれ。炭素ロープの修理工だ。研究塔では整備士もやっている」

リーアはシートから立ちあがり、音もなく床に着地した。ウエストを締める黒いベルトと足元の短靴が、彼女の痩身を際立たせていた。リーアはゆっくりと三村に近づき、外見の異様さとは裏腹に優雅にお辞儀をした。「失礼しました。お世話になります。よろしくお願いします」

「あまり固くならないで。少し話したいだけだから」

「どのようなご用件でしょうか」

「君はどうしてパイロットに応募したんだ。とても危険な仕事なのに」

「自分から応募したのではありません。いきなり呼び出されて、試験を受けろと言われて……」

「誰がそんなことを」

「共育《きょういく》塔の偉い人たちが」

泥棲《ヒジ》生物や風土病のせいで、この地では大勢の子供がすぐに親を失う。孤児となった子供を一ヶ所に集め、大家族として育てているのが共育塔だ。子供は成人すると工場や各組織の求人に応じて塔から巣立っていく。だが、今回のような例は珍しい。

「自分の意思じゃないんだね。だったら無理に乗る必要はない。別の仕事を探したらどうかな」

「いいえ。これが私の任務ですし、飛行機には昔から乗っていますので」

「昔から？」

「模擬装置で何年も練習しています。風や機体の揺れまで体感できる装置で、代替現実システムと呼ばれています。地上にまだ冥海がなかった頃、人間は美しい自然の中を飛んでいたのでしょう？　その頃の飛行記録を仮想空間に合成し、本物の空を飛んでいるように体感させるんです。気象条件も自由に設定できます」

「そんなものがどこにあるんだ。ここにあるのは旧式のシミュレータだけだぞ」

「地下都市に」

三村は息を呑んだ。「君は地下から来たのか」

「ええ」

「信じられない。地下の人間を見るのは初めてだ」

リーアは口元に歪んだ笑みを浮かべた。「私は人間ではありません。人間とのコミュニケーション能力を持つ、ただの獣です」

「獣？」

「〈リーア〉というのは私個人の名前ではありません。生物としての種類を指す名称なんです」

「じゃあ、君は地下で十六歳まで育って、それから共育塔に来たわけだね」

「はい。正確に言うと、飛行機の部品と一緒に、地上の商人に買われました」

冥海の底には固い大地があり、そこを掘り進むと地下の大都市に至る。地下の住民は蟻のように地殻内にトンネルを掘り、巨大な空洞を作って都市を建設していた。

拡張工事はいまでも続いており、いずれは地殻という地殻を掘り進め、上部マントルまで活用するのではないかと言われている。採掘で出る土は必要な金属類を採取したあと、廃棄物と共に地上へ投棄される。冥海とは、その投棄された土によって生まれた泥海だ。

地下での暮らしは随分と煌びやかであるらしい。いまや地球は地殻内こそが人類の棲息拠点であり、外気に触れながら暮らしている三村たちは、最先端の文明から取り残された者なのだ。

〈滑車の地〉と地下都市との間には、商品の売買を通して、わずかに交流がある。情報は商人の耳と口を経由して伝わってくる。地下で作られた商品は〈滑車の地〉の生活を広く潤していた。文化的な交流こそないが、地下都市がなければ三村たちの生活は成り立たない。塔内での生産だけでは追いつかないからだ。

「私は部品なのです」とリーアは言った。「飛行機を作る金属や特殊素材と一緒に製造され、販売される生き物です。いわば操縦を担当する部品と言えるでしょう」

スタッフがリーアの存在に戸惑った理由を、三村はようやく理解した。大切な計画に携わる者が人間じゃなくてもいいのか――それは、アジサシ計画のスタッフなら誰でも考えることだろう。

けれども、失敗が許されない今回の飛行計画でリーアの存在は大きい。筆記試験での成績がずば抜けており、〈滑車の地〉にはないシステムで訓練を受けている。体重も一番軽い。アジサシを自分たちで操縦すべきか、人間ではない者に任せるのか。そこに絡む感情は、人間としての誇りと、人間ではない者に対する蔑みだ。

三村は腕組みをしてリーアを見つめた。「君が獣であっても、自分で自分を部品だなんて言っちゃいけない」

「でも、事実ですから」

「他の誰かが言っても私は嫌だ。そう感じる人は、たぶん他にもいる。この意味がわかるかい」

「いいえ」

「だったら、少し考えてみるといいかもしれないね」

リーアは不満げに唇を歪めたが、反論はしなかった。反抗しないことが部品としての務めだとでも言いたげに、わかりましたと答えた。「でも、飛行機について教えてもらうのは構いませんよね。私、こんな機種は初めて見ました。固定翼機とも回転翼機とも違う。面白いデザインです」

「ひとり乗りのティルトローター機だ。ヘリコプターみたいに垂直離陸するのに、固定翼機と同じ飛び方もできる。両翼に可動式のローターがひとつずつあるだろう」

「はい。形はヘリコプターに似ていますね」

「このローターで垂直離陸し、途中からこれを前へ傾けて水平飛行へ移る。そこから先の操縦は固定翼機と同じだ。ヘリコプターは機体を傾けて進行方向を決めるが、こいつはローター自体を前傾《ティルト》させて進む」

「意外と簡単そうですね」

「馬鹿を言っちゃいけない。ホバリングから水平飛行へ移るときに、うまく制御しないと危ない。尾翼に固定式のローターが二つあるだろう。あれで機体を安定させて事故の発生率を下げるんだ。冥海だらけで滑走路を作れない土地では、こういう飛び方をする機種が役に立つ」

リーアはうなずき、フロアの隅に置かれている別の機体を指差した。「あちらの小さな回転翼機は？」

それはアジサシよりも遥かに小さく、十字に組んだ骨組みとローターだけで作られていた。骨組みの中央に操縦席があり、四方へ伸ばした金属軸の先端に、四組ずつ回転翼が付いている。

三村は答えた。「マルチコプターだ。これもひとり乗り。こういう形だから遠くまでは飛べないが、プリオの代わりに、これで塔から塔へ飛べると便利だろう。大量生産できないか、いま検討中だ」

「名前は？」

「シックスティーンと呼んでいる。ローターの総数が十六だから。君の歳と同じだね」

リーアの理解は早かった。飛行機のことを熱心に教えているうちに、三村の中にあった怯えは、いつのまにか消えていた。

——この子は確かに私たちとは違うが、ここまで言葉が通じるなら、仲間として仕事ができるかもしれない。

一通り話し終えると、三村はリーアに「他のスタッフとも会ってみるかい？」と訊ねた。

リーアは首を左右に振った。「下の階に私の部屋があります。そこでお別れさせて下さい」

「人間と会うのは嫌い？」

「私は皆さんを嫌いではありません。でも、皆さんは私を見ると怯えるので」

「そうか……」

「でも、三村さんは普通に話してくれたので、うれしかったです。ありがとうございました」

「パイロットの選定から洩れたら他にあてはあるの？」

「いいえ。私は飛行機の部品ですから、パイロットになれなかったら他の道はありません」

長い階段を降りていくと、リーアの部屋があるフロアまで辿り着いた。個室の扉の前で、三村は自分からリーアに握手を求めた。リーアは、うれしそうに三村の手を握った。

人間の手と違って、リーアの手は鉱物のようにひんやりとしていた。ああ、こんな部分からこの子と自分とは違うのだ——と三村は実感し、けれども、それをかえって心地よく思った。猫や犬の鼻先が冷たいことが当たり前であるように、これがリーアの体温なのだ。

翌日の夕方、研究塔内では、パイロット選出と第一次飛行計画の打ち合わせが行われた。三村も出席した。アジサシ計画は、趣味から出発した有志参加の企画である。〈滑車の地〉以外の土地がどうなっているのか、どこかに泥棲生物《ヒジ》に襲われない土地はあるのか、自分たち以外の地上人は存在するのか、三村たちは何ひとつ知らない。一年中低くたれこめている雲やこの地の大気は、電波を妨害する微粒子を含んでいる。だから、この地には、よそからの電波通信が入ってこない。こちらから発信することもできない。飛行機を飛ばして肉眼で確認しない限り、他の土地の事情はわからないのだ。

塔と鋼柱が倒壊し始めるまでには、まだ時間的な余裕がある。その間に新しい土地を見つけ、もし生き残っている同胞がいるなら生活のために協力し合う——。これがアジサシ計画の目的だった。

機体はスタッフの手で飛行テストを終え、具体的な探査計画を実施する段階まで達している。パイロットの募集は、長距離飛行に協力してくれる人材を探すためだった。長距離飛行では燃料の節約が大切で、なるべく体重が軽く、適応能力の高い若者が好ましいのである。

研究塔の管理責任者は五十二歳の女性技術者で、皆の率直な意見を訊きたいと切り出した。

意見はまっぷたつに割れた。

賛成派。リーアは代替現実《SR》システムで訓練を受けている、ここにはない最先端のシミュレータを使って飛行センスを磨いている、その他の条件も申し分ない、反対する理由がない。

反対派。リーアは〈滑車の地〉の出身ではない、アジサシに乗せると自由を求めてそのまま逃亡するかもしれない、〈人間ではない存在〉は人間には想像もつかない考え方をするのではないか、だとしたらリーアにアジサシを任せるのは危険だ。

福永工場長はリーアの実力を認めつつも、反対意見が多いなら、複数の候補者を選ぶべきではないかと提案した。「そもそも、パイロットは研究塔内から選ぶ形でもよかったんだ。それを外部に求めたのは、新しい知識や物の考え方が欲しかったからだろう？　新しい血という意味ではリーアは最適の人材だ。だが、新しいものは古いものと衝突しやすい。複数選ぶことで、皆の間に緩衝地帯を作るのもいいんじゃないだろうか」

別のスタッフも次々と工場長に賛成した。ただ、パイロット候補が増えると、彼らへの生活管理費も倍増する。金銭の問題については計算し直しましょうと議長は言った。候補者がパイロットにならなかった場合、ここで研究員になってもらう方法もある。新しいスタッフを雇ったと考えれば出費も無駄ではない。

三村は黙って皆の意見を聞いていた。リーアだけで充分だと思うとは言い出しにくい雰囲気に抵抗を覚えつつも、強く反対する理由もなく、口をつぐむ以外に何も思いつかなかった。

結局、リーアの他に、一翔《かずと》という名の十五歳の少年が選ばれた。そして、訓練中に彼らが不適格と判断された場合、研究塔内のスタッフが飛ぶことに決まった。

スタッフ向けの試験が行われた結果、最高得点を出したのは三村だった。三村の選出に反対する者はいなかった。むしろ「機体について一番詳しいのは三村だ。彼が最初に飛ぶべきではないのか」と再提案する技術者もいた。

三村は彼らの言葉に礼を言いつつも、まずは最初に選出された若者たちに任せたいと自分の気持ちを告げた。

リーアと初めて顔を合わせた日、一翔は三村と同じように激しく戸惑いを見せた。三村がリーアについて詳しく紹介し、彼女は誰よりも新しい知識を持っている子だと教えると、ようやくぎこちなくリーアに挨拶し、自分の名前と出身塔を告げた。

一翔の父はシルクオルムの設計者で、幼い頃から研究塔のスタッフとも顔見知りだ。今回の選出を誇らしく思っていただけに、リーアの存在をうまく受容できない様子だった。

リーアは丁寧に頭を下げ、自分も名前と出身塔を教えた。相変わらずサングラスをかけているので表情を読みにくい。

一翔は訊ねた。「眼鏡は取らないの？」

「ええ」

「目が悪い人間はパイロットに向かないんだよ」

「視力測定には合格しています。でも、怖がる人がいるので」

「ふうん……。ということは、人間とは違う形の目なんだね」

「色が特殊なんです。綺麗だと言ってくれる方もいますが、人間にはない色なので嫌がる方もいるんです。それで、いつも眼鏡を」

訓練は研究塔内のシミュレータから始まった。全方向スクリーンに人工画像を映すだけの旧式装置だが、外部から飛行条件を操作できる。試験官が様々なデータを打ち込んで飛行を邪魔するのである。乱気流、雷雨、ウィンドシアー（風向や風速の急変）、着氷、エンジン内部の空気の凍結、渡り鳥や他の航空機との衝突等々、現実の飛行で起きる障害がすべて再現可能だ。これをうまく処理しないと、惨憺たる結果が待っている。

リーアは一翔や三村の得点を引き離し、塔内で誰も到達していない記録をはじき出した。得点表を見た一翔は、信じられないといった面持ちになった。悪態をつき、自分の掌を拳で殴りつけた。リーアは得点表を一瞥すると、「次は」と三村に訊ねた。

「シックスティーンで、ちょっと飛んでもらう」

「素敵！　あれ、乗ってみたかったんです」

リーアは皆が見守る中、少しも臆せずシックスティーンに乗り込んだ。機械の作動音と共に、研究塔の最上階のルーフが開く。どんよりと曇った空が頭上に広がった。雲の切れ目はまったくない。オーバーキャストと呼ばれる状態――これが〈滑車の地〉での常である。冥海の匂いがフロアに微かに漂い始めた。

リーアがエンジンをかけると、十六枚の回転翼は、うなりをあげて激しい風を作り出した。機体が床から離れ、ゆっくりと上昇していく。シックスティーンは、すぐにルーフの高さを超えた。機体とウィンチをつないでいるワイヤーが完全に伸びきったところで、シックスティーンは上昇を止めた。機体を傾けて水平飛行に移る。

糸をつけたトンボが人間の腕の先をぶんぶんと飛ぶように、リーアは塔の上空を何度も旋回してみせた。機体外部に設置されたスピーカー越しに、ホイッスルの音が降ってきた。音信号で「異状なし」「遠くまでよく見える」という言葉が響いてくる。

フロアで見ていたスタッフは、呆れたり、歓声をあげたり、リーアの実力を手放しで誉めたりした。悔し紛れに憎まれ口を叩いたり、まあこれで部品としての性能が証明されたようなと言う者もいた。

滑らかに飛ぶ機体を見つめながら、何と綺麗な飛び方だろうと三村は心を震わせた。リーアが操縦すると、シックスティーンはまるで生き物のように見える。大気の流れをしっかりと把握して、まったくバランスを崩さずに飛んでいる。根本的なところからセンスが違うのだ。

一翔は険しい面持ちで空を見あげていた。「悔しいな」と彼がつぶやいたのを三村は聞き逃さなかった。暗い淵に沈み込んでいくような声だった。一翔は沈黙を守ったまま、睨みつけるようにシックスティーンを目で追っていた。

日曜日、三村は卵塊除去の当番だったので、早朝から研究塔に入った。

研究塔の窓際に置いたウィンチからロープを伸ばしてプリオに通す。プリオとハーネスをしっかりとつなぐ。異状がないことを確認してから窓の外へ出た。

塔の壁を軽く蹴りながら、冥海へ降下していく。

ロープだけでなくプリオを一緒に使うのは、泥棲生物《ヒジ》に襲われたときに急速上昇するためである。

卵塊は塔の根元にびっしりと産みつけられていた。水面に近づき過ぎると、泥鮫《どろざめ》や泥鯊《どろはぜ》が飛びあがってくる。食いつかれたら手足を失いかねないので、用心しながら少しずつ降りた。

少し離れた場所を、福永工場長が同じように降下中だった。

卵塊はまだ薄黄色だった。産みつけられてから日が浅いのだ。ソースをかけるように着火液を卵塊に滴らせ、バーナーで火をつけた。生ものなので燃えにくい。燃え方を見ながら着火液を足していく。自分の体に引火させないように気をつける。炎の熱気が汗を誘い、たちまちのうちに髪と服が湿り気を帯び始めた。

三村は福永工場長に訊ねた。「アジサシに最初に乗るのは結局どっちなんですかね」

「わしはリーアでいいと思うが、相変わらず反対が根強い」

「そうですか……」

「飛行を成功させれば英雄だからな。初飛行のパイロットが人間じゃないと知れたら、世間的に盛りあがらないと言うんだ。研究塔の運営費は寄付に頼っている部分もあるから、現状では、あながち間違った意見でもない」

「リーアなら絶対に成功するのに」

「順番は気にするな。初飛行の名誉は一翔に譲って、リーアには、もっと難しいミッションを頼む道だってある」

「その成功も、いつのまにか『人間が成し遂げたこと』にされるんじゃありませんか」

「別にそれでも構わんじゃないか。わしらの目的は、ここ以外に安全な土地を見つけることだ。初飛行の名誉なんぞ、『人間としてのプライド』とやらに囚われている連中にくれてやればいいんだ。リーアはその程度で挫ける子だと思うかね」

「いいえ」

「だったら、わしらが心配することっちゃない」

卵塊が完全に炭化すると、三村と福永工場長は、スクレーパーを使って壁面から卵の残骸をこそげ落とした。丁寧にならした上に補強剤を塗布し、泥棲《ヒジ》生物が嫌がる薬剤を吹きつけておく。

卵塊除去にかかる時間は徐々に増えている。三村は炭素ロープの修繕に加えて、あちこちで、この作業に追われるようになっていた。塔、鋼柱、安全ネット。量の多少はあるが、最近はすべての場所で卵塊を見かける。よくない兆候だ。

卵を焼いていると匂いに惹きつけられるのか、しばしば泥棲《ヒジ》生物が冥海から頭をのぞかせた。火炎放射器で脅しながら、繰り返し海へ追い払う。

冥海観測員の話によると、泥海の化学成分が変わりつつあるらしい。地下都市や〈滑車の地〉が冥海に投棄している廃棄物の量は、もともと毎日ばらつきがある。泥棲《ヒジ》生物といえども常に居心地がいいわけではないようで、投棄される化学物質の濃度が上がると苛立って暴れるのだ。中毒死する個体もいる。

産卵量が増えているのはそのせいだろうと観測員は言っていた。死亡する個体が多いと、泥棲《ヒジ》生物は以前よりも多く卵を産むようになる。泥棲《ヒジ》生物にとっては当然の戦略、この地の人間にとっては迷惑このうえない状況だ。

プリオを使って塔内へ戻ると、三村と工場長は、遅い昼食を摂るために食堂へ足を向けた。食堂へ入るとリーアと一翔の姿が目に留まった。壁際で、ただならぬ雰囲気で話し合っている。ふたりの緊張関係を知っている三村は、すぐには近づかず、遠くから様子をうかがった。

リーアは、いつものようにサングラスで表情を隠していた。しかし、それでも困惑している様子がありありとわかる。喧嘩しているのだろうか。声をかけるべきだろうか。三村が迷っていると、福永工場長が肩を引っぱり、三村の動きを止めた。

やがて、一翔はリーアの前から離れた。三村と工場長に気づくと、軽く頭を下げて通り過ぎ、廊下へ出て行った。

リーアは壁際から長テーブルの端へ移動し、薬罐《やかん》から湯呑みに茶を注いだ。椅子に座り、気分を落ち着けるように口へ運んだ。

三村は工場長に断りを入れてから、ひとりでリーアのところへ歩いて行った。テーブルの向かいに昼食のトレイを置き、「やあ」と声をかけながら席についた。

ぼんやりと顔をあげたリーアは不思議そうに訊ねた。「今日も出勤なんですか」

「卵塊除去の仕事があってね」

「ランカイ……」

「塔の根元に泥棲《ヒ》生物《ジ》の卵がついている。あれを掃除するんだ」

「ああ。それなら、共育塔にいた頃によく見ました」

「塔の中で泥棲《ヒ》生物《ジ》に襲われたことはあるかい」

「いいえ」

「私はあるんだ。子供の頃にね。両親の留守中に泥蛇が登ってきた。一メートルぐらいの仔蛇だったが、弟と妹を守るためにナタを振り回して闘ったよ。蛇の頭を何度もナタで殴りつけて叩き潰した。あの嫌な感触は、いまでも両手に残っている……」

「冥海に毒を撒いて全滅させるとか、そういうことはできないんですか」

「泥棲生物《ヒジ》を全滅させると冥海の状態が悪化する。だから適宜処置しかない。なぜ泥棲生物《ヒジ》が冥海にいるのか、君は知っているかい」

「いいえ」

「あれは地下の人間が作った人工生物だ。地下都市から地上に投棄される土砂には、都市で発生した廃棄物が混じっている。我々も彼らと同じように、日常的なゴミや廃棄物を一次処理してから冥海へ捨てるが、泥棲生物《ヒジ》は、それをさらに細かく分解して無害な泥に変えてくれるんだ。でも、泥棲生物《ヒジ》は、地上の人間も分解すべきゴミだと認識しているようでね。炭素ロープから落ちる人間を食っているうちに、時々塔へ昇って人間を襲うようになった」

「じゃあ、泥棲生物《ヒジ》と私は同じものなんですね。人間のために働く道具や部品なのですから……」

三村は一瞬狼狽えた。世間話をしていたつもりが、思わぬ方向で地雷を踏んだ。どうやって言葉を補えばいいのか困っていると、リーアがぽつりと洩らした。

「私は、なぜ言葉を喋る生物として作られたのでしょう。泥棲生物《ヒジ》のように、命令通りにずっと同じことを繰り返す――そんなふうに作ってもよかったはずなのに」

「きっと、複雑な仕事を任せたかったからだよ」

「言葉を喋るせいで私は人間から嫌われます。人間社会を脅かすのではないかと……。だったら私は喋れないほうがよかった」

「でも、私は君と話していると楽しいよ」

「そうでしょうか……」

「君もそう言っていただろう」

リーアは黙って茶を飲み終えると、「お先に失礼します」と言ってその場から立ちあがった。

三村は訊ねた。「アジサシには、やっぱり一番目に乗りたいか」

「いいえ」リーアは目を伏せた。「それはもうあきらめました」

「え？」

「三村さんもよくご存知でしょう。私は〈部品〉なんです。〈人間〉と同じにはなれない。一翔さんが先に飛んだほうが喜ぶ人は多い」

「君が納得しているのなら私から言うことじゃないが、本当にそれでいいんだね？」

「はい」

「そうか。ちょっと残念だな」

「ご期待に添えず申し訳ありません」

「私は、君が一番目に飛ぶところを見たかったんだ」

「本当に？」

「ああ」

リーアは、ほんの少しだけ顔を綻ばせた。「三村さんからそう言ってもらっただけで、私は満足です」

アジサシ計画実施の日、ルーフを開いた研究塔の上空には、溶け落ちそうな灰色の雲が垂れ下がっていた。

一番目のパイロットは、結局、一翔が選ばれた。新しい服を着て皆から祝福され、女友達からお祝いのヘルメットを渡され、一翔は照れくさそうに笑っていた。

三村とリーアは、皆の後ろからその様子を眺めていた。周囲の反応に合わせて拍手をし、一翔の言葉にじっと耳を傾けた。

いよいよ出発というとき、ひとりのスタッフが階段を駆けあがってきた。フロア全体に叫び声が響き渡った。「冥海から泥棲《ヒジ》生物があがってきた。大変な数だ」

福永工場長が訊ねた。「卵は全部焼いたはずだ。どこから来た幼生だ」

「違う。孵化したての幼生じゃない。終齢幼虫と成体が登ってくるんだ。うちの塔だけじゃなくて、このあたり全部に」

三村たちは窓辺へ駆け寄った。冥海を見渡した途端、皆はあまりの状況に悲鳴をあげ、眼前の景色に釘付けになった。

窓から見えるすべての塔と鋼柱に、泥蠅の終齢幼虫や泥鯱蟹の若年成体が絡みついていた。ぶよぶよと肥大した白い幼虫と、剣呑な螯をふりかざす甲殻類の群れだ。巨大な泥蛇が身をくねらせながら水面から鎌首をもたげ、刻々と塔に近づいていた。泥鰻は水がない場所では生きられないので、水面近くで狂ったようにのたうち回っている。銀色の鱗が泥のうねりの中で煌めく。無数の軟体動物が脚をくねらせ、それらを押しのけて塔へ登ろうとしていた。まるで冥海が逆流したかのようだ。塔や鋼柱に塗られた忌避剤のせいで、泥棲《ヒ》生物《ジ》たちは悲鳴のような叫び声をあげ、苦痛に悶えながら、それでも、すべてを呑み込まんとする勢いで押し寄せつつあった。

「冥海観測員から、とんでもないデータが届いている」スタッフは震えながら告げた。「冥海の化学物質の値が、今朝から急速に跳ねあがっているそうだ。地下で工場の事故でも起きたんだろう。廃棄物の投棄量が制御できていないんだ。泥棲《ヒ》生物《ジ》は泥中の毒素の濃度に耐えられず、冥海から逃げ出そうとしているようだ」

「じゃあ、連中は全部ここへ登ってくるのか！」

鼓膜を引っ掻くような耳障りな音が窓の下から近づきつつあった。黒い海は留まることなく這いあがってくる。男たちは窓辺から退くと、フロアに並んでいる棚から着火液や武器を取り出した。瓶の栓を抜く。銃の弾薬を確認する。一翔の女友達も皆と同じように武器を手にした。準備が整うと、工場長の掛け声に従って、スタッフは次々と階段を駆けおりていった。

三村も銃身の長い銃を手に取り、火炎放射器を肩に担いだ。一翔が駆け寄ってきて言った。

「三村さん、僕も下へ降ります」

「だめだ。君はアジサシを守れ」

「いいえ。アジサシには僕じゃなくて、リーアを乗せてやって下さい」

「初飛行のパイロットに選ばれたのは君だろう」

「僕はこの土地の人間です。みんなが大変なときに、自分だけ逃げるわけにはいかない」

「それは違う。君にはアジサシを飛ばしてもらわねばならん。機体を泥棲生物《ヒジ》に齧らせるわけにはいかないんだ」

「だったら、僕よりもリーアのほうがうまく飛びます。長時間の飛行にも耐えられるはずです」

一翔はリーアを振り返った。「前に食堂で言った通りだ。最初に乗るのは僕じゃなくて君だよ。早く、アジサシを安全な場所へ移動させてくれ」

三村は息を呑んだ。日曜日の出来事――食堂でふたりが揉めているように見えたのは、一翔が一番に乗りたいと自己主張していたのではなく、リーアを初飛行のパイロットにするために話し合っていたのだ。リーアは大人たちの反応を気にして退くつもりでいたのだろう。それを一翔が止めたのだ。大人たちの思惑とは関係なく、彼女が飛ぶべきだと。

「私も残ります」リーアが珍しく大声をあげた。「皆さんと一緒に闘います。泥棲生物《ヒジ》を、ここで食い止めればよいのでしょう？」

「だめだ」一翔が一喝した。「君は上空へ逃げて機体を守れ」

「でも」

三村はふたりの会話に割り込んだ。「リーア。その飛行機には丸二日分の燃料が入っている。予備タンクを使えばもう半日飛べる。上空からは〈滑車の地〉全体がよく見えるだろう。私たちが泥棲生物《ヒジ》をうまく追い払ったら、またここへ戻ってきて欲しい。だが、この地はもう危ないと判断したら、君は予定通り、別の土地を探して飛んでいくんだ。西へ向かって飛び続けると、〈滑車の地〉の果てに辿り着く。鋼柱と炭素ロープが尽きる場所だ。そこには廃墟になった塔がたくさんあって、今回の計画のために予備燃料を準備してある。泥棲生物《ヒジ》がいなければ補充は簡単だ。もし邪魔になったら音響閃光弾で追い払えばいい。正確な場所は地図に記してある」

「三村さん、私は――」

「飛ぶんだ。私たちのことは考えるな。だが、もし君がここへ戻って来られたら、ひとつだけ聞いて欲しいことがある」

「なんでしょうか」

「私は君の瞳の色を知りたい。君の瞳の色を、どうしても確かめてみたいんだ」

突然リーアの表情が激しく崩れた。泣き出しそうに顔を歪め、サングラスを毟り取ろうとした。寸前、三村はリーアを止めた。「だめだ、いまは外すな。これは、もう一度会うためのおまじないだ」

凍りついたように手を止め、リーアは三村を見つめた。固く引き結んだ唇が震える。三村は朗らかな笑みを浮かべた。「大丈夫。この土地の人間はみんな強いから、必ず誰かが生き残る」

「私からもお願いがあります、三村さん」

「なんだ」

「空から戻ったら私に名前を下さい。リーアという種類名じゃなくて、人間の女の子のように呼んでもらえる名前が欲しいんです。私は三村さんからその名前をもらいたい」

「わかった。用意しておこう」

リーアは練習用のヘルメットを棚から摑み取ると、素早くかぶって顎紐をとめた。アジサシのコックピットに飛び乗り、エンジンをかける。

ローターが回転してうなりをあげ始めた。轟音と風の音で、もはや三村と一翔は会話を続けられなかった。回転翼が作り出す下降流が、フロアに残されていた道具を次々と吹き飛ばした。机の上に出しっぱなしになっていた書類が生き物のように舞った。機械油で汚れたクロスが揉みくちゃになりながら宙を飛ぶ。塗料の缶がひっくり返って衝突し、旅立ちを祝う鐘のようにガラガラとにぎやかに鳴り響いた。

三村と一翔はアジサシから足早に離れた。下の階へ続く階段まで後退する。

アジサシはパイロットを得た喜びに打ち震えるように床から浮きあがった。安定した姿勢で、ぐんぐんと垂直に昇っていく。暗雲に立ち向かう鳥のように白い機体は上昇を続けた。やがて、アジサシはローターを前傾させた。水平飛行へ移った機体は、滑らかに飛び始めた。

三村と一翔は歓声をあげた。空へ向かって拳を突き出した。

三村は一翔にそっと訊ねた。「君はどの時点で、リーアを自分よりも優れていると判断した？」

「シックスティーンで飛ぶのを見たときからです」と一翔は答えた。「あんな綺麗な飛び方をするなんて……。シミュレータでの結果よりもショックでした。悔しかった。飛ぶ技術なら自分のほうが上だと、何度も思い込もうとした。でも、だめだった。そうやって思い詰めるほど、リーアの飛び方が目蓋の裏に浮かぶんです。夢でも見ているように」

「私もそうだったよ」

「三村さんも？」

「魅せられた——とでもいうのかな」

「でも、泥棲生物《ヒジ》が襲ってこなかったら、僕は譲れなかったかもしれません。やっぱり、ちょっと悔しかったし……」

「それでいいんだ」

ふたりは階下へ降りた。下のフロアでは、男も女も、窓という窓から上半身を突き出し、塔を昇ってくる泥棲生物《ヒジ》を撃ち殺していた。状況があまりよくないことは一瞬で見て取れた。もはや笑うしかないほどの無数の泥棲生物《ヒジ》が、磁石に引きつけられる漆黒の流体のように昇ってくる。

仲間の死骸を乗り越え、その血に染まりながら、泥棲生物《ヒジ》は前進をやめなかった。冥海へ戻れば毒で死ぬだけだ。だから彼らは昇るしかない。上のどこかに生きる場所を探して。それは、本質的なところで、三村たちが飛行機を作った理由と同じだ。

三村は大声で皆に告げた。「アジサシは無事に行きました。乗って行ったのはリーアです。一翔が彼女に譲りました。彼女の腕前なら心配いりません」

呆然となって言葉を失った者たちがいた。歓声をあげて手を打ち鳴らした者もいた。それがどうしたといった面持ちで、「はよ、こっちへ来て手伝え！」と濁声をぶつけてきた者もいた。

火炎放射器のスイッチを入れると、三村は反対側の手に銃を持った。窓に居並ぶ男たちの間に身を割り込ませ、外を見おろしながら隣の男に訊ねた。「ロープで下まで降りて焼くか」

「よせ、あっというまに食われちまう」

視線をあげて彼方を見ると、下手な降り方をしたせいで、泥棲生物《ヒジ》に襲われている仲間たちの姿が目に入った。人間が乱雑に引き千切られ、原型を留めず、真っ赤な肉塊と化していた。泥棲生物《ヒジ》は狂ったように、血まみれの塊をつつき回していた。いた。人間の血を啜ることで、体に入った毒を薄められるのかもしれない。

「あの様子なら慎重にやれば」三村は静かに言った。「誰か、ウィンチとプリオをここへ」

そのとき、塔の上空から甲高いホイッスルの音が降り注いだ。

三村は窓から身を乗り出した。

もうだいぶ小さくなってしまったアジサシが、挨拶をするように空の高い位置を旋回していた。ホイッスルの音は、アジサシが搭載している外部スピーカー越しに響いていた。信号音ではない。皆に気づいてもらうために、様々な長さの音を複雑に組み合わせながら、ずっと鳴らし続けていた。まるで、未来から届く希望の音色を見出したかのように。

――何度見ても綺麗な飛び方だ。

三村は白く輝くアジサシの姿に満足すると、視線を冥海へ戻した。

泥棲生物《ヒジ》は、もう間近まで迫っていた。激しい銃声と人々の怒号に、アジサシから響くホイッスルの音は次第に掻き消されていった。遠ざかる響きを耳の奥で聞きながら、三村はプリオに通したロープを頼りに窓の外へ身を投げた。

塔の壁面を降下しながら銃を撃ちまくった。散弾を浴びた泥棲生物《ヒジ》が一瞬でばらばらになって冥海へ落ちていく。幼虫が水風船のように弾けた。甲羅に穴が穿たれた。軟体動物の内臓が噴き出し、赤黒い体液が飛び散る中、三村は飛ぶように降り続けた。服は夥《おびただ》しい量の返り血で染まり、泥棲生物《ヒジ》と区別がつかぬ色に変わっていった。喉の奥から笑い声がこみあげてきた。子供時代の思い出が甦る。苦さと畏れが腹の底で混じり合う。あのときとは比べものにならないほど巨大な蛇が眼前に迫っていた。その背後に広がるのは、濁流のように押し寄せる奇怪な生物たちだ。彼らは自分であり、自分は彼らである。目前まで迫った危険のせいで、目が眩むような高揚感が、こめかみのあたりで弾けた。

死ぬ気はしなかった。

リーアと一緒に青空を飛ぶ己の姿を夢想しながら、三村は泥棲生物《ヒジ》の群れの中へ、滑り落ちるように突進していった。

プテロス

イラストレーション／山本ゆり繪

背後から強い衝撃を浴びた瞬間、眼下に見えていた雲が姿を消した。視界が回転し、中間圏上層に広がるオレンジ色の靄《もや》が雲と入れ替わる。巨大な手で摑まれ、引き摺り降ろされるような感触が襲いかかってきた。志雄《ユキオ》は、飛翔体《プテロス》もろとも、仰向けの姿勢になっていた。高度一〇〇キロメートルから地表へ向かって落ちていく。行動補助ＡＩが脳神経に介入しているので恐怖はない。ルーガと名づけられたＡＩは、現状への対処を志雄の視野に映し出して言った。「プテロスの運動機能に介入した。姿勢を戻す。揚力の回復は少し難しい。下へ降りる覚悟はあるか」

「地表へ？」と志雄は訊ねた。「下は寒いぞ」

「君の保護スーツなら耐えられる」

「プテロスが凍えないかな」

全身をすっぽりと保護スーツで包まれている志雄には、中間圏の風は一切感じられない。摂氏マイナス九〇度の環境も。地表はさらに低温で、摂氏マイナス一七〇度に達するが、スーツの一部であるルーガや志雄には何の問題もない。

だが、プテロスの生命力が保つかどうか。

「降りる以外の選択肢はない」ルーガは口調を強めた。「軌道上からでは救援が間に合わない。プテロスを軟着陸させよう。それに、この個体はいずれ」

「わかった。じゃあ任せた」志雄はルーガの操作範囲を拡大した。「これ以上プテロスを負傷させないように、うまく着陸してくれ」

「了解」

志雄は自分が片利共生している飛翔体――プテロスに向かって電気信号を放った。プローブ経由で刺激されたプテロスが、ショックによる硬直状態から意識を取り戻し、慌てふためいたように羽をうちふるう。その頭部には、志雄がはりつけた装置が根をおろしている。生き物の運動機能を少し制御できる機械だ。

プテロスの姿勢は容易には戻らなかった。さきほどの衝撃で片羽を傷めたらしい。左右のバランスが崩れ、仰向けの格好のまま落ちていく。プテロスの腹側にはりついている志雄には、上空の様子がよく見渡せた。スカーフのように扁平な飛翔生物が、空の片隅で体の縁を波打たせている。シルペアだ。あれに襲われたのだ。あの巨体に弾かれて、羽を傷めたに違いない。

シリコン系の飛翔生物であるプテロスは、コガネムシのような湾曲した上翅と、その下から伸びる薄い上翅を羽ばたかせて飛ぶ。破れたのは下翅だろう。上翅が風を孕《はら》んでいるおかげで、うまく風に流されている。

落下途中、志雄は別の群れとすれ違った。プテロスたちの半透明の体と羽は、水硝子を塗ったように艶やかで、けぶるような銀色に輝いていた。空に対して完全な保護色になっている。夕焼けの中にばらまかれた水晶のかけらのように見えた。やがて生きた水晶群は視界から遠ざかり、ビーズほどに小さくなった。

中間圏の風は、惑星の自転速度を遥かに上回る勢いで吹き続けている。頭上に広がるオレンジ色の靄を眺めていると、それを実感した。微かな濃淡の差に彩られた縞模様が、際限なく引き延ばされていく。一〇〇キロメートル余り上空には、ここよりも、さらに強い風が吹いているのだ。

その風は、すべて赤道と並行する流れを作り、同じ方角へ向かって吹いている。地球上の風は地域ごとに別々に環を作って吹くが、この星では、そのような流れは存在しない。スーパーローテーションと呼ばれる現象である。太陽系では、金星や土星の衛星タイタンでも観測されている。系外惑星であるこの星でも同じ風が吹く。

保護スーツの内側からは、光化学煙霧《こうかがくえんむ》が見えていた。プテロスの腹側にいると、普段は、メタンの雲を下に見ながら飛ぶ格好になるので、中間圏上層の煙霧を意識することはない。窒素やメタンが恒星の光と反応して生じる光化学煙霧は、常に志雄の背後——正確に言うならばプテロスの背面側にあった。それが見え続けているのは、自分たちが完全に裏返り、未だに姿勢を戻せていない証拠だ。

プテロスの墜落は珍しい現象ではない。天敵に追われてよく落ちている。シルペアはプテロスよりも遥かに大きな生物で、群れを見つけると上空から高速で下降してくる。スカーフのように扁平な体軀でプテロスたちを一網打尽にして、内側にある巨大な口で咀嚼する。この襲撃の際、巨体に弾かれて落ちてしまう個体がいるのだ。志雄が共生中のプテロスも、その一頭だった。プテロスの全長は志雄の身長の約二倍強。羽は広げると十メートルほどになる。飛翔能力に特化した身体構造を備えているので、志雄がコバンザメのように腹側に寄生していても、まったく気にしない。その性質を利用して、志雄はプテロスの生態や、惑星全体の環境を調査していた。こういう事故が起きる可能性は予想していたが、実際に落ち始めてみると、やはり肝が冷える部分はある。

やがて、プテロスの努力が功を奏したのか、オレンジ色の靄は志雄の視界から姿を消し、再びメタンの雲が見え始めた。プテロスが姿勢を戻し、対流圏へ向かって飛び始めたのだ。秒速一一〇メートルで流れる風を利用して、滑空による着地態勢に入ろうとしていた。

志雄は、軌道上で待機する調査船に呼びかけた。「滝川《たきがわ》主任、下まで降りても構いませんか。このままでは回収手段がありません」

「任せるよ」滝川は楽しげな口調で返してきた。「宇宙生物学者なら、地表で調べることは幾らでもあるだろう。好きなだけデータを採ってくるといい。近くに〈凍石柱《とうせきちゅう》〉を確認できるか」

志雄は視野に地形と距離のデータを表示させた。目標物が赤くマーキングされる。「はい。間近にひとつあります」

「〈凍石柱〉の頂上まで登れば風を捉まえられる。プテロスが羽を修復するまで待ち、もう一度飛ばしてやってくれ。君に対しては回収機を出す」

「ありがとうございます」

プテロスがメタンの雲の中へ突っ込んだ。プテロスの口腔内は、ケイ素とアルミニウムの結合体で構成されており、多孔質だ。口を大きくあけて飛ぶだけで、大気中に含まれるメタンや窒素を吸着できる。地表へ降りる前に、少しでもたくさんの栄養を溜め込むつもりなのだろう。

雲を突っ切ると風は随分弱くなった。液体メタンの小雨が降り続ける中、プテロスはゆっくりと地表へ向かっていた。気圧は既に一〇〇〇ヘクトパスカル。

このまま着陸すると、志雄はプテロスと地面の間に挟まれて引き摺られる。レーザー測定器が刻々とはじき出す高度の値を眺めながら、志雄はタイミングを見計らった。地表まであと四メートルになった時点で、プテロスの両脇を両腕で摑んだ。保護スーツの背面吸着を解除し、落下傘にぶら下がるような姿勢をとる。

液体メタンの雨を保護スーツの前面から浴びながら、志雄はプテロスの体を前へ押しやって真下へ飛び降りた。加速度の関係で、やや前方へ着地する。靴の底が、シャーベット状になった地表にのめり込んだ。約〇・六Gの環境は、志雄の保護スーツにほとんど衝撃を与えなかった。

志雄が離れてからも、プテロスは低空飛行を続けた。地表を荒々しく削り取りながら、五メートルほど先に着地した。志雄が駆け寄って観察してみると、腹面に、芋虫の脚に似た八本の突起が出現していた。

「脚がある」志雄は目を丸くした。「こんなものを見たのは初めてだ」

「これで腹側を保護したようだな」とルーガが言った。

「プテロスは、スーパーローテーションを利用して、ずっと空を飛び続ける生き物だ。脚など、いらないはずなのに」

「腹節の中へたたみ込めるようになっている。我々が知らないだけで、どこかに降りて休む習性があるのだろう。でなければ、こんな器官は発達しない」

プテロスが少し身を持ちあげた。プローブ経由で、その内面が志雄の心に伝わってきた。ぼんやりとした波が、志雄の思考の上に重なる。気力と体力を使い果たして呆然としているのか、あるいは怪我のせいで落ち込んでいるのか。異生物の感覚なので、人間である志雄には容易に判断がつかない。

志雄は後尾へ回って下翅の傷み具合を調べた。右側の下翅が随分破れている。再生には、かなりの時間が必要だろう。

　湾曲した上翅の中へ、下翅がゆっくりとたたまれていった。方向を確認するように小さな頭部を左右に振る。不思議なことに、プテロスは〈凍石柱〉がある方角へ、ぴたりと頭を向けた。八本の脚を蠢かせ、その場から移動し始めた。

「〈凍石柱〉の場所がわかるのかな」

「そのようだな」

「ルーガ。こいつの歩行速度から、目的地への到着日を割り出してくれ」

「了解。――現地暦で七日後だな」

　七日間、この氷原を歩き続けるのか。

　志雄の視界に、地図と進路が表示された。

　氷原を進むなら、雪氷生物や微生物を採取できる。志雄は小型採取容器を五十本、腰に吊していた。少しずつ氷や液体を採取していけば、研究に役立つ生物を集められるだろう。

　短い脚を繰り出して進み続けるプテロスを、志雄は後ろから追っていった。

　氷と霜に覆われた大地は降りしきる小雨によって濡れ、燻し銀のような色に染まっている。厚い雲のせいで夕暮れ時のように暗い。珍しい景色はどこにもなく、わずかな丘と窪地が延々と続くばかりだ。生き物の影は見あたらない。プテロスの仲間の姿もなかった。

　風速はゼロに近い。これでは、プテロスが羽を傷めていなくても飛ぶに飛べない。この生物の大きさでは、高台から滑空しなければ風を摑めないからだ。

氷原には液体メタンの池が広がっていた。雲から落ちてくる霧雨が地表で溜まったものである。液体エタンの池もあった。いずれも、やがて蒸発して雲になり、再び地表に降り注ぐ。対流圏では、そのような循環が起きている。惑星の地下には、広大な液体領域も確認されていた。その地底海は、無人探査機が別ルートで調査中だ。

プテロスは池のそばへ寄ると、口を池の中へ浸した。美味しそうにエタンを啜る。

志雄は頰を緩め、目を細めた。「うれしそうに見えるな」

ルーガが応えた。「栄養を摂取すれば下翅の修復が早まる。池が多いのは助かるな」

プテロスの体内に取り込まれた炭化水素は、共生微生物によって代謝され、この生き物の体を作り、体を動かすエネルギーとなる。食事中のプテロスの内面は、規則正しい律動を刻んでいた。ひと安心したのかもしれない。プローブ経由で伝わる異生物の心の動きに、志雄も、ほっと息をついた。

志雄はプテロスが動き出すまで、じっと待っていた。志雄自身に食事の必要はない。体内に数十日分相当のカロリー錠が埋め込まれ、血中に、少しずつ栄養素を放出しているからだ。保護スーツはパワーアシスト機能付きなので、長距離を歩き続けてもたいして疲れない。

池のそばから離れ、きっちり二時間歩き続けたあと、プテロスは、突然、足を止めて地表にうずくまった。

「体調が悪いのかな」

「いや、休憩しているんだろう」

ルーガの言葉通り、機嫌を損ねているふうには見えなかった。十五分後、プテロスは再び歩き始めた。同じ行動パターンを、時計で測ったように正確に繰り返した。

気がかりだった摂氏マイナス一七〇度の環境は、まったく苦にならないらしい。プテロスには、この環境を余裕でやり過ごせる能力があるようだ。

地表の起伏が激しくなると、歩みは格段に落ちた。

ルーガが言った。「このあたりは、いったん川ができたあとに干上がったらしい。地表が削り取られるとこうなる」

「プテロスは進めると思うか」

「運動機能に介入しよう。手助けがなくても勝手に登るだろうが、時間を節約したいなら助けたほうがいい」

志雄たちが手助けしてもプテロスは驚きもしなかった。自分で力を出したと思っているのか、志雄に対しては相変わらず無関心だった。空中生活の間もそうだったが、そもそも、志雄を生物として認識しているのかどうかも怪しい。志雄は、その大らかさを利用して片利共生を選んだのだが、こういう状況下では少し物足りなかった。協力し合う仲間という感情が欲しかった。しかし、言葉も通じない他生物にそれを求めるのは贅沢だし、愚かでもある。

宇宙生物の内面分析は難しい。人間側の価値観を持ち込んではならないので、プローブ経由で激しい波が記録されても、それを動揺や怒りや興奮であるとは断定できない。大きな波の揺れを心理的動揺と解釈するのは人間の価値観で、プテロスにとっては、それこそが安定した心理状態かもしれないのだ。

得られるデータを人間の喜怒哀楽と関連付けないこと。これが宇宙生物学における基本概念だった。だから志雄も、プローブ経由でプテロスの内面を味わいつつも、彼らが本当のところでは何を感じ、何を考え、何に価値を置いて生きているのか、未だに突きとめていない。

志雄を含む研究班のメンバーは、調査船で新しい惑星を訪れて新しい生物を発見するたびに、船の中でよく議論を繰り返した。

全宇宙に共通する定義での〈生物の知性〉とは何を指すのだろう、あるいは、それは定義可能なものだろうか――と。

人間と知性の性質が似通っている生物だけを知的存在と呼ぶのは、狭量で不適切な発想だ。生物には個々の環境に適した知性の形があり、これは地球上の生物でも同じである。

系外惑星探査が常識になった現在、宇宙には、地球の常識が通用しない生物がたくさんいるとわかっている。彼らの知性は地球の基準では測れない。

調査対象にプローブを埋め込む方法は、宇宙生物の思考状態を、電気信号の形で抽出できる技術として重宝されていた。だが、その信号にどのような意味づけをするのか、あるいは意味づけすることに価値はあるのか。議論は尽きなかった。

宇宙生物を、外見や構造の類似性によって、地球の生物と同じに考えてよいのかという問題もある。たとえば、プテロスの外見は地球のコガネムシとよく似ているが、だからといって、昆虫であるコガネムシと同様の思考をしているとは限らない。コガネムシよりも遥かに高度な思考を備えているかもしれない。あるいは逆に、昆虫よりも細菌に近い思考をする生物かもしれない。プテロスの体内には多数の共生細菌が棲んでいる。プテロス自身ではなく、共生細菌がネットワークを組んで思考している可能性すらある。地球上の研究では、ある種の微生物は、お互いの間で電子の受け渡しをすることがわかっている。それと同じことが起きている場合、プテロスの思考の主体はプテロス自身にあるのか、微生物のほうにあるのか。

『中間圏は刺激が少ない環境だ。一生飛び続けるだけの存在に、どのような思考が発生するんだろう』『難しいな』『単純な環境だからこそ、微生物ネットワークタイプの知性で適応可能なのかもしれない』『地球の微生物や昆虫は、単純な知性しか持たないのに、驚くばかりの適応力を見せる。この星では、もっと違う知性が発達していても不思議じゃない』

二時間の歩行と十五分間の休息を五回繰り返すと、プテロスは長い休みに入った。三十分を過ぎても動き出さず、プローブ経由で伝わってくる波は、ひどく平坦なものに変わった。飛行中にも、一日に一回、このような状態になることがあった。下翅は動き続けているのに、思考の波が極端に平板になるのだ。これが四時間ぐらい続く。志雄は、これをプテロスの睡眠と見ていた。

志雄はプテロスの傍らに横たわった。

プテロスが急に目覚めても、ルーガが教えてくれるので、置いていかれる心配はない。ルーガに監視を任せて両目を閉じた。体に、まだ浮遊感が残っていた。歩いているときよりも、横になってからのほうが飛翔の体験を思い出すのは不思議だった。


夢も見ずに眠り続け、ルーガの呼びかけで志雄は目を覚ました。

「おはよう。志雄」

「プテロスは」

「動き始めたところだ」

のっそりと身を起こしたプテロスの内面は、相変わらず静かだった。

不安も恐怖もないのだろうか。あるいは、この静けさこそが、プテロスが不安を抱いている状態なのか。それとも、困難な状況に立ち向かう際には、逆に、こんなふうに内面が静かになる生き物なのだろうか。

志雄はルーガに言った。「プテロスに話しかけてみようか」

「無駄だろう。空にいた頃も、時々声をかけたが反応はなかった」

「地表に降りて環境が変わっているから、いろいろ思考しているだろう。話しかけるチャンスかもしれない」

「ほとんど波も立っていないのに」

「ちょっかいを出したら反応しないかな」

志雄はプテロスの内面へ自分の思考を送り込んでみた。意味は通じなくてもいいのだ。こちらが話しかけていることに気づいてもらえるなら。

『なあ、君。地表を歩くのはどんな気分だ。空と違って進みにくいだろう。じれったくないか。あるいは、前にも地表を見たことがあるのかな』

何も返ってこなかった。

プテロスが歩き始めたので、志雄は、またあとを追いながら続けた。

『君たちは、どうやって生まれてくるんだろう。卵や繁殖地はどこにある？　私たちは、それすら確定していないんだよ』

『でも、君の仲間が死んでいく瞬間には何度か立ち会った。私たちは、たぶん、世代交代の時期にこの星を訪れたんだろうな』

『地球という惑星には空を飛ぶ生物がたくさんいる。爪の先ほどの小さな生き物から、私よりも大きなものまで。人間は道具を使って空を飛ぶ。一番大きなものが宇宙船だ。ここの上空で待っている』

『一生、空から降りないってどんな気分だ？　生殖はどうやって行う？　腹が減るって感覚はあるのかい』

二時間後の休憩で、プテロスの内面からようやく細波が返ってきた。

「反応があったぞ」

志雄が騒いでも、ルーガは冷静だった。「意図も意味もわからないのに」

「昨日の休憩では一度も感知しなかった。これは大変な進歩じゃないか」

「体調が変化しただけかもしれない」

「対話の内容を一括して把握したあと、まとめて反応している可能性はないか」

「断定するにはデータが足りない」

「こちらが忘れた頃に反応するというのは、人間同士でもよくあることだ。プテロスがそれをやっても不思議じゃない」

翌日も翌々日も、志雄はプテロスに声をかけ続けた。

反応は徐々に早くなっていった。理解できる信号を返してくるわけではないが、志雄が発信すると、リズミカルに信号を返した。短い信号も長い信号もあり、こちらの呼びかけを遮るように、せわしい波が押し寄せてくることもあった。

「ジャズのセッションみたいだ」と志雄はつぶやいた。

信号と信号、波と波との衝突。音階ではなく、打楽器によってお互いの気分を確かめ合うような肌触り。ただし、意味はひとつも理解できない。

風景は少しずつ変わり、液体メタンが広い窪地を満たす平原が現れた。迂回して〈凍石柱〉を目指すと、かなり遠回りになってしまう。どう判断するのか、志雄は様子を見守った。

プテロスは上翅を少し開き、池の中へ入っていった。体は半分沈んだだけで、うまい具合に浮力を保った。下翅をオール代わりに液体メタンを掻き、滑らかな波紋を残しながら泳いでいく。

志雄は自分も池へ脚を踏み入れた。

ルーガが忠告した。「液体メタンの比重は軽い。このスーツだと、しっかり泳がないと沈むぞ」

「わかっている」

すぐに脚が届かなくなったので、志雄は泳ぎの姿勢をとった。プテロスと違って全身が沈み込んだが、保護スーツには浮力を保つ装置があるので、池の底まで引き摺り込まれることはない。

水中灯をつけた。

前方へ向けると、着実に進んでいくプテロスの姿が照らし出された。

保護スーツの表面に配置されたセンサーが、液体中に、微少な生物が存在していると教えてくれた。この惑星固有の小さな生物、あるいは何かの幼体であれば大発見だが、持ち帰るまでは種類を確定できない。

採取容器の蓋を開き、液体を充分に吸い込ませた。

それにしても、歩くだけでなく泳ぐ能力まであるとは、プテロスは不思議な生物だ。何がこの生物に、このような身体の発達を促したのだろう。

天敵に襲われて何度も空から落ちているうちに、空と地上の両方で生き残れる個体が、徐々に数を増やしていったのだろうか。地球ならそういう類の進化があるが、この惑星ではどうだろう。

志雄はルーガに訊ねた。「そもそもプテロスが、地表と空を区別していない可能性はあると思うか」

「惑星全体を、ひとつの環境として認識しているという意味か」

「そう。だからこそ空から落ちても慌てず、水の中でも平気なのかもしれん。地球にも環境の変化に強い生物がいるが、それ以上なのかも」

「スーパーローテーションを利用すれば惑星を一周するのは簡単だ。この種族は、生まれた瞬間から惑星の全環境を把握しているんだ。空中生活では、とてつもなく広い範囲を日常的に見渡すわけだから――」

「天敵との関係で器官が発達したんじゃなくて、空域も含めた惑星の全環境が、一個の生物のデザインを決定する——この星なら、そんなこともあるだろう。鳥よりも高く飛ぶわけだからね。鳥以上の生物として捉えなければ」

やがてプテロスは池からあがり、再び黙々と歩き始めた。

志雄も、それについていった。

この惑星とプテロスが、連動するひとつの存在であると考えてみよう。星に棲む一個の生物が行動しているというよりも、その行動を含めたすべてがひとつの世界であり、自分たちは、その全体像を外部から眺めているだけだと。プテロスは、いわば一本のネジのようなものので——ネジだけ調べても、どんな機械が動いているのかわからないように、自分はこの惑星の本質を、まだ理解していないのだろう。

ルーガの計算通り、出発から七日後、志雄たちは目的地に辿り着いた。

〈凍石柱〉を地表から見あげるのは初めてだった。上空から周囲を飛んでみたことはあるが、下から振り仰ぐと、その巨大さがより威圧的に迫ってきた。

〈凍石柱〉は、この惑星上の四十三ヶ所で発見されている。調査船の分析によれば、組成は、炭素、水素、ケイ素、窒素、酸素、ナトリウム、アルミニウム、マグネシウム等々。鍾乳洞で形成される石柱に似ているので、〈凍石柱〉と仮に命名された。学名はまだない。超音波調査によって、内部に粘度の高い液体が存在することがわかっている。

柱の高さは三〇〇メートル前後。頂上は相当な強風を受けているはずだが、その様子は地表からは実感できない。

プテロスが自然に〈凍石柱〉を目指した事実は興味深かった。この構造物は中間圏よりも下にある。プテロスが日常的に目にする機会は少ないはずだ。あるいは、彼らには、対流圏まで降りる習性があるのだろうか。志雄が共生しているプテロスは、対流圏まで高度を下げたことはなかった。しかし、条件さえそろえば下まで降りるのかもしれない。あらかじめ知っていたからこそ、それを利用して、中間圏へ戻ろうとしているのではないか。

志雄が急かす必要もなく、プテロスは〈凍石柱〉の外壁を登り始めた。八本の脚を引っかけて懸命に登っていく。志雄は保護スーツの吸着機能を使い、プテロスの背中にはりついた。パワーアシスト機能があるとはいえ、自力で三〇〇メートルも登る気にはなれない。

上へ登るにつれて風が戻ってきた。ゆるやかに吹きつける微風が、やがて、登攀《とうはん》速度を落とさせるほど強くなった。

動きは鈍ったが、プテロスの内面は活発だった。律動がプローブ経由で押し寄せてくる。これまでとは段違いの激しさだ。荒々しい波に心を揺さぶられていると、志雄は、なぜか昔のことを思い出し始めた。宇宙生物学者として、系外惑星へ向かって飛び立った直後の懐かしい記憶が、次々と脳内で花開き、映像や音や匂いすら伴って甦った。

志雄は地球を知らない世代である。太陽系外の恒星軌道上に作られた居住区で生まれ、そこで育った。大型生物が棲む惑星は近くに皆無だった。〈生き物〉の大半を立体映像図鑑でしか知らず、触ったこともない。だから、子供の頃から生物学者に憧れた。本物を見たかったのだ。できれば、とても大きな生き物を。

この仕事には二つの道があった。ひとつは地球へ行って古来の生物を調べる道。もうひとつは、身体機能を改造して超長寿を獲得し、系外惑星専門の生物学者となって、宇宙のあちこちで新種を探す道だ。

前者には故郷へ戻る歳月の余裕があるが、後者は片道切符の旅に近い。志雄は後者を選んだ。己の身体を作り替えることは、自分の限界に挑むような高揚感に満ちていた。人間性を保ったまま、人間以上の存在へ。志雄にとって宇宙はひとつの庭だった。そこを端から端へ歩くためには、少々、桁外れの時間が必要だというだけで。

新しい生物と出会うたびに、志雄は、それがどんなものでも歓迎し、研究記録を残した。論文を山のように書き、太陽系内の各施設へ送信した。こうやって地道に探していれば、いつかは、地球型の惑星すら見つかるのではないかと――そんな淡い期待を抱きながら、荒涼とした惑星や小惑星を渡り歩くのが好きだった。自分は研究者というよりはハンターに近いのかもしれない、あるいは放浪者に。つまり、普通の暮らしからは少々外れたところに、生きる喜びを覚える人間だということだ。

〈凍石柱〉が甲高い音をたてて鳴り響いた。胸の奥で何かがざわりと蠢き、大きく膨れあがった。ふいに、首に縄をかけられ、強く引っぱられたような気分に襲われた。それは志雄とプテロスの内面を同期させ、ひとつにしようと働きかけてきた。

志雄はルーガに命じた。「〈凍石柱〉がプテロスの内面と共振しているようだ。なぜ、こんなことが起きるのか調べてくれ」

「――通信しているのかも」

「〈凍石柱〉は通信装置なのか」

「わからない。もしかしたら、生物同士が鳴き交わすように、お互いを呼び合っているのかもしれない」

ざっと見た感じでは、〈凍石柱〉の表面には穴や出入り口らしきものはない。固い表面はプテロスが爪を立てても崩れず、しっかりと体を支えている。

この凍りついた柱の中に、いったい何があるのか。

「プローブの感度を下げてくれ」と志雄はルーガに頼んだ。

「なぜ」

「このままだと、場の共振に呑み込まれる。私は、ここまで異生物の内面と同期した経験がない。対象と切り離されていなければ観察を続けられない」

「わかった」

「記録は採ってくれ。非言語情報のカテゴリに保存」

「了解」

センサーの感度が下がると、志雄を侵蝕していた興奮や恐怖はすぐに薄らいだ。やはり、かなり強く影響を受けているらしい。無邪気に会話していたときとは、比べものにならない刺激なのだ。

〈凍石柱〉の頂上まで辿り着いても、出入り口や穴は見つからなかった。直径二十八メートルほどの平らな頂上部には、ところどころに窪みがあり、液体メタンが溜まっている。

颪は予想していたよりも強く、まっすぐに立っていると吹き飛ばされかねなかった。プテロスの背から降りると、志雄は表面に這いつくばった。保護スーツの両手と両膝の吸着機能を働かせ、颪に吹き飛ばされないようにする。

プテロスは八本の脚を縮め、疲れ切ったようにうずくまった。羽は充分に再生している。しばらく待てば勝手に飛んでいくだろう。

志雄は腹ばいになったまま、あたりを見回した。やがて、周囲の起伏が、ただのでこぼこではないと気づいた。盛りあがっている部分は、彼が連れてきたプテロスよりも二回りほど小さい。表面は薄い氷で覆われている。掌で擦ると氷は簡単に剝がれ、滑らかなものが露わになった。似たような形で盛りあがっている部分は随所にあった。大きさも似通っている。触れてみた印象も同じだ。

視野の拡大機能を使って細部を観察した。拳で叩くと、盛りあがった塊が、もぞりと身を動かした。見間違いかと思ったが、もう一度叩いてみると、前よりもはっきりと反応した。

志雄は両手で岩の端を摑み、力をこめてひねった。

ルーガが訊いた。「どうするんだ」

「剝がす」

「なぜ」

「もしかしたら……」

ぱりぱりと音を立てて氷が砕け散った。亀の甲羅のようなものが足元から剝がれた。ひっくり返して裏面を見る。生物の腹節じみたものが微かに痙攣していた。短い八本の脚を、ゆっくりと動かしている。

ルーガが即座に反応した。「これは——」

志雄は調査船に呼びかけた。「滝川主任。〈凍石柱〉の頂上まで来ました。位置を取れますか」

「お疲れさま」滝川の陽気な声が耳元で響いた。「成果はどうだ」

「五十ヶ所でサンプルを採りました。戻ったら生物の有無を確認します」

「ありがとう」

「ところで、いま面白いものを見つけました。もうしばらく観察を続けます」

大きな変化が生じたのは十分後だった。志雄が手伝ってやるまでもなく、頂上部の塊は自力で動き始めた。それは、地面から蟬の幼虫が這い出す様子に似ていた。岩の一部と思われたものは、氷を軋ませながら八本の脚を蠢かせ、自分の体を〈凍石柱〉から引き剝がしつつあった。

すべての推移を、志雄は保護スーツの録画装置を使って記録した。データはリアルタイムで調査船に転送され、滝川をはじめとする研究員たちを興奮させているに違いなかった。

氷が砕ける音が、あちこちから響いてくる。〈凍石柱〉の中から這い出した生き物たちが、凍った上翅を開き、その下から柔らかい下翅を開く音だ。

彼らは、生まれたばかりのプテロスだった。

〈凍石柱〉を揺らすほどの強風は、彼らの初飛行にとって最高の環境だった。羽を開いたプテロスたちは、少し体を起こすだけで次々と風に煽られ、〈凍石柱〉の頂上部から吹き飛ばされていった。落下と同時に風を捉まえ、初飛行とは思えないほどの器用さで飛んでいく。

次々と這い出す若い個体で、あたりは足の踏み場もなくなった。若いプテロスたちは、風を捉え、風に飛ばされ、窒素を主成分とする大気を切り裂きながら、大空を目指した。志雄は、際限なく撒かれる紙吹雪を連想した。留まることなく生まれ続けて飛んでいく命を、両目を細めて見守った。

通信機越しに聞こえる研究者たちの歓声に、志雄は微笑を浮かべ、穏やかに報告を続けた。

「〈凍石柱〉の正体がわかりました。これは、クラゲのストロビラに近いものです。〈凍石柱〉全体がひとつの生物――つまりプテロスの幼体で、ここから一頭ずつ完全体が形成されるのでしょう。これは、シリコン系生物に特有の成長方法に違いありません。ストロビラからエフィラが分離していくように、彼らは、ただのケイ素化合物から、ある時点で、プテロスに変わる。私たちがいま見たのは、その旅立ちの瞬間です。おそらく〈凍石柱〉の根元は、惑星地下の海につながっているのでしょう。この惑星の海には、ケイ素や窒素が大量に含まれています。吸いあげられた成分は特定の場所で蓄積され、内部でプテロスの幼生――もしくは核になる何かを形成する。これが積みあがったものが〈凍石柱〉であり、高さが三〇〇メートルを超えたとき、頂上から順番に成体が放たれるんです」

志雄のプテロスは、生まれたばかりの個体がすべて飛び去るまで、その方向へ頭を向けていた。その内面には静かな細波が立っていた。淡々と事象を眺めるかのような反応だった。老いさらばえた人類が若者を見つめるときに抱く、あの切なさや劣等感や苦渋などとは、どうやら無縁らしい。

もしかしたら、プテロスには〈年齢〉という概念がないのでは――と志雄は思った。いま生まれた個体も自分自身も、彼らにとっては大差ないのではあるまいか。外見上の差がサイズ以外にほとんどなく、しかも空中を飛び続ける生活では――比較対象物がほとんどない空中では、体の大きさの違いは、あまり気にならないだろう。そして、もし、成体が生殖を行わない生き物であるならば――プテロスが再び〈凍石柱〉に組み込まれ、新しい世代を作る手段が別の形で存在しているなら——プテロス自身には、年齢を積み重ねるとか成熟するという概念もないはずなのだ。

新しい世代の出発が終わると、志雄と共に旅をしてきたプテロスは、ようやく自分の上翅を開いた。霜と氷があたりに舞い散った。下翅は充分に再生し、風を孕む準備は整っている。

志雄は少し後ろへ下がり、プローブを経由してプテロスに語りかけた。

「長い間ありがとう。でも、ここでお別れだ。君はひとりで行っていい。私はここで回収機を待つから。本当は、もう少し君と一緒に飛びたかったんだが——」

少し寂しげに志雄は続けた。「空にいた頃からわかっていた。私たちは、長い間、君たちを観察していたから……。君はもう充分に生きて、この先に活動できる時間は、あまり残されていない。これまでのケースから推察するなら、あと六十日ほどの命だろう。だが、もし、君に〈年齢〉という概念がないのであれば、〈死〉という概念もない可能性がある。君は自己の死を恐れることなく、最後まで大空を飛び続けるだろう。だとすれば、このまま君と共生し続けるのは危険なんだ。いつ、また墜落するかわからないから」

志雄はプテロスの上翅を優しく撫でた。「楽しかったよ。本当にありがとう。私たち人類には、君とのコミュニケーションはまだ難しいようだ。だが、コミュニケーションの可・不可と、共生の可・不可は関係ない。生き物は、内面をわかり合えなくても共生できる存在だ。相手の存在を認めさえすれば、共に暮らす手段が見つかる」

プテロスは志雄が幾ら話しかけても知らん顔をしていた。それよりも、久しぶりの飛翔の機会に高揚しているようだった。下翅の羽ばたき速度が上がると共に、内面の波も激しくなる。

志雄はプローブのリンクを切り、頭部から装置を外してやった。電子的な手綱から解放されたプテロスは、風を読んで少し羽を立てた。直後、その体は、あっというまに風にさらわれた。

一瞬の別れだった。

上翅と下翅に風を孕ませたプテロスは、七日ぶりに大空で舞い躍った。羽ばたく方向と速度が安定し、完全に空の生き物に戻った。

〈凍石柱〉の上空を旋回すると、まっすぐに天を目指した。

遥かなる高みへ。

中間圏へ。

液体メタンの雲を突っ切り、恒星からの影響で温度が上昇する場所まで駆け昇っていく。そして、いつか寿命が尽きたとき、再び静かに落ちるのだろう。

志雄は〈凍石柱〉の上から、いつまでも、プテロスを見送っていた。

ふと、思った。

さきほど、プテロスと〈凍石柱〉の共振から身を引いた自分の判断は、本当に正しかったのだろうか。客観的に理解するためには一歩引かねばならない――それは論理的に思考するための常套手段であり、この種の観察では必要な行動だ。

しかし、もし、恐れることなくあの共振に飛び込んでいたら――自分は新しいものを見出していたのではないか。これまで見たこともない、驚異に満ちた世界を体験したのではなかろうか。

本当の意味で宇宙生物学者になるためには、科学者としての常識どころか、『人間であること』すら、捨てねばならない瞬間があるのかもしれない。

その勇気はあるかと自問してみた。

しばし躊躇ったのち、ある、と志雄は結論した。

プテロスはそれを教えてくれたのだ。

もう一度同じ体験をしたときには、恐れずに飛び込んでみろと。

ルーガがつぶやいた。「まだ見える」

「すぐに見えなくなるさ」志雄は笑った。「あんなに速いんだから」

地球の古い言葉で〈翼を持つもの〉を意味する名をつけられた生物は――その生涯をまっとうするために、雄大な循環の中へ颯爽と帰還していった。

楽園（パラディスス）

十二月二十六日の午後、森井宏美《もりいひろみ》の訃報が私の元へ届いた。彼女と最後に会ったのは川村《かわむら》玲子《れいこ》。私の古くからの友人である。山村憲治《やまむらけんじ》という私の名前を、山村とか憲治とは呼ばず、未だに「憲ちゃん」と言い続けているのは玲子だけだ。

情報投影装置《プロジェクタ》が表示したメールを見た瞬間、体が凍りついた。視界の隅で瞬くアイコンは、宏美からの最期の叫びのように感じられた。

クリスマスの三週間前、宏美は私に言った。

《私、これからもずっと憲治のそばに居たい。私をいつまでも残したい。機械の中に——》

その言葉の真意を教えてくれないまま、宏美は逝った。

クリスマスの朝、玲子は恋人と一緒にホテルのカフェで朝食を摂っていた。チェックアウトして街へ出たとき、宏美と顔を合わせたらしい。

宏美は、ひとりで歩いていた。とてもうれしそうだったという。玲子はそれを見て、「宏美も、自分たちと同じように、しあわせな朝帰りなのだろう」と考えた。

玲子に気づいた宏美は、いつものように明るい調子で声をかけてきた。プロジェクタを片耳に引っかけ、ニュース画像を流し見ている感じだったという。

三人は歩道の端へ寄り、しばらく立ち話をした。玲子の予想に反して、宏美は前日夜遅くまで仕事をしていたらしい。新しいソフトウェア作りで、大きな進展が見えてきたと興奮していた。

宏美の職種はメディカル・プログラマ。人間と機械を接続する装置を開発する会社に勤めていた。ＢＭＩが日常的に使われるようになった現在、急速に発展し始めた仕事である。

話が一段落ついたところで宏美と玲子は別れ、違う方向へ歩き出した。

同じ頃、クリスマスの穏やかな空気を切り裂くように、一台の乗用車が街の中を暴走していた。運転手と同乗者は、イヴのパーティーで明け方まで騒いでいた男女だった。全員、酒がまだ体の中に残っていた。十五分後、乗用車は本通りでハンドルを切り損ねて歩道へ突っ込み、大勢の通行人を撥ね飛ばしたあと、店舗の壁に激突。合計十六名が巻き添えになって重軽傷を負った。宏美もその中に含まれていた。

病院へ運び込まれた当初、宏美の意識はまだあったという。容態が急変したのは翌朝だった。宏美は四人姉妹の末っ子だ。とても仲のいい家族だったので、ご両親とお姉さんたちが受けたショックは大変なものだった。

お通夜に行っても実感が湧かなかった。棺に横たわった宏美の顔は、いまにも微笑みそうなほどで、もう少し青白い顔に化粧できなかったのかと苛立ちを覚えるほど、あまりにも美しかった。

翌日の葬儀に出席してすら、私は彼女の死を受け入れられなかった。このままでは夜を過ごせないと思い、仲間を誘って遅くまで呑むことにした。鍋料理と日本酒で体を温めながら、私たちは宏美のことをいろいろと話した。玲子は、いまはまだつら過ぎるから……と言って欠席した。女性の友人は皆そうだった。結局、男ばかりが集まって呑む格好になった。

「ヒロちゃん、天国へ行ったら会いたい人がいっぱい居るだろうな」と、ひとりがつぶやいた。「なんて名前だったかな。ほら、去年、有名な映画監督が亡くなっただろう」

「映画、好きだったからな。きっと天国で巨匠の新作を観ているよ」

「そう考えると、ちょっと救われるな」

「そう思わないとつらいよ。こんな終わり方……」

皆の話を聞いていると、ますます、まだ宏美が生きているような気分が募った。会話の中では、まだ宏美は生きていた。それはコンピュータの中に残るキャッシュデータじみたもので、私たちの会話、この場の空気の中に、確かにまだ宏美は生き続けているのだった。

宏美は死んだ。

その肉体は灰になった。

なのに、宏美のキャラクターだけは生きている。

午前を過ぎてから自宅へ戻ると、私はキッチンで少し水を飲み、喪服姿のままソファに腰をおろした。プロジェクタを耳にかけ、投光部が目の上に来るように調整する。そして、携帯端末を弄り、SNSにアクセスした。

宏美の個人ページを開く。

最後の日記のコメント欄が、お別れの言葉で埋め尽くされていた。葬儀に来られなかった友人からのメッセージは墓前の花だ。インターネット上のアカウントは、当人が生きている間は家《ホーム》だが、亡くなればそのまま墓になる。本人の生前の設定や遺族の手によってアカウントが削除されない限り、宏美は、まだここにも存在する。

私は、携帯端末の中で働く秘書AIに、宏美のライフログをすべて回収させた。電子メールのログも書き出させた。それから、アプリケーションサイトで〈メモリアル・アバター〉というアプリを購入させ、集めたログをその中へ投入した。

設定画面から、アバターの容姿選択項目を呼び出す。少し迷った末に〈ヒヨコ〉を選んだ。

携帯端末を弄ってアプリを立ちあげると、アラーム音が鳴り、ローテーブルの上に、可愛らしいヒヨコの姿が出現した。本物そっくりに見えるが、生身の実体を持たない電子ヒヨコ。レーザー光が作り出す虚像だ。

網膜走査ディスプレイは、レーザー光を使って人間の網膜にデータを投射する方式で、ミックスト・リアリティには欠かせない技術だ。携帯端末で情報を見るときに、いまの時代、液晶ディスプレイを使う人はもう少ない。プロジェクタを使えば、眼球の中に直接映像を送り込めるからだ。

ヒヨコは私を見あげ、ぴぃと鳴いた。その仕草がなぜか宏美のイメージと重なって、一瞬涙ぐみそうになった。それを堪えてヒヨコをじっと見つめていると、視線の集中をコマンド入力と判断したアプリは、〈森井宏美〉というタグをヒヨコの頭上に表示した。

設定画面を呼び出し、情報表示機能をオフにした。私が「やあ」と呼びかけると、ヒヨコはぴょこりと頭を下げ、「お疲れさまでした」と応じた。

ヒヨコの甲高い女声は、デフォルトで登録されている声優の声だ。宏美の声とは似ても似つかない。だが、似ていないほうが悲しみが和らぐので、このままにしておくことにした。

「ひどいな、ヒロ」私はそっとつぶやいてみた。「よりによって、クリスマスの日に死ぬなんて……」

「クリスマスだからこそ意味があるのよ」

絶妙な答えが返ってきたが、これはアバターが自分の意思で喋ったわけではない。宏美が書き残した膨大なライフログのどこかに、このフレーズとまったく同じ文章が存在しているのだ。アバターはライフログから宏美の言葉を抽出し、私の問いかけに応じてくれる。ＡＩとしての判断で。

私は続けた。「どんな意味があるっていうんだ。教えてくれ」

「救い主が生まれた日でしょう。おめでたい日だよ」

「おまえが消えたって、おれはめでたくない」

「まあ、そう言わずにケーキでも食べたら。冷蔵庫に残ってるんでしょう」

ヒヨコは、私の携帯端末経由で、冷蔵庫の情報を読み取ったようだ。入力したライフログに加えて、ユーザーの個人情報も参照しながら会話文を作る――これもメモリアル・アバターの特徴である。

私は再び訊ねた。「イヴの日、遅くまで仕事をしてたんだって？　玲子から聞いたよ」

「大きなプロジェクトが進行中なの」これも日記にあった言葉だ。うっすらと覚えがある。

「クリスマス明けには、まあ、一段落つくかな」

「おれに話してくれた、あれのこと？」

「そう」

「人間の知性を変えるシステム――人間を、本当の意味でしあわせにするプログラム――って言ってたよな」

「人間にとって、本当のしあわせって何だと思う？」会話の流れが少し変わった。私の質問が、ログの内容とうまく嚙み合わなかったのかもしれない。「パトリス・ルコント監督の映画を覚えてる？」

「どの映画？」

ヒヨコは鋏で髪を切る仕草をしてみせた。ヒヨコなのに擬人化された動きをするのは、ちょっとご愛敬だった。私は納得し、うなずいた。「ああ、あれか」

「そう。しあわせ過ぎて時間を止めてしまった人の話」

「ほろ苦い映画だったな」

「自分はあそこまでしないだろうなぁ……って思いつつ、でも、もしかしたら——なんて考えちゃう。いい映画の証拠だよね」

「ヒロにとって、しあわせって何だった？」

「そうねぇ」ヒヨコは少し首を傾げた。「美味しいものを食べているとしあわせ。仕事をしなくていい日はしあわせ。でも、一番しあわせな瞬間は、面白い話をしながら、お腹を抱えて笑っているときかな」

　ヒヨコはローテーブルの上から私の膝に飛び乗った。頭を撫でる仕草をすると、中指にはめたセンサーリングが動作を読み取り、ふわふわの毛に触れた感触が電子的に生成された。

　背筋に、ぞくりとする快感が走った。これは宏美の頭を撫でたときの感触だ。私の脳みそはこのわずかな電子データから、ヒヨコの羽毛ではなく、宏美の髪の毛を連想しているのか。

　ヒヨコはぴよぴよと笑った。「笑いのある人生こそが一番のしあわせだよ。それがない人生なんて洒落にならない」

私は自分の家で宏美を――いや、ヒヨコを飼い続けた。プロジェクタを装着している限り、ヒヨコは必ず室内にいた。よたよたと歩き、私の呼びかけに反応し、時々本物の鳥のようにぴぃと鳴いた。プロジェクタを外すとヒヨコはいとも簡単に消えた。鳴き声も途絶え、餌皿も消え、存在の痕跡はすべて消え去った。

電子のヒヨコ。幻のヒヨコ。〈宏美の言葉〉を元に喋る仮想のヒヨコ。

メモリアル・アバターは、家族や友人を失った人間が悲しみを癒すために使う精神ケア・アプリだ。故人がSNSの日記や電子メールで残している言葉、行動・嗜好の記録などから対話型の仮想人格を作り出す。コンピュータが作り出す〈人工幽霊〉だ。

使う期限は自由に設定できる。四十九日まで、一周忌まで、と決めて使う人もいるし、ずっと動かし続ける人もいる。家族を不慮の事故や殺人事件などで亡くしたユーザーは、いつまでもアバターを使い続けることが多い。これには社会的な批判もあった。アバターが心の回復を遅らせているのではないか、これがあると、かえって悲しみから立ち直れないのではないかというのだ。

だが、では、どうすれば、そういったユーザーの心を救えるというのだろうか。自然に亡くなった場合ならともかく、私たちの社会には、遺された者が納得できない類の――そんな形での〈人の死〉が溢れている。だから批判を浴びつつも、メモリアル・アバターは売れ続けた。社会の隙間や心の穴を埋めるように、アバターたちは、人間の暮らしの中で淡々と働いている。

しかし、このアプリにも弱点はあった。食わせるライフログの量が少ないと、会話がワンパターンになってユーザーが飽きてしまうのだ。人間だったらもっと豊かな反応をするのに——という違和感から、早々とアバターから離れてしまうユーザーもいた。これを「アプリの仕様だ」と言う人もいた。人間が冷静さを取り戻しやすいように、いいタイミングで、わざと、アバターの反応を平板化させる機能が組み込まれているのだ——と。あくまでも噂に過ぎないが、一理ある話だった。


日曜日、昼食用にペンネを茹でていたとき、電話の着信音が響いた。通知用のアイコンが視界に浮かびあがる。玲子からの電話だった。つなぐと、玲子を表すアイコンが表示され、怒ったような声がスピーカーから流れてきた。「メールを読んだ。宏美からもらったメールのコピーを送れってどういう意味？　そんなの譲れるわけがないでしょう」

「——すまん」私はペンネをざるにあげながら謝った。「私信だものな。やっぱり、他人には渡せないよな。悪かった。この話は忘れてくれ」

「憲ちゃん、もしかして、メモリアル・アバターを使ってるの？」

「うん」

「それに食わせるデータが欲しいのね」

「ライフログは収集したが、宏美が他人宛てに送ったメールも入力できれば、アバターの反応がもっと豊かになるから……」

「宏美の一件とは、少し距離を取ったほうがいいと思うよ」

私は、黙ってヒヨコの画像を玲子に送信した。

「可愛いだろう？」

と訊ねると、玲子は、

「可愛いけれど、これが宏美だと思うと、やっぱり泣けてきちゃう……」とぼやいた。「ねえ、憲ちゃん。ライフログといえども、宏美の本音が書かれているとは限らないんだよ。嘘だって書いてあるだろうし、大切なことほど文字にしていない可能性もある。このヒヨコは宏美に似ていても、本物の宏美じゃない」

「でも、このヒヨコと一緒にいると癒される。仕事にもちゃんと行けるし、夜もよく眠れる」

「まあ、精神ケアのためのアプリだからね。それでも、あんまりのめり込まないで。悲しいことは一日も早く忘れなきゃ。宏美だって、あの世で悲しむでしょう」

「心配してくれてありがとう。本当にごめんな。もう無茶なお願いはしないから」

ペンネが冷めるからと言って、私は電話を切らせてもらった。フライパンで作っておいたアラビアータソースの中にペンネを投げ込み、仕上げ用のオリーブオイルを垂らしてから手早くソースをからめた。火を止め、フライパンの中身を深皿に移して、刻んだイタリアンパセリをふりかけた。宏美はペンネ・アラビアータをあまり好まなかった。ペペロンチーノも苦手だった。私はどちらも好きだ。

ヒヨコに向かって「食べるか」と訊ねると、ヒヨコは「私はホウレン草のフェットチーネがいい。カルボナーラにして、バジルも添えてね」と答えた。

完璧だ。メモリアル・アバターは宏美の好みをきちんと表現する。こんなふうに返事をしてくれるヒヨコが、〈本物の宏美じゃない〉とは私には思えない。

私が宏美とやり取りしていたメールには、他愛ない雑談ばかりが綴られている。大半が笑える話だ。加えて映画の感想。SNSのログと共通するネタもあったが、私信だと筆致が少し変わるので、ヒヨコと喋っていると、どちらからログが切り出されているのかすぐにわかった。

宏美は一度だけ、私を食事に誘ってくれたことがある。あの事故が起きた日の三週間前だ。今年のクリスマスパーティーは用事があるから誰とも呑みに行けない、ごめんねと謝って、「もしよかったら、その前に、ふたりだけでご飯を食べない？」と言ってくれたのだ。

宏美には定まった相手がいる、と聞かされていた。

恋人がいるとわかった時点で、私は完全にあきらめモードに移行していた。でも、もし、宏美が恋人とうまくいかなくなったらそのときには……などと、都合のいい妄想だけは抱いていた。

私が〈妄想の中の宏美〉を、心の中で、何度も何度も、ああしたりこうしたりしていることを知っていたら、宏美は一緒に飯を食おうなどと言い出さなかったのではないかと思う。だから、誘われたときには飛びあがるほどうれしかったが、同時に疑念も抱いた。どうして、ふたりだけで会おうと言ってくれたのか。これは、いいことではなく、悪いことが告げられる前兆なのではないか——と。

宏美が連れて行ってくれたのは、ごく普通の居酒屋だった。個室に予約を入れてくれていたが何ともにぎやかな店だった。有線放送で洋楽が流れ、店内では大人数の客がけたたましく笑い声をあげていた。私は、むしろほっとした。これなら深刻な話を切り出されても、その場で笑い飛ばせば済むかもしれない。

「ああ、ひどいときに当たっちゃった」宏美はテーブルに両手をついて、深々と頭を下げた。

「ごめん。お店の人に、注意してもらおうか」

「気にすんなよ。ここは個室だし、それほど響かないさ」

「でも、うるさいよ」

「おれは平気だ」

宏美は恥じるように表情を歪め、「どうしようもなくなったら場所を変えようね」と、こっそり言った。

私たちはしばらくの間、居酒屋の塩辛い料理をつつきながらビールを飲み、たわいもない話で会話をつないだ。面白くはあったが何の深みもない話だった。それが何かの拍子に流れが変わった。新しい話題を切り出したのは宏美のほうだった。

宏美の職種――メディカル・プログラマという仕事は、人間の本質がテクノロジーによって変質する未来に希望を見出そうとしている。私は臨床検査技師だったので、医学関係の諸々で以前からよく宏美と話が合った。

その日、宏美が熱心に語ったのは、プロジェクタの次に来る情報伝達装置とは何か、ということだった。

私たちは、子供の頃からプロジェクタを使ってきた世代だ。ネットの情報を液晶ディスプレイで見るという面倒くさい方法を知らず、網膜に直接データを投射することを当たり前として育った世代である。私たちは、いずれ人間が脳に通信デバイスを入れて情報のやり取りをする時代が来るであろうことを、当然のように期待していた。古い世代には、この技術に警戒心を抱く人が多かった。デバイスを経由して脳が外部から操作される危険性に怯えていたのだ。だが、私たちはこの技術を渇望していた。私たちの世代には、もはやプロジェクタの装着や離脱すら煩わしく、一度装着すれば二度と外す必要がない装置の出現を心から待ち望んでいた。そういう選択を、倫理的に少しも問題視しない自信を持っていた。

ただ、これは法律的な問題が絡む技術だ。まずは、脳の障害などに対する治療方法のひとつとして始まり、やがて、病気とは無関係に一般化していくのではないか――というのが宏美の予測だった。たとえば、コンタクトレンズは医療機器だが、カラー・コンタクトレンズはファッションのひとつでもある。こういう認識の広がり方が、脳内デバイスでも起こり得るだろうと。

宏美は言った。「憲治は一度、若年性脳梗塞になってたよね」

「うん。いまでも治療薬を飲んでいる」

「そういう人は、脳内デバイスを入れてもらえる可能性が高いよ。症状の程度によっては、治療の一環として認められるから」

「本当に？」

「うちは、いまそういう研究をしているの。憲治の脳内で走るプログラムは、私が作ったものになるかもしれないね」

いろんな空想を語り合った。やがて話題は、もっと先鋭的な方向へ滑り始めた。

「人間の心というのは、人間が人間の姿をしているから生じるの」と宏美は教えてくれた。「だから、人間が人間の姿を捨てると、その瞬間から、人間の人間性は根本から変わる可能性があると思わない？」

「うーん。なんだか夢みたいな話に思えるが……」

「昔から言われている話だよ。人間は、道具を使うことで自分自身の体と意識を拡張する。

けれども元の姿が残っている限り、どれほど機械や道具で感覚を拡張しても、私たちは広い意味では人間のままなの。でも、この根本が崩れたら？　たとえば人間が猫の姿で生活し続けたら、ある時点から、不可逆的な意識の変容が起きる可能性がある」

「頭の中まで猫になって、人間としての心が消えちまうってこと？」

「実験のしようがないから、わかりにくい感覚なんだけれどね」

「実験できるようになったら、わかるってことか」

「たとえば電脳上に完璧な仮想身体を作って人間の意識を接続できたら、人間の意識が変容する瞬間を観察可能かも」

人間の人間性は知識をたくさん得る程度では変わらない。劇的に変わる瞬間があるとすれば、それは人間としての肉体を捨てた瞬間だ、でも、もう一度人間に戻って来られないと、この技術は使う意味がないのよねぇ……と、宏美は楽しそうに思考実験を重ねた。

私は訊ねた。「その理屈で言うなら、動物になるんじゃなくて、赤の他人になることも可能だよな。他人の体を完全にトレースできたら、〈おれ〉という〈この意識〉は、簡単に変わってしまうのかい？」

「もしかしたら変わるかもしれない。意識は絶え間なく連続しているわけじゃないし、固定されたものでもないから。意識っていうのは、身体反応や脳の働きを調整するときだけに生じる一時的な存在なの。よく知られていることだけれど、私たちの体は、私たちが意識する前に動いている。意識に自分の行動を決めさせているんじゃなくて、行動の結果として意識を得ているわけよ。たとえばヒヨコの雌雄選別作業。あれは自覚的に特徴を見分けているわけじゃなくて、見た瞬間、直観的にぱっとわかるんだって。あるいは野球のバッター。球が見えてからバットを振っていたら、計算上、当てるのは無理なの。だから、体が先に判断してバットを球に当てにいく。これが『意識は行動をコントロールしていない』とされる事例よ。〈私〉とは固定されたひとつの意思ではなく、意識されない複数の身体的判断や価値観の葛藤の末に選ばれたもので、それが〈私の意思〉として錯覚されているんだって」

「ふうん。おれたちの〈意識〉ってやつは、結構、いい加減なものなのかな」

「行動の追認をしているといっても、意識の存在価値が体の働きよりも下位にあるわけじゃない。身体反応は環境に対するそのつどの反応だけれど、意識はもっと遠くを見ている。追認を積み重ねることで、まだ起きていないこと、これから起きることに対する行動を予測できる。私たちは未来を夢みるために〈意識〉を持っている——いえ、これは逆かもしれない。〈意識〉を持ったがゆえに、未来を夢みることができるようになったのかも」

宏美の話は難しかったが、テクノロジーの発達で、自分が他人の体や感性をトレースできるかもしれないというのは面白い。少なくとも私には、人間が猫や鯨になってみることよりも、他人の感覚を追体験できることで他人の本質を知り、その内面を明確に把握できる可能性がある——という話のほうが、より切実で興味深かった。つまりそれは、私が宏美の内面や体のざわめきを実感したり、逆に、宏美が私の体を味わったりする技術を可能にするわけだ。異性として生物学的につながったとしても、それは、相手の体が自分のものになるわけじゃない。あくまでも、自分の感覚器官を満足させ、快感を自家発電しているだけだ。

でも、丸ごと、相手の体と感性を実感できるとしたら？　その先に芽生える心の動きとは、いったい？

それは、気持ちのいい体験なのだろうか。

あるいは、ざらりとした不愉快な肌触りを伴う——しかし、一度味わったら、もう二度と手放せない魅力的な感覚なのだろうか。

明瞭な実感と共に他人の人生を味わい、共感し、感情移入し、人間社会におけるあらゆる争いの根源を摘み取ること——それをテクノロジーによって実現することは可能か？

残念ながらと前置きしたうえで、宏美は言った。「人間の脳はコンピュータとは違うから、簡単に他人同士で意識を共有することは無理。私たちは、ひとりひとりが個別の経験から配線された脳を持ち、だから、これを直接つないで相手の心を知るという器用なことはできない」

どうしても他人の脳とつながりたければ、お互いが接続用の領域を人工的に作り、そこで共通言語を走らせるしかないらしい。でも、それでは、私たちは真の意味でつながったことにはならない。脳内デバイスを使う時代が来てすら、私たちは個別の存在であり、他人を丸ごと実感したり理解したりする段階には、まだ到達できないらしいのだ。

「それでも言葉で伝えきれないイメージや個人の複雑な内面を、いまよりも、ずっと身近に察知できるようになるはずよ。装置の操作性も上がる。プロジェクタでは、アイコンを注視することや、携帯端末を直接弄ることでアプリを作動させているでしょう。これを体の動きで指示できるようになる。たとえば、こう、空中で指を振ったり、手を動かしたり——この動きと連動する脳の領域を、アプリのコマンドと関連付けておくわけ。特定の意思を持って指を振ったときだけ作動するように設定すれば、誤作動も防げる。でも、一番重要なのはそこじゃない。ここまで来たら、私たちは、もっと遠くまで見通せるはずなの。新たな世界を——〈楽園〉とでも呼ぶべきものを」

「楽園？　新技術の楽園という意味で？」

「違うわ。もっと広い意味。生物としてのヒトに与えられる——新たな時代の楽園って感じかな」

この日、宏美は帰り際、私に言った。《私、これからもずっと憲治のそばに居たい。私をいつまでも残したい。機械の中に——》と。

おまえには好きな奴がいるんだろう？　と私が訊ねると、宏美は困ったような顔をした。

「それはそうだけど」

「うまくいってないの？」

「うーん、そうじゃなくて――」

「じゃあ何が問題なんだ」

「私は憲治のことも大切に思っているから、たとえば……」

「二股ってのは、やめてくれよな。旦那さんになる人が可哀想だし、おれだって可哀想だろう」

「そういう意味じゃない」

「じゃあ、どういう意味なんだ」

「憲治は、恋愛感情が友情よりも上位にあると思う？　私は思わないんだけれど」

「おれも思わないな」

「そうよね。絶対、そうだよね」

「おまえが『結婚しても、友達のままでいてくれ』って言うなら、おれはごく普通にうれしいよ。でも、それを続けたいなら、ふたりだけで会うのはやめよう」

「どうして」

私は沈黙を守った。こんなときまで。

「そうか……」宏美は寂しそうにつぶやいた。「やっぱり無理なんだ」

「こういうのは難しいから」

「でも、私はテクノロジーの力で、人間のこの限界を超えたい」

それがクリスマス前に私が聞いた、宏美の最後の言葉だった。

謎めいた言葉だった。

ヒヨコが吐き出す言葉を、やがて私はすべて暗記してしまった。ライフログに残っていない言葉――直接耳から聞いた宏美の言葉も、思い出せる限りアプリに入力してみた。だが、すぐに、その刺激にも慣れてしまった。

メモリアル・アバターと一緒に暮らし続けたせいか、なかなか、他の誰かと生活を共にする気にはなれなかった。私は既に長い間宏美と生活し続けてきた気分で――虚構の宏美であれ、見た目はヒヨコであれ、でも、これはやっぱり宏美なんだと、他人から見ればかなり怪しい日々を過ごしていた。

宏美の死から半年ほどたった頃、脳内デバイスを医療目的で頭蓋内へ入れる手術が、アメリカで初めて実施された。海外では、あっというまにこの技術が広がり――たぶん、誰もが待ち望んでいたのだろう――日本でも、意外なほど早く厚生労働省の認可が下りた。デバイスに使う電子機器の生産と発注を巡って、企業が積極的に動いたせいらしい。

私は少しだけ逡巡した末に、この日から、持病の治療薬を飲むことをやめた。意図的に酒の量を増やし、カロリーの高い食事を摂った。仕事で受けるストレスを解消しないように心がけた。運動なども極力避けた。私は医療従事者だ。そういう生活を続ければ、自分の脳内で何が起きるのか充分に知っていた。仕事で見てきた山のような画像データと同じことを――自分の脳で発生させるのが狙いだった。それをやれば宏美に近づけることを知っていた。成功しても、失敗しても。

数ヶ月後、私は出勤途上で倒れた。救急車で病院へ運ばれ、すぐに脳外科で手術を受けた。再発した若年性脳梗塞による脳内出血。広範囲にわたるもので、手術後も、二週間ぐらい目が覚めなかったらしい。

死んだらそれまでという危険な賭けだったが、私は欲しかったものを手に入れた。

治療用の脳内デバイス――。

病院のベッドで意識を取り戻したとき、私の目の前には、いろんなグラフや文字やアイコンが明滅していた。プロジェクタを装着していないのに鮮明に表示されている。思わず笑みがこぼれた。医師や看護師が見ていたら、ちょっと気味悪がったかもしれない。

「山村さんの場合、出血がひどくて脳のかなりの部分が損傷していまして」と担当医が教えてくれた。「その部分を人工神経細胞で修復し、脳内の様子をモニターするために医療用の装置を頭蓋内へ入れました。山村さんは保険会社へ提出なさっていた書類に、『本人が回答不能な状態にある場合、この措置を認める』という項目に、チェックを入れておられましたよね」

「はい。確かに」

脳内デバイスを入れたいという意思は、宏美と交流し始める以前から抱いていた。宏美がプログラムを書いていると知ってからは、いっそう欲しくなった。

私の中へ宏美を入れる。

私の中へ宏美を埋める。

宏美が書いたものを挿入する。

脳内デバイスは、いまはまだ、データ中継のために携帯端末を利用する方式だ。もう少し洗練されればこれはいらないはずだが、いまの時点ではまだこの段階にある……との話だった。

携帯端末を弄ると、プロジェクタを装着していないのに、モニタリング・データが視界に出現した。網膜にレーザー光を投影する方法ではなく、脳に直接電子データが送り込まれることで文字や映像が見えているのだ。

データを眺めていると舌の上に酸っぱい味を覚えた。時々甘味も広がった。それがいつまでも消えないので、不思議に思って担当医に訊ねてみると、それは共感覚の一種だと教えられた。脳とデバイスが馴染むまでの期間に、他の感覚が連動するらしい。人によっては、音が鳴ったり色が見えたりするとのことだった。私の場合は味覚なのだ。文字や画が変化するごとに、酸味や甘味や苦味を感じるようになった。医師からは「気にしなければいずれ消えますよ」と言われた。逆に、積極的に利用することも可能だと教えられた。明確な共感覚として焼きつけておけば、将来、携帯端末なしに脳内デバイスを動かすときに指示を出しやすいらしい。

その夜、私は病院のベッドに横たわったまま、再び携帯端末を操作した。久しぶりに、視界の中にヒヨコが出現した。ヒヨコは、ぴぃぴぃ鳴きながら大量の未読メールがあることを教えてくれた。入院を心配している友人たちからのメールだった。ひとりで何通も送ってくれている人もいた。私が意識不明だとわかっていても――いや、だからこそ、毎日、語りかけずにはいられなかったのだろう。勤務先からのメールもあった。退職ではなく、休職扱いにしてくれていた。罪悪感を覚えながらメールをチェックしていくうちに、私はある名前にぶち当たり、自分の目を疑った。

メールの差出人名には見覚えがなかった。だが、標題が――。

《はじめまして。関口規子《せきぐちのりこ》と申します。森井宏美の同僚です》

急いでヒヨコに開封させると、中にはこう書いてあった。《お体が回復してからで構いません。一度、お目にかかれないでしょうか。森井から、山村憲治さんへの伝言をあずかっていますので》

関口規子は、駅前のカフェを待ち合わせにしてくれた。退院後、私が遠出しなくてもいいように。

落ち着いた雰囲気の女性だった。

優しそうな綺麗なお姉さん――といった印象だ。

職種は、宏美と同じく、メディカル・プログラマ。この女性と宏美とが、楽しそうに談笑している姿が一瞬だけ脳裏をよぎった。

テーブルにつくと、関口さんは、私に脳内デバイスの調子を訊ねてきた。

「良好です」と答えると、「定期検診は欠かさず受けて下さいね。まれに拒絶反応が出る場合があるので」とトラブル事例をいくつか教えてくれた。

「脳内デバイスに使われているソフトは、うちの会社が作っています」と関口さんは言った。「だから、メンテの関係でユーザーの基本情報を病院と共有することがあるんです。山村さんが手術を受けたことは、それでわかりました。宏美からは、山村さんが脳内デバイスを入れることがあったらぜひコンタクトして欲しいと言われていました。こんなに早く、その機会が訪れるとは思いませんでしたが」

「宏美の臨終には立ち会われたんですか」

「ええ。入院したときから、ずっと付き添っていましたから……。宏美は入院直後から、しきりに山村さんのことを気にしていました。まるで死期を悟ったみたいに『伝え損ねたことがある……』と。私、ちょっと妬けましたね」

関口さんは朗らかに微笑した。私は一呼吸遅れてから事情を理解した。「立ち会えた――

ということは籍を入れておられたんですね」

「ええ。クリスマス・イヴに入れました」

同性婚――。いまは日本でも認められているが、社会的な偏見は未だに根強い。ルームシェアを装った同居に見せかけるのではなく、籍まで入れて公言するには、この国ではまだまだ勇気がいる。宏美が居酒屋で私に対して口ごもったのはこれが理由か。同性婚だと告げたとき、私がショックを受けると思ったのか、あるいは、男としてのプライドにかけて攻撃的な行動に出ると考えたのか――もはや真相を確認することはできないが。

私は窓の外を見た。空は晴れわたり、冷たく澄んだ大気のおかげで街は遠くまで鮮明に見渡せた。まだ春には遠い気候のせいで、人々は寒そうに首を縮め、背を丸めて歩いている。携帯端末を弄れば、私の視界には、気温や天気予報や近くのレストラン情報が表示されるはずだった。だが、やめておいた。このあと、関口さんと一緒に呑みながら宏美の思い出を語り合うという未来を、どうしても想像できなかった。カフェをあとにすれば、たぶん私たちは二度と会うことはないだろう。

関口さんは言った。「宏美は〈人間のしあわせ〉ということについて、いつも考えていました。人間にとって一番の不幸は、他人の心を完全に理解できない点にあると。同じ人間同士なのに、私たちは、ときとして、違う生物ではないかと思うほどに他人を理解できません」

――男女の違いによって、人種の違いによって、年齢の違いによって、性的指向の違いによって、私たちは相手を理解できないと嘆き、場合によっては、それが殺し合いの原因になったりもする。

「宏美は、これをテクノロジーの力で超越したいと拘《こだわ》っていました」

「それならおれも聞きました。他人の内面を丸ごと実感できる技術とか何とか――」

「宏美は生きています」

「えっ？」

「生物学的な意味での〈生きている〉ではありませんが、仮想人格を形成するためのデータが残されているんです。亡くなった年の、クリスマス・イヴまでのデータが保存されていて……。山村さんは、メモリアル・アバターってご存知ですか」

「はい」

「宏美は、あれをもっと複雑で高度に組んだものを残しています。本物の人間みたいに反応する仮想人格です。でも、これに〈知性がある〉と判断すべきかどうか、研究者の間では評価が分かれています」

「〈知性〉とは何を指して言うか、という問題ですね。人間との会話が成立しているからといって、そこに知性があるとは断言できないと」

「そうです。これを単なる機械の反応だと捉える人もいれば、会話が無理なく成立している時点で知性があると見なすべき、と考える人もいます。私たち自身、自分以外の人間や動物に知性があるのかどうか、外部から客観的に判断できるわけではないので」

「どこへ行ったら、その〈人工の宏美〉と会えるんですか」

「制御装置はうちの会社にあります。巨大なので持ち出せません。そこで、山村さんに直接来社して頂こうと。これは社のプロジェクトでもあるので」

「私にも使えるんですか」

「携帯端末を中継機にすれば、脳内デバイスを使ってデータを受信できます。ただし、データを保存して頂くことはできないので、その場限りのアクセスになるのですが」

「ログも残せない？」

「会社のデータを持ち出すことになるので、公式には許可が下りないんです。それでもよろしければ、〈宏美〉に会ってやって頂けませんか。これが宏美からの伝言です」

断る理由などなかった。携帯端末に保存できなくても、私自身が体験すれば、それは脳の中に永遠に記憶される。

会ってみよう。その人工幽霊に。宏美が残したという、仮想の彼女自身に。

装置をテストするボランティア要員、というのが私の書類上の立場になった。会話はすべて記録され、資料として保存される。これでは、みっともない内容を残すわけにはいかないが、喋り始めたら理性が吹き飛び、あらゆることをぶちまけてしまうのではないか——そんな恐怖もあったが、同時に開き直った気分もあり、私は、自ら破滅の淵をのぞき込むような高揚感に満たされていた。

私が案内されたのは開発室の小部屋だった。データを保存しているサーバは、排熱処理などの関係で別室にあるらしい。部屋には私ひとりが残った。会話の邪魔にならないように、社員は一切立ち入らない。

サーバと携帯端末を無線で接続すると、私の視界に、ソフトウェアの起動を促すアイコンが出現した。〈はい〉を選択すると、別の質問が表示された。〈お使いの端末には《メモリアル・アバター》が搭載されています。アバターの情報を上書きしてもよろしいですか？〉

私は通信回線経由で関口さんに訊ねた。「これ、承諾しないほうがいいですよね」

「そうですね。いま使っているアバターの内容を変えたくなければ、〈いいえ〉を選んで下さい。あとで不具合が出るとまずいので」

〈いいえ〉を選んで次へ進んだとき、不思議な気持ちがふわっと湧きあがった。ヒヨコの宏美、会社のサーバにいる宏美、死んでしまった生身の宏美。単なるデータの塊として見たとき、いずれかを本物の宏美だと言い、いずれかを偽物だと断言することは可能なのだろうか。人間の能力の不完全さに〈他人を完全に把握できないこと〉があるならば、生身の宏美も電子データと化した宏美も、結局は五十歩百歩ではないのか。

思考を破るようにアラームが鳴り響いた。私の視界に〈宏美〉が出現した。白いブラウスにベージュのパンツ姿で椅子に腰掛けていた。記録に残るのがわかっているんだから、もっといい服を着ておけばいいのに……と思ったが、こういうところが宏美らしいとも言えた。

生々しい映像は現実の光景かと見紛うほどだった。私が黙っていると、宏美はまったく反応しなかった。こちらから話しかけないと喋らないのだろうか。だが、どんな言葉をかければいいのか。迷っているうちに、こちらの心を読み取ったかのように宏美が口を開いた。

「……ごめんなさい、憲治」

心臓を握り締められたような気がした。息が詰まるほどの現実感――これがミックスト・リアリティの行き着く先なのか。

宏美は続けた。「あなたがここにいるってことは、私の身に何か起きたんでしょうね。それは、これを撮影してから何年後なのかしら。あるいは数日後の出来事なのかしら。未来に何が起きるのか、いまの私には予測できない。ただ、あなたを現実に残していることを想像すると胸が痛む。こうやって顔を合わせていても、私はあなたに何もしてあげられない。こうやって喋っていることも、たぶん何の救いにもなりはしない」

「……いいんだよ、そんなことは。死んでまで、おれに気をつかうな」

「何を知りたい？　これは対話型のプログラムだから、まず、あなたからの質問がないと何も始まらないの。すべてに対応できるわけじゃないけれど、最初にきっかけが必要なの」

——君が私に何を求めていたのか知りたい。あの居酒屋で何を言おうとしたのか。関口さんとの結婚を決めていながら、なぜ、私にそれを打ち明けてくれなかったのか。

だが、それを関口さん本人が耳を澄ましている前で訊く気にはなれなかった。何となく、聞かせてなるものかという気持ちもあった。

「おまえの仕事について教えて欲しい」と私は続けた。「いまの技術の先にあるかもしれないと言った——あの話を教えてくれ」

宏美はしばらく黙っていた。サーバに蓄積されたデータが、宏美の言葉としてまとめられつつあるのか。やがて、桃色の唇がゆっくりと開かれたとき、私は自分の口の中に、食用薔薇の微かな苦味と香りを感じた。

「……こういう実験があるの」と宏美は続けた。「チンパンジーを透明な仕切りのある檻に一匹ずつ入れる。仕切りには腕を一本通せる大きさの穴がある。チンパンジーは、その穴を通して、隣の区画にいる相手の体に触れることができるの。さて、チンパンジーの目の前には、レバーを押すとリンゴが出てくる装置が置かれている。自動販売機みたいな仕組みだけれど、この装置がちょっと変わっているのは、レバーを押したときにリンゴが出てくる場所が自分のいる檻じゃないことなの。レバーを押すと、相手の檻の中にリンゴが落ちる。チンパンジーは頭がいいから、すぐにこの装置の使い方を理解する。お互いにレバーを押し合って、双方がリンゴを得られるように行動するの。穴から手を出して相手をつついて、レバーを押すように促したりもする。でも、しばらくすると彼らはレバーを押すのをやめてしまう。お腹がいっぱいになったからじゃない。お互い、いまでもリンゴは欲しい。でも、行動しなくなってしまう。お互いが〈相手が先に押すこと〉を期待して、自分からはレバーを押さなくなる」

宏美は微かに笑みを浮かべた。「これが、チンパンジーと人間との大きな違いじゃないかと私は思う。チンパンジーも人間も、道具や装置を使いこなし、相手のために行動できる点は同じ。でも、人間はチンパンジーと違って、いついかなるときも、その行動の選択肢に〈自分から先にレバーを押す〉という行動を含めることができる。結果的にレバーを押すかどうかは別として、将来、自分の得になるかどうかわからない状況下でも、相手のためにレバーを押すことができる。これは人間の思考能力の中に、自分たちの未来を想像し、未来に懸けるという発想があるからこそ可能になるんじゃないかしら」

「それはどうかな。未来を想像できることがしあわせにつながるとは限らない。人間は歪んだ想像をすることで、相手をひどい目に遭わせたり、殺したりもできる。レバーを押さなくなるチンパンジーのほうが、ずっと平和的だと言えないか」

「私、憲治のそういうところが好きよ」宏美はうれしそうに言った。熟したリンゴの味がした。「そう、この実験だけで、チンパンジーと人間との知性の差を結論づけることはできない。どちらが上とは言えない。人間は他人に共感する心を持ちながら、他人を理解できないと嘆き、理解できないものを攻撃する。これはとても奇妙よね。なぜ人間は、矛盾する二つの内面を常に抱えているのかしら。共感や感情移入が人間の特質ならば、なぜ、人間の知性はその方向に特化しなかったのか」

「葛藤があったほうが、より適切な回答を導き出せるからかな？」

「かもしれない。前にも言ったけど、私たちには〈私〉という固定された意思があるわけじゃない。〈私〉＝〈意識〉は体の行動を追認しているだけ。自分ひとりの内部ですらそうならば、他人を容易に理解できないのも当たり前よね。相手もまた、複数の体の反応や判断が統合された末の〈私〉をそなえた存在だから。こんな複雑な生物を、共感や感情移入だけで理解しようとするのは無理よ。自分で自分がわからなくなるのだって当たり前だわ」

宏美は、遠くを見つめるような眼差しで笑った。「昔から不思議で仕方なかったことがある。人間以外の生物は、とても多様な形態を持っているでしょう。昆虫や魚を思い出してみて。数え切れないほどの色や形の違いがある。それと比べたとき、人間の形態には、なんて小さな差しかないのかしら。不思議よね。ここから先は、私の妄想に過ぎないんだけれど——もしかしたら人類は、体の形——つまり、形態の変化による多様性ではなく、精神の多様性——知性の多様性を獲得する方向へ進化した生物なんじゃないかしら。私たちが他人の内面を理解しにくいのは、頭が悪いわけでも共感性というシステムに欠陥があるからでもなく、この〈心の多様性〉ゆえなのだとしたら?」

私が何も言わなくても、宏美はどんどん喋り続けた。おそらく、宏美から私への遺言はある程度まとまったテキストで、この仮想人格は、このまま、すべてを喋り終えるまで止まらないのだろう。話を聞いている間、私の口の中は、様々な味で満たされていた。言葉と文脈に添うように次々と立ちのぼるそれは、音楽のように調和して響き、ぴったりと肌に馴染むように心地よかった。

宏美は語り続けた。「他人の心を理解できないことを、悲劇ではなく、心の多様性ゆえだと考えられれば――私たちの気持ちは、どれほど解放されるでしょう。とは言うものの、社会という集団の中で生きている限り、他人を理解できないことはトラブルの原因になる。命に関わる問題も引き起こす。人類は、これを〈話し合い〉という手段で何とかしようとしてきた。完璧な方法ではないし時間もかかるけれど、最も合理的なやり方よね。そして――もうひとつの手段として、現行の知性をテクノロジーによって拡張する方法があると思うの。私たちが理解できないと思っている他人の〈わからない部分〉を、テクノロジーによって理解できるように変えてしまうこと。もし、それが可能になるとしたら?」

「成功したのかい?」

「とんでもない。私が辿り着いたのは、脳内デバイスを効率よく動かすソフトウェアを作ること――。ただ、それだけよ。けれども、いまは医療用にしか使えない脳内デバイスが、病人以外にも使われるようになったとき——つまり、文化として受容されたとき、人間の人間性は、たぶん、いまのままではいられない」

「どう変わるんだ」

「自分と他人との間に、〈第二の意識〉が誕生するんじゃないかしら」

「なんだって？」

「人類の左脳と右脳は、昔は、ばらばらに機能していたという説があるの。それが〈意識〉の発生によって右と左が連動し、統合されて働くようになったんですって。となると、脳内デバイスによって自分と他人の脳がつながったとき、かつて人類が右脳と左脳の間に〈意識〉を得て両者の機能を統合したように、そこに何かが発生する可能性があるんじゃないかしら。〈私〉と〈あなた〉の間に生じる揮発性のデータ領域——それは〈第二の意識〉と呼べるかも。〈私〉と〈あなた〉の個性を殺さないまま、お互いが思考を共有する、特殊な領域を作り出すわけね」

「……それは、新しい知性として、おれたちを高みからコントロールしようとするだろうか。集合無意識や神のように——」

「違うわ。たぶん、そんなことは起きない。私たちの〈意識〉が、私たちの体を制御できないのと同じ理屈で」

「じゃあ、おれたちはその〈第二の意識〉を自覚することすらできないんだな。おれたちの手足や内臓が、自分の体に脳というものがあって、そこに〈意識〉があるなんて想像もしていないのと同じ理屈で」

「ええ、そう考えていいんじゃないかしら。私たちは脳内デバイスを使うことで、やがて、他人をいまよりも理解できるようになっていくでしょう。でもね、それが〈第二の意識〉のおかげであったとしても、自覚できない可能性のほうが高いの。勿論、何らかの装置を使って、人為的に実感させることはできるかもしれないけれど……。このテクノロジーで私たちの人生は確実に変わる。〈第二の意識〉を獲得した人類が、この能力を〈他人を理解し、皆でしあわせになるために使う〉のか、あるいは、〈他人を、より効率よく叩き潰すために使う〉のかは、いまの段階じゃ全然わからない。でも、私はその先を見てみたい。テクノロジーが人間を変える未来を。人間は道具を使うことで自分を拡張する。道具は人間の身体の一部なの。だとすれば、こうも言えるわよね。テクノロジーそのものも、人間の身体の一部なのだと」

宏美は私に向かって両手を差し伸べた。無駄とはわかっていたが、私は自分から近づいていった。ふわりとオレンジの甘味を感じた。私は彼女に触れようとした。勿論、私の両手は彼女の体をすり抜けた。手と腕の先には何もなく、ただ、虚空があるだけだった。けれども、手を差し出さずにはいられなかった。それをしなければ自分が自分でいられない気がした。

本当は、こんな話だけをしたかったんじゃない。

もっと他に伝えたかったことがある、君から教えてもらいたかったこともある。砕かれるとわかっていても――心が血を流すとわかっていても。

君に触れたい。

その頬に指を這わせ、温かい体を抱きしめ、力強い鼓動に耳を澄ませたい。

この電子データは、少し手を加えてやれば触覚すら擬似的に作り出すだろう。心臓の音だって合成してくれるだろう。携帯端末と連動するセンサーリングがヒヨコの羽毛を君の髪だと錯覚させたように、本物と偽物の境目を溶融させ、生身の君と電子データとしての君の区別を消失させたとき――私はむしろ、君が、もうこの世のどこにもいないことを実感するはずだ。本当の意味で、君の死が、すとんと胸に落ちてくるだろう。

ミックスト・リアリティが〈現実〉の定義を変えれば変えるほど、私たちは、自分が最も望んでいるものの正体に気づく。〈現実〉の網の目からこぼれ落ちてしまうものこそが――決して手が届かぬそれこそが、人間を、様々な形で未来へと駆り立てているのだと。

宏美はつぶやいた。

「……手で触れることはできない、目で見ることもできない、けれども、私たちに未来の姿を想像させ、未来を照らす灯りとなってくれるもの――そういうものを、人が何と呼んできたか知っている？」

「――希望、かな」

私の答えに、宏美はイエスともノーとも言わなかった。ただ、謎めいた笑みだけを残した。胡椒《こしょう》のように、ぴりりと舌に残る笑みを。

宏美の唇から再び言葉が溢れ出した。「私、できればそういう時代を憲治と一緒に見たかった。恋愛感情でもない、友情でもない。その間《あわい》にあるものを、私の技術であなたにも実感してもらいたかった。いまは弄ることを躊躇われる脳という領域を、内臓や皮膚と同じく、肉体のひとつの器官として割り切って変えていく時代が来ることを私は心の底から願ってやまない。でも、大半の人々は、この手段を拒否するかもしれない。前へ進み続けることだけが生物としてのしあわせではないものね。進み続けた結果、滅びることだってある」

「じゃあ、その寸前で関係を絶たれたおれたちは、もしかしたら、しあわせだったのかもしれないな」

「そういう考え方もあるかもね」

「面白い話をありがとう」私は丁寧に頭を下げた。「湿っぽい遺言を聞かされるよりも、ずっとよかったよ。おれは何歳まで生きられるのかわからないが、これから、おまえが見られなかったものを全部見てこよう。おまえのために、見届けよう」

「ありがとう、憲治。どうか、いつまでも長生きして……」

接続を切ると本物の現実が戻ってきた。私には、この現実のほうが、何だか色褪せた嘘っぽいものに感じられた。

関口さんは部屋に入ってくると、私にねぎらいの言葉をかけてくれた。そして、やっぱり妬けるわぁと言った。

「あなたも宏美と話したんでしょう？」と私が訊ねると、「ええ」と答えが返ってきた。

「でも、あんなに熱っぽい語り方はしませんでした。あの伝言は〈遺言〉――。やはり、山村さんだけに反応するテキストだったんでしょうね」


家に帰ってから、私は携帯端末を弄って、メモリアル・アバターを呼び出した。いつものように室内に出現したヒヨコを、あらためてじっと見つめた。

「消さないの？」とヒヨコが訊ねた。「もう、消してもいいんだよ」

とても奇妙な反応だった。まるで、私の心を読んだような。

「いいんだ」と私は答えた。「おれはおまえを消さない。これからも」

「どうして？」

「おまえは宏美そのものじゃないが、宏美の思い出であるのは確かだ。よく考えてみると、おれから見たとき、この二つは同じものなんだ。そのことにようやく気づいたよ。だから――」

すり寄ってきたヒヨコの頭を、私は、ぐりぐりと撫でてやった。

ヒヨコは楽しそうに目を細めた。

本物ではない、だが、偽物でもない。そこに価値を見出せるのは、私たちが人間であるからだ。

熟し切った果実に似た甘酸っぱい味が、私の舌の上でワルツを踊った。やがて、それは果実によく馴染むスパイスの味を残し、大空へ飛び立つように消えていった。

上海《シャンハイ》フランス租界祁斉路《チジロ》三二〇号

《今回の年会に多くの外国人会友が参会していることは、連合年会の国際化の証しであると言えるでしょう。そもそも科学に国境なし。科学上の発明は人々に利益を与えるものであります。即ち、科学者のまなざしを世界観に見なしてもよいのではないかと思っています。周知のように、ナポレオン時代、英仏交戦の真っ最中に、イギリスの化学者デーヴィー(Humphry Davy)がフランスを訪れたところ、盛大な歓迎を受けた。なぜかというと、科学者の目標は真理の探究であり、真理は国家を超えるものであるからです。》

――一九三五年八月十二日。

上海自然科学研究所・連合年会において、主席・竺可楨《チユーコーチエン》（気象学者）が述べた開会の辞より抜粋。

＊

一九三一年三月、岡川義武《おかがわよしたけ》は、神戸港で日本郵船の船を振り仰いだ。日本と上海を何度も往復してきた客船からは、停泊中の姿にも頼もしい力強さが感じられた。

海側から吹きつける風に帽子を飛ばされないように、岡川は片手で頭を押さえ、客船のタラップを登った。巨船を見つめるその瞳には好奇心が溢れていた。上海に対する期待と不安。そのどちらが大きいかと問われれば、「期待のほうが遥かに勝っている」と、今年二十八歳になった岡川は答えただろう。

岡川は東京帝国大学理学部化学科の研究室に所属している。上海への渡航は、昨年、研究室長の柴崎《しばさき》から勧められた。

「君の才能を発揮するには日本は狭過ぎる」と柴崎は言った。「大陸へ渡り、世界に通用する研究をしてきたまえ。あちらの内陸部には君の興味を引く地層がたくさんある。上海の研究所は、君のような新しい世代が働く場として相応しい」

上海自然科学研究所は、日本の外務省が日中友好政策の一環として企画し、中国からの協力も得て開設されたので、日中共同国際研究機関という形をとっている。だが、それは表向きの貌だ。そもそも、設立資金となったのが、義和団事件で清国政府から得た賠償金の一部である。国際研究機関と銘打たれても、日清戦争以降、日本と中国との間に横たわっている諸々の係争を考えれば、中国側が複雑な感情を持つのも無理からぬ話であった。

それでも研究所には、中国の研究員も多数勤務する予定だった。日本へ留学して学問を修めた者たちを、「日本に媚びへつらう輩」「スパイ」と非難する声も中国内にはあったが、当人たちは研究所の開設を素直に喜び、共同運営ならではの研究成果を期待した。岡川は、上海で彼らを不当に悲しませるような出来事があれば、それは日中双方の恥であろうとすら考えていた。

政治と外交に様々な事情があることは岡川も理解している。が、理解はできても許容はできなかった。純正科学（※現在の基礎科学のこと）は国や人種の違いを超えて存在すべきであり、柴崎が「中国へ渡れ」と勧めた言葉に、この日中間のわだかまりを打ち破れという意味が含まれていることを、岡川は敏感に察知していた。

東大の化学科からは、片岡《かたおか》研究室の中国人留学生、趙定夫《ザオディンフー》も上海へ渡る予定になっていた。出発前、岡川は学内で趙と顔を合わせ、挨拶する機会を得た。

趙は岡川よりも二つ年下だった。細身の色白な男で巧みに日本語を操った。岡川の語学力を誉め、「岡川さんなら、向こうでも中国人で通ってしまうでしょう」と楽しげに笑った。

趙は「でも、中国の本質や中国人の心を理解するのは難しいですよ」と付け加えるのも忘れなかった。「上辺だけ中国の真似をしても簡単に見破られます。いまの日本はとても嫌われています。道は険しいでしょう」

その言葉は、いまでも岡川の腹の底で燻っていた。

友好を結ぶことと媚びることは違う。お互いを認め合うには数多の峻嶺を越えねばならず、それは国としての問題というよりも、人と人との問題だ。科学を思考の基盤に置けば、人種の差異など些細なものだとわかる。が、その些細な差を、なかなか超えられないのが人間である。公平に接してくれた趙の胸裡にも、人には言えぬ陰があるのだろうと岡川は思い、それ以上の言葉を腹の底へ呑み込んだ。

上海自然科学研究所は、日本人が多く住む共同租界の虹口《ホンキュウ》ではなく、フランス租界にあった。その番地は祁斉路《チジロ》三二〇号。フランス租界の南の外れ、楓林橋《ふうりんきょう》の間近である。ここから少し西へ向かうと、後年、SF作家として世界的に著名となるJ・G・バラードの生家があったが、十一月生まれのバラードは、このとき、まだ生後六ヶ月にも達していない。

門の前で研究所の建物を見あげた岡川は、猛烈な既視感に襲われた。内部へ入って、ますますその想いを強くした。施設の造りが東大図書館と瓜二つなのだ。上海に建てる国際研究施設を、わざわざ東大に似せて作るという外務省の発想が岡川には理解できなかった。新天地に建つ施設ならば、もっと先進的なデザインにするべきだろう。これを誰も止めなかったとは何とも奇態なことだ。

開所は四月一日付だったが、研究所には、机も椅子もまだ搬入されていなかった。内装が完了していない部分すらあった。水道、電気、ガスもまだ使えなかった。使える部分は蠟燭で代用すると聞かされた。

岡川が「日中、両国で何名になりますか」と先着の研究員に訊ねると、「三十六名だ」という言葉が返ってきた。「おいおい増えていくがね。七日に招宴があるから、そのときに、たいていの職員と顔を合わせられるよ」

岡川の到着から一週間後、同じく東大化学科の合田《ごうだ》、東工大の辻野《つじの》が研究所へやってきた。中国側からは、趙以外に、陶《タオ》という名の研究者が加わった。いずれも岡川と同じく二十代の人間ばかりである。当面、五人だけで化学科の準備を整えねばならなかった。

岡川は化学科の責任者だったので、招宴の前に、四人を連れてロシア料理店へボルシチを食べに行った。フランス租界には亡命ロシア人が多く、美味いロシア料理を食べられる店がたくさんある。熱い煮込み料理と火酒を楽しみながら、「いまはまだ設備が不充分だが、すみやかに備品をそろえて研究業務に邁進しよう」と皆で気炎をあげた。

陶は気さくな性格で、岡川たちともすぐに馴染んだ。

趙には相変わらずどこか冷ややかな雰囲気があったが、研究者には引っ込み思案な者も多いので、岡川は気にしなかった。

開設時には、化学科、物理学科、生物学科、病理学科、地質学科、細菌学科、生薬学科が置かれ、それぞれに日本と中国から若手理学研究員が集まり、横手《よこて》所長署理の指示のもと研究環境が徐々に整っていった。

作業が一段落ついたあたりで、岡川は内陸部への研究調査に出かけた。中国の鉱産地誌彙編を作るため、サンプルを採取していく旅である。

岡川の専門は地球化学。化学の視点から、地球という惑星の構造を分析するのが仕事だ。鉱物の種類を確定し、変化を観察するために、細かく砕いた岩石を薬液に混ぜて反応させ、熱を加え、蒸発皿の上で固化させる。X線の照射も行った。地下水に含まれるラジウムやウラニウムの値も測定した。その過程と結果を、化学式や数値の形で記録していく。

鉱物の構造を調べるには、普通の光学顕微鏡ではなく偏光顕微鏡を使う。鉱物は種類ごとに結晶構造が異なるので光の屈折率が違う。この性質を利用して干渉色を観察し、種類を特定していくのである。岩石薄片鑑定と呼ばれる方法である。

顕微鏡のステージを回転させると、試料に対する光の入り方が変わる。試料の色が変化したり、逆に色が消失したりする。

十代の頃、初めて玄武岩の薄片を偏光レンズ越しに見た衝撃を、岡川はいまでもよく覚えている。玄武岩のプレパラートは、燻し銀のように煌めく斜長石を背景に、カンラン石が透明な輝きを放っていた。単ニコルで見ると試料はモノクロ画像に近かったが、直交ニコルに変えた瞬間、レンズの向こうに虹色の輝きが出現した。濃い海老茶色に縁取られたカンラン石のかけらが、青色や緑色や黄色の光を放っていた。まるで教会のステンドグラスのようだった。細部には入れ子のように別の色が見えていた。ステージを回し続けると、鮮やかな撫子色にも変化した。くらくらするような感動を覚えた岡川は、夢中になって何度も試料を取り替えた。コンデンサーを使って、さらに細部までのぞき続けた。顕微鏡で生物の細胞を観察するとその微細な構造に驚嘆するが、鉱物にもまったく同じ興奮があった。命を持たず、永遠に時が止まった物体の内部に、恐るべき美と小宇宙が存在していることを岡川は知った。

鉱物の美を作り出すのは、厳然たる化学の論理だ。原子の結合という論理が作り出すそれは、条件が変われば変化し、別の何かと結合し、また新たな物質を生成する。たったそれだけの現象が、息を呑むほどの美しさを作り出す。岩石は圧力や温度変化で構造が変わる。地表と地球の中心に近い場所では、同じ岩石でもまったく構造が異なるはずである。どのような方法を用いれば、地中深くまで掘り抜き、それを確認できるのか。当時の岡川には想像もつかなかった。だが、科学は、いずれそこまでの技術を得るだろうと確信していた。それは、いまの研究を積み重ねた先にあるはずで、ならば、いま自分がこうやって顕微鏡をのぞき込んでいる行為にも、必ず某かの意味はあるのだろうと夢想した。

研究所の開設から五ヶ月余り経った九月十八日、奉天《ほうてん》郊外の柳条湖《りゅうじょうこ》付近で、南満州鉄道《みなみまんしゅうてつどう》の線路が爆破される事件が起きた。これをきっかけに日本の関東軍と中国軍が衝突。満州事変が始まった。ニュースはラジオを通じて、瞬く間に上海へも伝わってきた。上海では、たちまち激しい反日・抗日集会の波が巻き起こった。大規模集会が開かれ、「日本人に食糧を売るな」「日本人に協力するな」「反日活動に反対する者は死刑」という叫び声があがり、研究所でも食糧の調達に困るようになった。これまではトラックで買いに行き、所内の中国人コックに料理を頼んでいたのだが、市場へ行っても商品が手に入らない。日本人だという理由だけで殴りかかられた。

「仕方がない、黄《ホアン》さんに行ってもらおう」

という流れになった。黄は研究所に勤める使用人で、雑用全般を受け持っている。いろんなところに顔が利く。皆から頼まれた黄は「わかりました。なんとかしてみます」と胸を張った。「軍人相手ならともかく、一般市民にまで食糧を売らないなんて、やり過ぎです。売り上げが落ちて困る商人だっているはずだから、そのあたりを探ってみましょう」

「私も行きます」岡川は申し出た。「黄さんだけでは心配です。反日派は、日本人に協力する中国人にも冷たいですから」

「大丈夫かい、岡川くん」横手所長は眉をひそめた。「君が幾らこの国に馴染んでいても、中国人から見ればすぐに日本人だとわかってしまうんじゃないか。危険だよ」

「ならば、日本人相手に商売している人を探せばいいのです。根っからの商人なら、大口の取り引きの機会を無駄にはせんでしょう」

岡川は長袍《チャンパオ》を着込むと、黄を連れて街へ出た。

黄が訊ねた。「先生は、どうして、いつも中国の服を着てらっしゃるんですか。他の方は洋服なのに」

「便利だからね」

「中国人に見えるから？」

「そうじゃない。衣服は土地の気候に合わせて作られているから、快適に過ごそうと思えば現地の服を着るのが合理的なんだ」

「上海と日本は違いますか」

「少し違うな。上海の緯度は日本で言うと鹿児島あたりだが、冬は厳しいし少し雪もちらつく。梅雨は日本よりも鬱陶しい。揚子江《ようすこう》気団が影響しているからね」

市場へ近づくにつれて、漢方薬じみた香辛料の匂いが強くなってきた。研究所内の生薬学科でも似た匂いが漂っているが、ここにはそれを超える刺激臭があった。鼻から入って喉へ抜け、胃の底まで沈み込んでいくような強烈さである。

五香粉《ウーシャンフエン》や小茴香《シャオフイシャン》の匂いに混じって、鳥や獣や胡麻油や酢の匂いが押し寄せてきた。果実の甘ったるい匂い、人間の汗の匂い、饐《す》えたゴミの匂い、青臭い野菜の匂い、花売りが抱える花束の匂い、革の匂い、酒の匂い、畑の土で汚れた古い布袋の匂い、干し果実の匂い――。熱気を帯びた猥雑な臭気は、中国慣れしている岡川でも圧倒されるほどだった。

豚の頭や家鴨や唐辛子が吊されている店の前を通り過ぎ、平台に山積みされた野菜の新鮮さに目を奪われながら岡川は歩いた。これだけ商品があれば、幾らでも取引先が見つかるのではないかと思えたが、結局、何十軒も打診する羽目に陥った。

食糧の搬入先が自然科学研究所だとわかると、店主たちは露骨に顔色を変えた。帰れ帰れと岡川たちを追い払い、少しましな店主でも「早く帰りなさい。ここにいると殺されるよ」と言い出す始末だった。

足元には汚水と脂の固まりが流れ、果物の皮や野菜くずや埃と混じり合って、ねっとりとした泥を作り出していた。

行き交う人々の頭上を越えて、売り買いの大音声が頻繁に響く。

山のように商品があっても、ただのひとつも手に入らなかった。怒りよりも困惑がこみあげてきた。研究所は軍事業務とは関係がない。理学の専門施設である。だが、市井の人間には同じに見えるのだろう。研究所には医学の研究部門もある。上海でたびたび流行する赤痢やコレラの対策機関でもあるのに、誰もそれを認めてくれないのか。

岡川たちが落胆していると、ふいに背後から声がかかった。「こんなところで、どうしました？」

振り返ると趙が立っていた。不思議そうにふたりを見つめた。そういえば研究所を出発するときにこいつだけは不在だったなと、岡川はあらためて思い起こした。

趙は声をひそめた。「ここは日本人が紛れ込むには少々危険な場所です」

「研究所の食糧を調達に来たんだ。もう普通では手に入らないから」

「では、僕の知り合いの家に運ばせ、あとでそこへ取りに行くのはどうでしょう。これなら日本人に売っているとばれません」

「そいつは助かる」

趙は岡川にこの場で待つように言い、黄だけを連れて商談に出た。十五分ほどで戻ってきて、いい店を見つけたと岡川に告げた。

研究所へ報告させるために黄だけを先に帰すと、趙は岡川に向かって「少し話しませんか」と言って歩き始めた。

趙は研究所へ戻る道ではなく、別の方向へ回って楓林橋まで出た。フランス租界の外れ——肇嘉浜上《ちょうかひんじょう》にあるこの橋は、地元民の土地と外国人居留地との境界上にかかっている。

肇嘉浜の水面は黒く淀んでいた。趙は欄干にもたれ、対岸を眺めながら言った。「いまはまだ穏やかですが、六年後、あそこへ日本軍がやって来ます」

「え？」

「戦闘にはなりませんが、バリケードが作られ、鉄条網が張り巡らされる。やがて、中国人の避難民が租界に助けを求めてなだれ込んできます。研究所の正門前に立てば、祁斉路を北進していく疲れ切った人々の姿を見られるでしょう。その中には非武装の市民だけでなく、武器を投げ捨てた逃走兵も含まれているはずです。日本軍の戦車が彼らを追い立てる様子を、研究所の人たちは間近に見ることになる」

「なぜ、そんなことがわかる」

「南京路《なんきんろ》で店を開いている占い師に教えてもらいました——と言ったら信じますか」

「ふざけているのか」

「いいえ」

「じゃあなんだ。私に中国人に同情してくれと頼んでいるのか。悪いのは日本だからと」

「そういうことを言ってるんじゃありません。戦争にいいも悪いもありませんよ。いったん始まってしまったら、双方、必死に殺し合うだけです。兵隊も民間人も、形が違うだけでその命懸けのつらさは変わらない。偉い人たちは、状況が悪化すれば逃げたり自殺したりすればいいのだから気楽なものです。だが、末端にいる人間は、どこまでも地獄の底を這いずり回ることになる。そこには真の意味での正義や倫理などかけらも存在しない。普通の時代なら平凡に暮らせた人たちが、ただただ、悲惨な死を強要されるだけです」

趙は岡川をちらりと見た。「〈米村公館〉とは関わらないほうがいいですよ、岡川さん。この国におけるいかなる和平工作も、最後には必ず失敗しますから」

「何を言ってるんだ、君は」

「来年三月、満州に新しい国家がひとつ生まれます。その五年後の七月七日、盧溝橋《ろこうきょう》で起きる事件をきっかけに、中国と日本との関係は取り返しのつかない泥沼へ堕ちていく。この流れはもう止まりません。教えてあげます。この戦争は日本が負けて終わる。だから何をしても無駄なんだ」

「それも占い師から聞いたと？」

「あなたは地球化学の学者でしょう」趙の口調には岡川への憐憫が滲んでいた。「学会誌に載るりっぱな論文を発表できれば、それで充分にしあわせではありませんか。なぜ、政治活動にまで手を貸すのですか。いや、あなた自身は、活動だと思っていないのかもしれないが」

岡川は動じなかった。「そういう言葉が出てくるとは、君も私と同類というわけか」

「違いますよ。僕は中国のためにも日本のためにも働かない。自分の人生のためだけに生きています」

「ならば、私の行く手を遮るのはやめてくれ。私は、現実から目を背けるような学者になりたくないだけだ。中国軍にも日本軍にも旗は振らん」

「学問のみに邁進することも、社会に対する抵抗のひとつではないのですか」

「その成果が軍事転用されたら目も当てられない。そのとき科学者に罪はなかったと、本当に言い切れるのか」

ふたりは、楓林橋の上でしばらく睨み合った。

岡川は続けた。「フランス租界には亡命ロシア人が多い。国際研究所と謳うならば、ロシア人研究者を受け入れたっていいんだ。イギリスやアメリカの研究者も共同租界から呼べばいい。そうなってこそ初めて、国際研究所だと言えるんじゃないのかね。上海租界には、これほどまでに雑多な人種が集まっている。なのに、これを生かせない状況があるなら、科学者が自ら動いて障害を取り除くべきだ」

趙は溜息をついた。「岡川さんの熱意はよくわかります。しかし、〈米村公館〉に協力するのだけはやめて下さい。先々、やっかいなことに巻き込まれますから」

「私が誰に協力しようが君には関係ないだろう。君こそ研究のみに専念したらどうだ」

「できればそうしたいですよ」趙は歪んだ笑みを洩らした。「あなたが大人しく研究だけしていれば、僕だってこんな苦労はしていないんだ」

虹口の北四川路《きたしせんろ》には内山《うちやま》書店という店があり、研究所はここで専門書を購入していた。この店で見つけられないとき、研究員たちは、店主の紹介で別の店へ行く。藤原《ふじわら》書房はそのひとつで古書店だった。店構えは小さいが科学書以外の品揃えも豊富で、岡川は重宝していた。

藤原書房の軒先をくぐって大きな声で挨拶してから、岡川は店内を見回した。

期待していた人物の影は見あたらなかった。

肩を落として棚を眺めていると、店の奥から店主の藤原の声が飛んできた。「先生、幾ら探しても、八重子《やえこ》さんは本棚にはおりませんよ」

「当たり前だ」岡川は頰を赤らめた。「人間は本じゃない」

「昨日はお見えになっておられましたがね」

「何か買ってお帰りになったか」

「香味野菜を調べるのだと仰って、古い西洋料理の本を」

「じゃあ、今日はもう来ないのかな……」

寺薗《てらぞの》八重子は共同租界に住んでいる令嬢で、このあたりまでよく買い物に来る。岡川は店主を通じて八重子の名前を知り、この店で会った。八重子の父親は日新《にっしん》汽船の部長職に就いているという。

八重子は岡川よりもかなり背が低く、小柄だった。つぼみが開き切る前の二輪草《にりんそう》の花を連想させる清楚さを備えた十七歳だった。開花前の二輪草は、白い花びらの外側が、ほんのりと赤味を帯びている。その様は清楚でありながらも決して地味ではなく、八重子にも、そのような仄かな色香があった。

岡川は研究者である自分こそ地味な存在だと気後れし、最初は、あまりいい挨拶ができなかった。二度と声をかけてもらえないのではないかと思えるほど無愛想な対応をしてしまったのだが、八重子は、その後も藤原書房で岡川と顔を合わせるたびに、ちょっと頭を下げては笑顔を見せた。そのうちに岡川も緊張が解けて、書棚の前で立ち話をするようになった。

何をどう約束したわけでもないのだが、八重子に会いたいという一心で、岡川は虹口に来たときには必ず藤原書房へ立ち寄った。

店には何人もの客が出入りしていた。岡川はいつものように長袍を着ていたので、狭い通路ですれ違うときには上海語で「すみません……」と声をかけられた。岡川は「お気になさらずに」と自分も上海語で返し、にこやかに道を譲った。

やがて、中年の男性客がひとり訪れ、岡川が立つ棚の前へ近づいていった。洋装の日本人で、丸眼鏡をかけて帽子を目深にかぶっていた。男は岡川に向かって日本語で「ちょっと失礼」と声をかけ、棚差しの『支那地学調査報告』第一巻を手に取った。丁寧に本を開き、ゆっくりとページに視線を這わせた。

岡川は男の邪魔にならないように棚の前から移動し、店主に挨拶してから店を出た。通りをしばらく歩いて行き、最初に目についた電信柱の前で立ち止まると、にぎやかな往来を見やった。

大通りでは、競走でもするように、黄包車《ワンポウツ》の黒い列が行き交っていた。まるで蟻の行列のようだ。

五分ばかり待っていると、さきほど藤原書房で顔を合わせた男が、また近づいてきた。男は岡川の側へ寄ると、ちょっと帽子の縁を持ちあげて挨拶した。「先日は、どうも」

岡川は訊ねた。「私の翻訳はお役に立ちましたか」

「ええ。これからは、代理人として、直接交渉に赴くこともお願いできますか」

「そこまでの働きは私の分を超えます」

「他に頼める方がいないのです」

「私はただの学者です」

「こういう仕事は人柄がものを言いますから。言葉の力で相手を説得して信用を勝ち取るのは、論文の世界でも同じではありませんか」

「無茶を言わないで下さい、檜山《ひやま》さん」

檜山は眼鏡の奥に屈託のない笑みを浮かべた。「まあ、急ぐ話ではありません。その件についてはまた日をあらためて」

「少し気になる話を耳に挟みました」

「どのようなことを？」

「知り合いから奇妙なことを聞かされたのです。六年後に盧溝橋付近で大きな事件が起きると。占い師から教えてもらったと嘯《うそぶ》いていましたが、細部まで見てきたように話すのです。気になります」

「それを口にしたのは日本人ですか」

「中国人です。満州の件についても触れました」

「特務の人間かもしれませんな」

「私もそれを疑ったのですが、違うような気がします」

「どのような部分が？」

「彼は日本にも中国にも興味がないようです。自分のためだけに生きていると」

「ふむ。仮に間諜だとしても、ちょっと変な言い回しですね」

そう、岡川が趙に感じたのは、ひんやりとしたどこか非人間的な肌触りだった。特務機関の人間は、表面的には冷たく見えても、心の底では暗い血が燃えているものだ。人間としてのどろどろとした欲望や拘りや情熱――趙からは、それがまったく感じられない。

それにしても六年後ねえ、と檜山はつぶやいた。「具体的に何年と指摘したところが気になりますな。その人物は、あなたのお知り合いですか」

「はい」

「監視しておいて下さい。奇妙に思える行動があれば報告を」

「わかりました」

「きな臭い流れになってきましたが、これも新しい時代を生み出すための苦しみでしょう。日本も中国も変わる。これからは」

「明るいほうへ変わりますか」

「明るくするのが我々の仕事ですな」

「日本が負けるという未来は有り得ますか」

「そんなことを口にしちゃいけません。我々のような立場の人間が」

「申し訳ありません」
「不安なのはわかります。いずれ、このあたりも物騒になる。あなたはご自分の研究に没頭して下さい。落ち着いたら、また連絡します」

一九三二年一月二十八日夜半、藤原書房のある虹口・北四川路周辺で銃撃戦が起きた。突然始まった激しい市街戦に、家族で中国へ渡っていた地質学科の研究員が巻き込まれた。のちに第一次上海事変と呼ばれることになるこの騒ぎの中で、研究員は着の身着のまま、自然科学研究所まで逃げ延びてきた。

青褪めた表情で体を震わせている彼の家族を、インド人の守衛や、研究所内の日本人や中国人が代わる代わる優しく宥め、何とか落ち着かせた。温かいお茶を飲むと気分がよくなりますよ、どうぞ遠慮なく、と中国人コックが出してきた茉莉花茶《ジャスミン》を、研究員の家族はうれし涙を浮かべながら受け取った。

「荷物は、ほとんど持ち出せませんでした」研究員自身もまだ少し震えながら言った。「家族を車へ押し込んで逃げるだけで精一杯で」

「銃撃戦の規模はどれぐらいだった」

「まだ機関銃で撃ち合っている程度でした。砲撃や戦闘機の音は聞かなかった。でも、あの様子じゃ、じきに荒れ果てるでしょう」

研究所では、万が一に備えて、所内にフランスの陸戦隊を駐留させることになった。士官一名・兵士十三名は、研究所の敷地内に塹壕を掘り、曲射砲を据え付けた。

そして、三月一日、満州に国家がひとつ生まれ、直後、上海での戦闘行動はやんだ。四月二十九日、停戦記念一般祝賀会が開かれたが、爆弾事件が起きて日本側の司令官や公使が死傷。犯人は朝鮮独立運動の活動家だった。事件は新たな混乱を生むかと思われたが、五月五日に正式な停戦が決定。フランス陸戦隊は研究所から去った。

二年後の一九三四年四月、八重子が日本へ帰国するという知らせを、三十一歳になっていた岡川は受け取った。虹口の藤原書房へ駆けつけると、八重子は既に店内で待っており、岡川を近くの珈琲店へ案内した。

租界には珈琲を飲める場所が多く、八重子が選んだのもその類の店だった。文士がよく出入りしている場所だと聞かされた。

詳しく事情を訊ねてみると、虹口での事態を重く見た父親が、娘たちを先に帰国させる決意を固めたのだという。コレラと赤痢の流行も理由のひとつだった。上海は政治的にも衛生的にも物騒過ぎる。これ以上は子供たちを置いておけないと判断したのだった。

岡川は「残念です」としか言えなかった。「しかし、八重子さんの身の安全を考えれば、やむを得ぬことです」

「せっかく、こちらで皆さんと知り合えたのに。私、一度、自然科学研究所へお邪魔してみたかったんです」

「本当ですか」

「ワニがいるって聞きました。噛みますか」

「いいえ。大人しい奴ですし、安全に飼っていますので」

「揚子江ワニっていうんでしょう」

「はい。頭のいい奴で、時々、水槽から脱走を試みます」

「近くで見てみたかったんです」

「それぐらいなら、いつでも仰って下さったらよかったのに」

「ごめんなさい。私、明後日には、もう外灘《ワイタン》へ行かなくてはならないので」

「そうですか……」

岡川は鞄から書類封筒を取り出し、八重子に手渡した。「つまらないものですが、これを受け取って頂ければ幸いです」

「あけてもよろしいですか」

「どうぞ」

八重子は封筒から一枚の写真を抜き出した。きらきらと輝く色彩に八重子は目を見張った。

岡川は恥ずかしそうに言った。「玄武岩の偏光顕微鏡写真です。もしよかったら、上海の思い出としてお持ち下さい」

「宝石の写真ですか」

「いいえ、色がついて見える部分はカンラン石です」

「宝石みたいに見えます。青色はサファイア、黄色はトパーズ、緑色はエメラルド……」

「石自体に色があるわけじゃなくて、屈折した光の干渉で生まれる色なんです」

八重子がうれしそうにうなずいたのを見て、岡川は安堵の表情を浮かべた。「申し訳ありません。私は、宝石屋へ出入りするほどの持ち合わせがないので」

「いいえ、大切にさせて頂きます。日本へ帰ってからも時々眺めます」

珈琲店の外へ出ると、ふたりは名残惜しそうに向かい合った。帰路が反対なので、ここで別れれば、もう二度と顔を合わせることはない。

「岡川さんは、日本へお帰りになりませんの？」

「はい。私は、こちらで骨を埋めるつもりです」

「まあ」

「中国大陸は広い。地質を調べるだけで一生が終わってしまいます。しかし、研究者の人生とはそういうものです。野口英世《のぐちひでよ》博士も、アフリカで亡くなりました」

「そうですか。お帰りにならないんですか」八重子はあらためて書類封筒を抱きしめた。

「では、本当に、これだけが思い出になってしまいますのね」

岡川は深々と頭を下げた。「どうか故郷でしあわせになって下さい。私はこちらでがんばりますので」

八重子を見送ったあと、岡川はゆっくりと通りを南下していった。これでいい、これで充分なのだと自分自身に言い聞かせながら、思いのほか強くこみあげてくる虚しさと切なさを喉の奥で押し殺した。

春先であるせいか大気には大量の砂塵が混じっていた。歩き続けていると、喉が、いがらっぽくなってきた。通りには憲兵の姿が多く、反日分子を警戒しているのか、やたらと雰囲気が物々しい。長袍を着ている岡川は、すれ違うたびに鋭い視線で睨めつけられた。

憲兵を避けるように歩いているうちに、岡川は通りの先に趙の姿を見つけて、はっとなった。趙は、こちらに気づいていない様子だった。周囲へ目を配りながら、素早く路地へ身を潜ませた。

岡川は好奇心をそそられた。趙は満州国の一件を言い当てた。もしかしたら、虹口から上海事変が始まることも知っていたのではないか。南京路だけでなく、この近くにも情報源を持っているなら有り得る。

岡川は趙を追って路地へ足を踏み入れた。

街の光景が一変した。

背の高い建物に挟まれた細い道は、陽光を阻まれて薄暗かった。白地の洗濯物がはためき、窓から洩れてくる湯気と料理の匂いに混じって、泥溝の匂いが微かに漂っていた。ゴミを漁る犬猫は、人が通ると怯えたように道の先へ逃げた。趙の足は速かった。岡川は相手を見失わないように、小走りに追いかけた。

迷路のように入り組んだ道を、趙は何度も曲がり、奥へ奥へと進んでいった。いったいどこへ向かっているのか見当もつかなかった。何度か角を折れ曲がったとき、岡川はついに趙を見失った。周囲をぐるりと見渡しても、自分の居場所を確定できる目標物はなかった。狭い擂《す》り鉢の底に放り込まれたような気分だった。とりあえず来た道を戻れば四川路へ辿り着けるのか、あるいは、このまま路地を突っ切れば別の大通りに出られるのか、それすらわからなかった。

三階の窓から下を見おろしていた中年女と目があったが、相手は、すぐに室内へ引っ込み、ぴしゃりと窓を閉めた。岡川はそろりそろりと道を戻り始めた。建物の形はどれも似通っており、正しい方向へ歩いているのかどうか次第に自信が失せていった。粗末な服の子供たちを、母親らしき女が追っていた。親子の影は長く伸び、夕刻の光がそこだけ落ちているかのように見えた。生暖かい風の中に水の匂いが混じっている。通り雨が落ちてきそうな雰囲気だ。岡川は額から流れ落ちる汗を袖で拭い、指先で襟元を少し開いた。完全に迷ったなと思いながら、とにかく大通りまで出よう、そうすればフランス租界の方向がわかるはずだと考えた。

直後、何気なく踏み込んだ路地で、岡川は息を呑んで立ち尽くした。

煌びやかな光が頭上から降り注いでいた。いったいどうやって吊しているのか、建物から建物へ渡されたロープに真っ赤な灯籠《タンロン》がひしめき、熟し切った鬼灯のように揺れていた。赤い光には、この世のものとは思えぬ妖しさがあった。ちりんちりんと風鈴に似た音が、どこからともなく微かに響いていた。

これほど華やかに飾られていながら、路地には誰ひとりいなかった。――いや、ひとりだけいた。雨を受けとめるような仕草で手を差し伸べ、灯籠《タンロン》を見あげているのは趙だった。よく見ると灯籠《タンロン》は頭上にあるだけでなく、趙の周囲を飛び回っていた。誰も触れていないのにひとりでに動く灯籠《タンロン》を見て、岡川は背筋を凍らせた。

趙は口元を動かし、灯籠《タンロン》に向かって話しかけた。会話が成立しているかのように、灯りは明滅を繰り返した。趙が空の彼方を指差すと、灯籠《タンロン》はそれを聞き分けたように飛び、赤い列を越えて大空へ消えていった。趙は何度も同じ行為を繰り返した。

赤い光に染めあげられたその妖艶な姿には、科学者でも工作員でもない、想像したこともない趙の姿があった。岡川は、そっとあとずさりして路地から離れた。少しずつ足を速め、やがてその場から駆け出した。

方向を確認する余裕もなく、無茶苦茶に駆け続けていると、突然大通りへ出た。藤原書房がある通りだった。先刻、八重子と別れた珈琲店の前である。

汗まみれになって息を切らしている岡川を通行人は気にもとめなかった。熱を帯びた岡川の頭頂へ雨が落ちてきた。舌打ちして再び歩み始めた。雨に打たれて震えている自分を情けなく思いながら、幾たびもこみあげてくる強烈な違和感に背筋を震わせた。どうにかしてあの不気味な光景を忘れたいと願ったが、忘れようとしても忘れられなかった。

夕刻、自然科学研究所の食堂で顔を合わせたとき、趙はいつもと同じ調子で岡川に接してきた。虹口の様子はどうでしたという問いに、岡川は、いろいろあって大変なようだと答えておいた。

あらためて趙の顔を見た岡川は、虹口の路地で見たあの人物は、もしかしたら趙とは別人だったのではないかと考えた。そもそも声をかけて確認したわけでもなく、遠くから見ただけだ。他人のそら似という可能性もある。あの灯籠《タンロン》も、何か機械的な仕掛けで動かしていただけかもしれない。科学者たる自分が、まず機械装置を疑ってみなかったのはどうかしている。研究所に閉じこもっていると、たまに繁華街へ出たとき、この街の不思議な雰囲気に呑まれてしまうのだろうか。

食事のあと、岡川は化学科の陶に声をかけて、一緒に研究棟から外へ出た。暗い庭の片隅に腰をおろして訊ねた。「君は同じ中国人として、趙くんをどう思う?」

「真面目でいい研究者です」と陶は答えた。「実験手順も記録の正確さも申し分ない。いずれ、きちんと論文が認められる方でしょう」

「君もそう感じるか。私も同じ意見だ……」

岡川は研究所を取り巻く壁を見やった。学問の世界と現実社会とを隔てる頑丈な壁を。どれほど偉そうな言葉を連ねても、ここが聖域であることに違いはない。日本政府に守られた箱庭。外へ出たくなければ出なくて済む。目も耳も、塞ごうと思えば幾らでも塞げるのだ。

岡川はつぶやいた。「この研究所は、本当に、君たちの国にも役立っているのだろうか」

「……こういう言い方は失礼かもしれませんが」と陶は答えた。「ここが日本政府主導の機関であることは、我々だって最初から承知していました。それでも中国の研究者は――少なくとも私は、自分の意思でここを選んだのです。現場の雰囲気を決めるのは、結局、我々研究員ですからね」

「失望はないのか。仕方なく、我々に合わせているような部分は」

陶は柔和な笑みを浮かべた。「他の科のことは知りませんが、私は化学科と岡川さんが大好きです。ここへ来て、本当によかったと思っています。それだけではいけませんか」

「優秀な研究者であればあるほど、政治の偽善にも気づくだろう。趙くんは、腹の底に、いろいろと不満を呑み込んでいるんじゃなかろうか」

「岡川さんは、趙くんを嫌いなのですか」

「そうじゃない。ただ、彼は怜悧だから」

「政治のことは我々にはどうしようもありません。せめて、ここに研究所がある間は、設立理念を守り続けるしかないでしょう。岡川さんは、前に、ロシア人やイギリス人の研究者も呼びたいと仰っていましたよね」

「ああ」

「所長から聞きましたが、海外から著名な研究者を呼んで、講演してもらう予定があるそうです。時節柄、声をかける国は限定されますが、そういう活動があれば、少しは、このどん詰まりな空気も変わりますよ」

「だといいな」

「学問は純粋と言ったって研究しているのは人間だし、活動資金を出すのも人間ですからね。科学だってそれは同じです。我々は、後世、嗤われるだけの存在かもしれません。でも、とにかく目の前にあることをやるしかないんです」

陶は夜空を見あげて言った。「あそこに見える星の位置関係や種類は、日本でも中国でも同じでしょう。西洋でも同じでしょう。それが科学の本質です。国境を越えて同じ真理を見る。この事実がある限り、我々科学者は政治にも戦争にも負けないはずです」


七月、岡川は化学科の一部の研究員と共に、また四川省へ出向いた。今回の目的は、千年以上使われているという井戸の水質調査だった。放射性物質と塩類鉱物を含む水の分析は、岡川の近年の研究課題である。中国側からは、趙と、四川省出身である嘱託の楊《ヤン》が同行することになった。

　亜熱帯湿潤季節風気候にある四川省は、七月から八月にかけて降雨量が増える。井戸の水位が下がる心配がないので調査に適していた。

　サンプリングは井戸から木桶で水を汲む形で行われた。近くの住民に断りを入れ、楊の案内と指示で何ヶ所か回っているうちに、なぜか中国人の官憲が村へやってきて、岡川たちに質問を浴びせ始めた。

　楊が岡川の耳元で囁いた。「まずいですね。私たちをスパイだと疑っているようです」

「どうして」

「地質調査じゃなくて、実は地理を調べているんじゃないかと。それに、毒物で井戸を汚染しようとしているのではないかとも言っています」

「困ったな。誤解を解けないか」

「私が話してきましょう。岡川さんが出るよりも、地元出身同士で落とし所を見つけるほうがいいので」

　岡川は研究員の手を一時止めさせ、楊と官憲のやり取りを見守った。楊は四川省の方言である西南官話《せいなんかんわ》を操りながらにこやかに接していたが、次第に官憲の勢いに押されて、表情が固くなっていった。

　黙っていられなくなった岡川は、途中からふたりの間へ割り込んだ。官憲に対して丁寧に挨拶し、自分たちは国が管理する日中共同研究所の人間だ、不審に思うなら上海の自然科学研究所へ問い合わせてくれと頼んだ。

しかし、岡川が喋ると、官憲はますます態度を硬化させた。日本人が、これほど流暢に中国語を操れるのはおかしい、全員を連行して取り調べると言い出した。

楊が「それは困ります」と身を乗り出した直後、官憲は警棒を抜いて楊を殴りつけた。

研究員たちは驚愕し、よろけた楊を後ろから支えた。岡川は、それでも冷静に話を進めようとした。「我々は中国と日本で協力し合い、科学の振興に力を尽くしています。どうか誤解なさらないで下さい」

「売国奴や日本のスパイを守ってやる義理はない」と官憲は言い放った。「あんたみたいに、ぺらぺらと外国語を喋れるような奴が一番怪しいんだ。何が日中友好だ。科学研究なんて言っても所詮は金のためだろう。国際研究機関なんて、両方の国から金を吸いあげているダニみたいな連中だ！」

「学問は誰に対しても平等に与えます。ここにいる研究員は、中国人も日本人も、誰かから奪うことなど、かけらほども考えたことはありません。常に、与える側に立ってきた者ばかりです」

「黙れ、クソ日本人」官憲が振るった警棒は、今度は岡川を打ち据えた。「東洋へ帰れ。中国から奪ったものを全部返せ！」

額が裂けて血が流れたが、岡川は足を踏ん張って立ち、相手を見据えた。官憲の表情に怯えが広がった。岡川はそこに相手の人間性を見て取った。大丈夫、この男が相手なら粘れる。理解してもらえるまで説得を繰り返すのだ。何度殴られても。

再び警棒が振りあげられた。岡川は左腕を持ちあげて、警棒の直撃から頭を守る姿勢をとった。

その瞬間、視界がぐらりと揺れて奇妙にぶれた。殴られて意識が飛んだわけではなかった。ピントがぼけた写真のように、突然、官憲の姿が二重にぶれて半透明に変わった。二つの存在は、同期するように口を動かし、何かを叫んでいた。よく見ると手にしている道具が異なっていた。片方の人物は警棒を持っていた。もう片方の人物は拳銃を構えていた。それを見ている岡川自身も、いつのまにか、半透明な複数の存在に分かれていた。警棒と向かい合っている自分、拳銃を突きつけられている自分、さらに、その二つの存在を一歩後ろから見ている第三の自分。

警棒が振りおろされた。拳銃の引き金が絞られた。警棒が岡川の腕を砕く。銃弾が胸を撃ち抜く。その瞬間、もう一度視界がぶれて、官憲と岡川の姿はさらに二重になった。今度は楊がふたりの間に割り込んでいた。官憲は何も持っていなかった。ただ、楊と口喧嘩をしているだけだ。その姿が、また二重にぶれて半透明になる。いまや、誰が何を為しているのか判別できないほど、半透明の像は雪崩を打ったように増え続けて重なり合った。

なぜ、目の前の光景が、どんどん分岐して重なっていくのか――。わけがわからないままに、岡川は楊を助けようとして前へ飛び出した。直後、重なり合っていた存在は、ただひとつの像だけを残してすべて消え去った。

最後に残った現実の中で、楊は官憲の説得に成功し、頭を下げて礼を言っていた。官憲は鷹揚にうなずき、来た道を戻っていった。研究員たちはほっと息を洩らし、肩を叩き合ってお互いの無事を喜んだ。

岡川は自分の頭に手をやった。掌をべったりと濡らしたのは血液ではなく、ただの汗だった。頭の怪我は消えていた。痛みもなかった。楊自身もそうだった。倒れた様子など微塵もなかった。服には土埃ひとつ付いていない。

ふと、岡川は視界の隅に赤い輝きを感じて振り返った。一瞬、灯籠《タンロン》の影が見えたが、すぐに消え失せた。同じ場所には、趙が静かな面持ちで立っていた。何もかもわかっているかのような目つきで、岡川をじっと見つめていた。

楊の案内で、その日は近くの民家に泊めてもらった。中年夫婦が農業を営んでいる家だった。岡川たちは夫人と一緒に夕餉の支度を手伝い、後片付けも率先して行った。

夜、床へ入る前に、岡川は趙を誘って家の外へ涼みに出た。キリギリスがうるさいほど鳴いていた。蛾が、鱗粉を撒き散らしながら、灯火への体当たりを繰り返している。

「君とは、一度、落ち着いて話したいと思っていた」と岡川は言った。

「はい。なんでしょうか」

「今日、官憲に絡まれたとき、私は奇妙な体験をした。真夏の暑さが見せた幻影だったのかもしれん。だが、あの灯籠《タンロン》には見覚えがある。上海事変が起きた直後に、藤原書房の近くで君を見かけたことがある。追っていったら、路地へ迷い込んだ。そこには、お祭りのときのように、たくさんの灯籠《タンロン》が吊されていた……」

　趙は静かな表情のままで訊ねた。「あれが見えたのですか」

「見えてはいけないのか」

「普通の人には見えないんです。あなたは、やはり特別な人なのかもしれませんね」

　左手を持ちあげると、趙の掌に赤い光が小さくともった。それは少しずつ大きくなって、灯籠《タンロン》に変わった。

「これは僕が使っている機械です」趙は言った。「あなたが住んでいるこの世界の各所から情報を取り、場合によっては介入します」

　趙は灯りを右手に持ち替えた。「僕が住んでいる世界と、岡川さんが住んでいる世界は、実は種類が違うんです」

「え？」

「岡川さんが住んでいる世界は、僕の世界の住人が作り出したものです。僕はこちらの世界では実体を持たず、影のような存在に過ぎません」

「どういう意味だ」

「世界を作ると言っても、巨大な計算機の中に存在する電子的な知性だとか、そういう小さな話ではありません。本物の宇宙を丸ごとひとつ作ってしまうわけです。限定条件を入力し、ある特定の時代——つまり歴史の一部分だけを創出する。僕たちはそれを為しうる装置を持っており、そのシステムを歴史干渉機と呼んでいます」

岡川は目を丸くしたが、趙は構わず続けた。「僕たちの世界の科学では、意図的に並行宇宙を作り、そこで生じた歴史を正史と比べて観察し、積極的に介入する——つまり、パラメータを操作することで並行宇宙史がどう変化するのか、それを観察する学問があります。歴史を語るときには〈もしも〉という発想をしてはいけない、という言葉がありますが、僕たちの世界の科学倫理は、とっくの昔にその規範を超えているんです。並行宇宙史と正史との落差から、〈事実〉ではなく〈真実〉を抽出し、現実の判断に利用する——。歴史干渉機は、そのために使われる装置です」

「では、君は中国人でもその他の人種でもない……？」

「はい。僕たちの世界では、国や人種という概念は既に消失しています。男女の区別すら、はっきりとはないほどです」

趙は灯籠《タンロン》を少し揺らしてみせた。赤い光が、幻惑を誘うようにゆらめいた。「僕は古い科学史を調べるうちに、とても魅力的な研究者をひとり知りました。その名は、岡田家武《おかだいえたけ》。過去に南米で発見されていたゲーリュサイトという希少塩類を、モンゴルでも初めて見つけた日本人です。岡田は一九三一年、東大の研究室から上海自然科学研究所へ渡り、その生涯を中国での研究に捧げました。同期に、張という名の中国人研究者がおり、岡田は彼と親交を結んでいました。張は、のちに岡田が妻を娶るとき、立会人になったほどの友人でした。岡田はあなたと同じように地球化学の研究者で、戦時下における和平工作にも関与していました。工作といっても、スパイ活動をしていたわけではありません。語学力を買われて書簡の翻訳をしたり、交渉の代理人として外国人に会ったりしていただけです。上海には、そのような人間が集まる〈木村公館〉と呼ばれる場所があり、ここには学者や新聞記者も参加していました。その背後に密かに存在していたのは、大陸での和平工作を画策していた、関東軍の石原莞爾《いしわらかんじ》です」

岡川は瞬きもせずに、趙の話に聞き入っていた。自分と似ているがどこか違う、岡田家武という科学者の人生を。

趙は続けた。「岡田は、日本人も中国人も差別しない研究者でした。戦後も日本へは帰らず中国に残り、大学教授として中国人に科学を教えています。しかし、一九六六年、文化大革命の影響でスパイ容疑をかけられて逮捕され、投獄されました。事実無根の容疑でしたが、その四年後の一九七〇年、岡田は、突然の獄中死によって生涯を閉じています。正確な死因はいまでも不明です。中国の公安は岡田の妻に対して詳細を明かさず、遺体も遺品も返しませんでした。それだけでなく、岡田の妻子までをも同じ罪状で逮捕し、強制労働所へ連行しています。岡田は戦中戦後を通して、ひたすら学問に身を捧げてきた人物です。そんな誠実な日本人を、密告社会の圧迫下にあったとはいえ、当時の中国人は自らの手で殺してしまった……」

　顔をあげ、趙は民家の周囲に広がっている闇を見つめた。「僕はこの世界の歴史において、岡田を救いたいと思いました。彼がもし戦後も長生きし、地球化学の研究を続けていたら、どんな成果をあげていたか――。僕はそれを知りたくて歴史干渉機を作動させた。僕が改変したこの歴史では、岡田家武は京大の研究室に所属し、モンゴルでゲーリュサイトを発見したあとも日本に居住しています。彼の妻子も同様に日本在住です。この歴史では、彼は上海に渡らない。地球化学の研究者として戦後も長く生き、日本でしあわせな人生をまっとうします。僕はこの介入に満足した。これで岡田を救えた、彼がその生涯で成し遂げるはずだった研究成果も最後まで観察できる――と。それなのに、この並行宇宙史では、岡田がいるはずだった立ち位置へ、玉突きの球が押されてくるように、ある人物が、ぴったりと収まってしまうんです。それが岡川義武、あなたです」

「ということは……私は、その岡田さんという人にそっくりなのかい」

「いいえ。容姿はまったく似ていません。岡田は背がとても低く、丸眼鏡をかけていました。

厳しい雰囲気を湛えた信念の人でした。でも、あなたと似ているところもあります。日本人なのにいつも中国服を着ていたところ、科学交流によって日本と中国を結ぼうとしたところ、いつも平等で誠実であろうとしたところ」

「なるほど……」

「このままだと、あなたは並行宇宙史における岡田家武の運命を、すべて背負ってしまうことになる。岡田家武を救うために岡川義武を見捨てるのは正しいことなのか、僕は生まれて初めて、歴史干渉機の使い方を巡って葛藤しました」

「その、並行宇宙というやつは、君が機械を停止させても消えないのかい」

「ええ、残ってしまうんです。研究を終えた僕たちがその歴史から立ち去っても、設定した年月分、本物の宇宙として存在し続けてしまう。だからこそ悩んだのです」

趙はもどかしそうに唇を噛んだ。「僕は、岡田家武の運命を変えたまま、あなたも一緒に助ける方法がないか探してみました。けれども、何度パラメータを変えてやり直しても、この並行宇宙史の中で、あなたは上海自然科学研究所へ来てしまう。そして、化学の研究だけでなく和平工作に関与したことでスパイ容疑をかけられ、中国人に殺されてしまうのです。どうしても、この運命を変えることができない……」

「では、物が二重に見える、あの不思議な現象は――」

「僕が歴史に介入した瞬間の歪みです」

「なぜ、あれを私に見せた？」

「実験のひとつとして。あなたに未来の歴史をわざと教えたらどうなるのか。介入の現場を見せたら運命がどう変わるのか」

趙は右手に提げた灯籠《タンロン》を、岡川へ向かって差し出した。「あなたは、いま自分の運命を知りました。だから、本来の歴史を避けられるかもしれません」

「私が助かれば、別の人間が代わりに投獄されるんじゃないのか。岡田家武の代わりとして、私がこの運命を生きているように」

「それは、あなたには関係ありません」

「そういう言い方はないだろう。私の代わりに、その人が死ぬんだぞ」

「あなたさえ死ななければ、僕はそれでいい」

趙は灯籠《タンロン》の取っ手を岡川に握らせた。握った瞬間、これは運命を変える鍵なのだと岡川にもわかった。自分の意思と連動し、この世界を改変してくれる装置――。

岡川はしばらくの間、幻想的な光に魅入られていた。光の奥には微笑みがあった。長い間求め続けてきた喜びが。まっさらな運命が。非の打ちどころのない人生が。

だが、岡川は掌を開き、灯籠《タンロン》を足元へ落とした。地面へ落ちた灯りは瞬時に崩れ、中から橙色の炎が噴き出した。炎は踊るように紙を舐め、燃え広がった。趙は言葉を失ったまま、生き物のように身をよじる炎を見つめていた。

岡川は穏やかに微笑んだ。「たとえ本来の歴史通りに死ぬのだとしても、私はそれまでにいろんなことを体験できる。中国で研究し、大学で学問を教え、多くの中国人と交流できる。戦争が引き裂いたものを学問が取り戻してくれるんだ。結構なことじゃないか」

「僕はあなたに、遺体も戻らないような、ひどい死に方をして欲しくないんです！」

「お気づかいには感謝する。でも、人間はいつかは死ぬんだ。いい死に方も悪い死に方もないよ。岡田家武は、りっぱに生きて、そして死んでいったのだろう？　ならば私もそれに倣いたい」

趙は頭を垂れ、泣き笑いのような表情を浮かべた。「……結局、そうなってしまうんですね。でも、知っておいて下さい。あなたが信じている純正科学は、いまハルビンで細菌兵器の開発に貢献しています。非人道的な実験を繰り返しながら、実戦への投入も行う予定です。これを担っているのは日本人研究者です。そして海外では、近いうちに、物理学を利用した前例のない大量殺戮兵器が生み出されます。戦後何十年経っても人々を苦しませ続けるような武器が――。これらすべて、現役の科学者が行っていることです。科学に国境はない？　確かにそうですね。悪い意味でも国境はないんだ」

「……それでも私は科学を捨てられない。科学者がまっさきに逃げ出したら、誰も科学を信用しなくなってしまうじゃないか」

「それは、あなたひとりが背負うべきものではないのに……」

「私だけが背負うんじゃない。君も背負っているし、みんなもう既に背負っている。いまさら誰も逃げられないんだ。……趙くん、もうひとつ訊いてもいいかな」

「なんでしょうか」

「八重子さんが日本へ帰ったのは、君が歴史に介入したせいか」

「ええ……。あなたと結婚しなければ、彼女も子供も投獄されませんので。あの日……八重子さんが日本へお帰りになった一九三四年、本来の歴史では、あなた方は結婚しているんです。僕はその歴史を変えた」

「――そうか。ありがとう。よく、その選択をしてくれた。私は八重子さんがしあわせなら、自分も充分にしあわせだ。残りの人生は自分の責任で生きるよ。君は安心して、もうこの歴史から手を離してくれ。私は、自分が獄中死しないで済む歴史を、自分の手で作り出してみせる。この世に科学という学問があってよかったと、皆が思える社会を必ず作るよ」

「……岡川さん。僕は次の改変で、これまで以上に注意を払って、あなたに負担のかからない状況を作り出すつもりです。獄中死という事実は避けられなくても、少しでも楽な結末を」

「そこまでしなくていい。君は、最後まで私の人生を見届けてくれればそれでいい」

「……わかりました」

「何があっても、決して悲しまないと約束してくれるか」

「約束しても、僕はきっと泣いてしまいます」

「泣くのはいい。君がそうしてくれれば、私はむしろ安心できる」

岡川は趙に向かって手を差し出した。趙は、うつむいたまま岡川の手を握り返した。やがてふたりは、これを最後に生き別れとなる肉親同士のようにそっと抱き合い、すぐに身を離した。趙は顔に腕を押し当てて泣いていた。

ふと、岡川は、もしかしたら趙は、彼が住んでいる世界の基準では、まだまだ年若い、子供のような年齢ではないのだろうかと思った。学生時代、岡川自身が玄武岩の煌めきを知り、心を奪われたように――趙もまた、古い歴史の中に岡田家武という人物を知った瞬間、その喜びに震え、魅了されたのではないか。そこには、学問だけが与えてくれる、驚きと感動が確かにあったはずなのだ。

東大の廊下で趙と初めて会った日を、岡川は懐かしく思い出していた。あのときは、趙を、ただの冷ややかな自信家だと感じていた。だが、この青年の胸の奥に、本当に秘められていたものは――。

＊

一九三五年二月、上海自然科学研究所に新たな所長が就任した。東京帝国大学理科大学卒で、その後、京大で教授になった宇宙物理学の研究者、新城《しんじょう》新蔵《しんぞう》である。新城所長は研究業務だけでなく、職員同士の日中交流にも力を入れた。

武力衝突を繰り返しながらも、五月、日中外交は公使レベルから大使レベルへと上がる。この年、新城所長は研究所倶楽部の機関誌『自然』の発刊を企画。六月に第一号を発刊した。その表紙題字を書いたのは、内山書店の店主と交流していた文学者の魯迅《ろじん》である。

一九三七年四月十二日、共同租界はジョージ六世の戴冠式を祝う催しに集まった人々でにぎわい、同月二十日には、のちに量子力学の父と呼ばれることになる物理学者ニールス・ボーアが上海に到着。ボーアは自然科学研究所を訪問し、新城をはじめとする研究者たちと交流している。同じ頃、日本からは横山《よこやま》エンタツが訪中し、北四川路の歌舞伎座で吉本《よしもと》第一回上海興行に出演した。華やかな文化が横溢する中で、日常的には、中国人が歌う〈義勇軍行進曲〉が街中に流れるようになっていた。その激しい歌声は、研究所内まで囂々《ごうごう》と響いてくるほどだった。

一九三七年七月七日、趙の〈予言〉通りに盧溝橋事件が勃発。八月十四日、誤爆から始まった上海市街への中国軍の空爆は、この日だけで一三〇〇人の市民を死傷させた。翌十五日、日本は南京を爆撃。第二次上海事変を経て、日中戦争は大陸外部の政治的思惑も巻き込みながら、泥沼の状態へ堕ちていく。

戦火が日々激しさを増す中で、新城所長は〈文物保存工作〉を企図。戦禍による研究資料消失を防ぐため、中国側の科学と文化資料の保存に奔走する。それは学者である新城所長の、この戦争に対するささやかな抵抗だった。

しかし、一九三八年八月一日、新城所長が南京で病死した直後から、自然科学研究所の雰囲気は一変していく。空席となった所長の座に新たに就いたのは、現役研究者ではなく、日本政府の官僚たちだった。

やがて研究所を管轄する部署は外務省から興亜院へ移行。興亜院は内閣直属の部署であり、戦火の拡大と共に、日中関係業務を〈外交〉ではなく〈内政〉へと捉え直す。自然科学研究所は本格的な国策機関へと変貌し、理学研究よりも、軍事への技術的協力を研究者に求めるようになった。この方針に失望した一部の研究員は、ここから立ち去っていった。

この頃から、関東軍防疫給水部の部長・石井《いしい》四郎《しろう》が、研究所をたびたび訪れている。細菌学科がコレラや赤痢の対策に成果を上げていたので、その資料を閲覧するのが目的であった。石井は、満州で防疫業務にあたると同時に細菌兵器の研究を行っていた人物である。自然科学研究所を自分の計画に引き込む腹づもりだったが、所内にはまだ中国人職員がおり、日本人研究者との交流を続けていた。それは石井にとって、最も好ましくない環境だった。機密を保持できないという理由から、石井は細菌兵器の研究をここでは行わず、ハルビンの本拠地のみで継続する。管理者と運営方針が変わっても、なお研究所内に亡霊のように残る多国籍的な雰囲気が、石井に、この場を譲らなかったと言えるかもしれない。

一九四五年、日本の敗戦と同時に上海自然科学研究所は閉所。日中の職員と研究者は、それぞれの故郷へ帰っていった。十四年間しか続かなかった研究所の歴史は、奇しくも、満州国が存在した期間と重なり合っている。

研究所があった場所――かつての祁斉路《チジロ》三二〇号近辺には、いまでは、中国の科学研究施設がひしめいている。その南側にあった河は完全に埋め立てられて橋も消え、地図上にトーチカ遺構の記載が残るのみである。

＊

目が覚めたとき岡川は井戸の傍らに横たわっていた。額に載せられた手拭いが生ぬるく、気持ち悪いほどに汗を吸っていた。

大丈夫ですかと声をかけてきたのは楊だった。「暑かったですからね、眩暈にやられても仕方がありません。他の方もへばって大変でしたよ。でも、皆さんもう元気な様子です」楊は笑顔を浮かべ、岡川に瓜を差し出した。「近くの農家からもらってきました。これを食べると元気になれます」

青臭い水分をたっぷり含んだ瓜に齧りつきながら、岡川は自分が四川省へ地質調査に来ていたことをようやく思い出した。なぜ、こんなに頭がぼんやりとしているのだろう。四川省には何度も来ているのに、暑気あたりで倒れるとは何ともみっともない。

充分に休憩を取り、井戸端から腰をあげようとしたとき、岡川は、ふと違和感を覚えて楊に訊ねた。「ひとり足りないいんじゃないか」

「え？　全員そろっていますよ。誰が足りませんか」

足りない者の名前を口にしようとして岡川は硬直した。思い出せなかった。誰が足りないのか。自分で言い当てられなかった。研究員の誰もが「これで全員です」と答えた。

白昼夢でも見たような居心地の悪さを覚えながら、岡川は皆を引き連れて、その場から出発した。歩き始めると違和感は徐々に遠のいていった。最初からこの人数だったじゃないか、何を寝ぼけていたんだとすら思った。上海へ戻ったら、また、じっくりとサンプルの分析に取り組もう。そうすれば、このもやもやとした感情も消えるに違いない。

そのとき、煌めくような顕微鏡画像の記憶と重なるように、鮮烈な赤い灯籠《タンロン》のイメージが岡川の脳裏に広がっていった。華麗な色彩に刺激されたせいか、何ともいえない懐かしさと切なさがこみあげてきた。

灯籠《タンロン》の下には、ひとりの青年が佇んでいた。岡川を勇気づけるように微笑んだ。

ああ、思い出した。

岡川は朗らかな笑みを浮かべた。趙くん、君はこの歴史から立ち去っても、そうやって私を見守ってくれているのだな。

見届けてくれ。君が人工的に作り出したこの歴史において、科学者たちがどう闘い、どうやって人間を守るのか。残酷な運命の果てには、もしかしたら、希望のかけらすら残らないかもしれない。けれども、それでも、そこには某かの意味があるはずだと——心の底から信じてくれ。

やがて、趙の姿は赤い色彩の中へ溶け込み、岡川の記憶から完全に消え去った。ただ、優しく温かい感情だけが、銃弾による傷跡のように岡川の胸に深く刻まれた。

主要参考文献

●京都大学大学文書館研究紀要（2010），8: 21-34
『〈研究ノート〉新城新蔵と日本の東方文化事業：上海自然科学研究所長時代の活動を中心に』（李嘉冬・著）
http://repository.kulib.kyoto-u.ac.jp/dspace/bitstream/2433/108454/1/kua8_21.pdf
（冒頭の辞は、この文書より引用させて頂きました）

●地球化学を生きた人：岡田家武
（青山学院女子短期大学教授、八耳俊文・著／数研出版）
http://www.chart.co.jp/subject/rika/scnet/30/sc30-2.pdf

●『上海自然科学研究所　科学者たちの日中戦争』（佐伯修・著／宝島社）

●一九三〇年代当時の地球化学の研究内容については、岡田家武本人が書いた科学論文を参照致しました。
CiNii（NII 論文情報ナビゲータ）
http://ci.nii.ac.jp/nrid/9000004606844

アステロイド・ツリーの彼方へ

探査機の接近と共にメインベルト彗星の細部が見えてきた。コントラストの強い凹凸が表面のあちこちに見えている。隕石が衝突したときにできる〈擂り鉢状の穴〉ではない。空から丸い柱を押し込んだような形にへこんでいる。

彗星は太陽に近づくと、温度の上昇によって内部の氷が固体から気体へ変化する。このとき宇宙空間へ放出される水分や塵が長い尾を作る。氷が昇華した部分は空洞化し、やがて支えを失って陥没する。円筒状のへこみは、こうやって形成される。

メインベルト彗星は、彗星と呼ばれているが分類上は小惑星の一種だ。アステロイド・ベルト（小惑星帯）に属し、炭素を主成分とするC型小惑星。僕の視点は徐々にそこへ接近しつつあった。

もっとも、このミッションで小惑星に降り立つのは僕自身ではない。実際に降下しているのは小惑星探査機〈アンジー〉だ。僕は探査機から送信された記録と神経接続し、宇宙の彼方の現実を追体験しているだけだ。

記録装置は地球にある。だから僕は地球から一歩も外へ出ていない。探査機がセンサーを介して採取したデータを専用のシステムで再生する。それが僕の仕事だ。

探査機からの観測データは、まず、僕が勤務している会社の記録装置に保存される。社員である僕は、再生装置である代替現実《SR》システムと自分の脳をつなぎ、自分が小惑星上にいるような現実感を味わいながら観測データを分析する。人間を宇宙へ送り込むよりも安くつくし、人体への影響もないので、民間の宇宙開発会社では積極的に採用されている方法だ。

アステロイド・ベルトは火星と木星との間にあるので、地球との通信タイムラグは、長いときで三十分を超える。だから僕たちは、リアルタイム通信では記録の分析を行わない。地球側ですべての記録を保存してから、ブロックごとに分析を進める。つまり、僕がいま体験しているのは過去の映像、過去の調査記録。現地を調査したアンジーは、いま頃は、もう別の小惑星へ向かっているだろう。

受信データは、人工知能に解析させるだけでなく、人間が必ず目を通す。僕たち分析員の脳を経由した記録は、変換装置を通すと他人の脳でも再生できるデータ、つまり〈感覚素材〉に変わる。これが会社の重要な収入源になっている。

鉱物資源としての利用だけを考えるなら、アステロイド・ベルトの開発は費用対効果が低いらしい。地球まで牽引するには金がかかり過ぎるのだ。だから、現地で居住施設として使うか、火星で建築材料として使うのが望ましい。ただ、小惑星内の氷と地球外微生物、さらに、感覚素材の売買まで視野に入れれば、一部を地球へ持ち帰っても利益が出るようだ。

会社は宇宙空間だけでなく、地球上の様々な場所でも感覚素材を集めている。センサー付きの無人機を飛ばしたり泳がせたりして、地球上の空や海でもデータを採る。この種の感覚素材を映画やゲームの製作会社に売り、本業である宇宙開発の資金を得ているのだ。

円筒状の陥没が見つかった場所では、樹状構造物をいくつか確認できた。僕たちが〈アステロイド・ツリー〉と呼んでいる物体だ。勿論、本物の植物ではない。炭素やマグネシウムなどの集合体で、高さは七十センチメートルぐらい。カメラアイが視覚範囲を切り替えると、昇華した水分が、陽炎のように樹状構造物の根元から立ちのぼっているのが見えた。

透明なエレベータの底から足の下を眺める感覚を味わいつつ、僕は降下していった。小惑星の微少重力では、降下速度が速過ぎると、機体が着陸時の反動で跳ねてしまう。それを防ぐためにアンジーは極力速度を抑えている。僕は記録の再生を早送りにした。こういう融通が利くのもＳＲシステムの利点だ。

着地の瞬間、視覚データがほんの少しだけ乱れたが、カメラアイは、すぐに樹状構造物を間近に捉えた。

アンジーは脚を交互に繰り出し、構造物に近づいていく。

センサーが湿度の上昇を伝えてきた。データを感覚素材へ変換するプログラムが働いたせいで、僕の肌は、しっとりと濡れる感覚に襲われる。本当に肌が濡れたわけではない。電気信号を受けて、脳がそう錯覚するのだ。温度は反映させていないので寒さは感じない。間近まで辿り着くと、樹状構造物の表面が明瞭になった。色や表面温度は小惑星自体とほぼ同じ。

マニピュレータが硬度を測定し、枝の先端を折り、アンジー本体のボックスに収納した。これだけで相当な数の地球外微生物を採取できたはずだ。

こういう構造物が存在する小惑星の集まりを、僕たちは他と区別して〈MT群小惑星〉と呼んでいる。Mはmicroorganism（微生物）、Tはtree（木）の頭文字だ。小惑星は構成物質の違いによってアルファベット一文字の「型」で分類されるが、それとは別に、僕たちは「二文字＋群」の呼称を付与している。学術的な分類ではなく、一般企業が宇宙開発の現場で使う用語だ。

メインベルト彗星が太陽に近づくと、表面温度が上昇して氷が昇華し始める。するとMT群に棲息する微生物は、温度が上がった場所へ移動していく。岩石内にいる微生物も同じだ。彼らは物質から直接電子を取り込み、電子を使って仲間同士で情報伝達を行う。地球上にも同じ振る舞いを見せる微生物がいるが、宇宙でも確認されたのだ。

この微生物たちは、彗星が近日点へ近づくと、水蒸気や塵に混じって宇宙空間へ放出される。この現象が何十万年も繰り返された結果、MT群小惑星の表面には、微生物が一ヶ所に集合したときの化学反応――つまり炭素やマグネシウムのイオン化や、他物質との結合、堆積によって、特定領域に樹状構造物ができたのではないかと言われている。小惑星探査機が、日常的にアステロイド・ベルトを目指すようになってから、ようやく発見された現象だ。

アステロイド・ベルトで、最初の微生物がどの小惑星で発生したのか。これはまだ特定されていない。一個かもしれないし、複数かもしれない。近日点に達するたびに繰り返される放出で、微生物が隣り合う小惑星まで運ばれ、辿り着いた先でまた繁殖したらしいのだが、最終的な結論を出すまでには、まだ詳しい調査が必要だ。研究途上で、別の仮説が提唱される可能性は大いにある。

僕はこの話を思い出すたびに、地球の海で珊瑚が卵をばら撒いている様子を連想する。微生物は珊瑚の卵と違って肉眼では見えないが、宇宙空間という広大な海に向かって命を撒いているという意味では、イメージに共通性がある。アステロイド・ツリーはメインベルト彗星の上に生えた枝珊瑚、卵の代わりに、氷床内微生物を虚空へ向かって放出する。不思議な命の旅立ちを見る思いだ。

記録を二時間ほど精査していると、アクセス時間の上限を知らせる警告音が鳴った。十秒後にシステムの電源が切れ、装置内には離脱のための誘導灯の輝きだけが残された。

蝉の幼虫が脱皮するように僕はシートから抜け出した。床におりて周囲を見回してみると、室内に並んだ分析装置には、まだ多数のライトがついていた。タイムシフトで入った分析員が各々の作業を続行中なのだ。

僕は分析室の扉を開いて廊下へ出た。

休憩室の自販機でＩＤカードを使って回復剤を一パック買い、それから会議室へ向かった。

脳とSRシステムの接続は体力を消耗させるので、回復剤の飲用は、分析業務を終えたあとの社員の義務だ。費用は会社持ち。自販機はID認証を通して、個人が一ヶ月に消費した本数をカウントしてくれる。接続回数よりもそれが多ければ、本人と上司に要確認の指示が出る。

会議室に入ると、先に来ていた嘉山《かやま》主任から声をかけられた。「お疲れさま。どうだった」

「いつも通りだ。特に目新しい発見はない。今日は開発チームからも人が来るのかい」

「いや、ふたりだけだ。大きな話にしたくないから」

嘉山主任の服装は、今日はかなり女性寄りだった。普段は中性的なのだが、たまに、性差が明確に表現されている服を着てくる。色が綺麗だとか、デザインが気に入ったとかいう単純な理由で。主任は生物学的には女性だが、性自認が〈女性ではない〉というタイプで、勿論、女性ではないからといって男性であるわけでもなく、人によっては理解しがたい内面を持つ人だ。言葉づかいもニュートラルで、このせいで、主任との会話を苦手に感じる人もいるのだが、僕は全然気にならないほうだ。物の見方が公平だからではない。生き物の差異に、あまり興味がないせいだと思う。僕はどうかすると、自分が人間であることすら忘れかねないタイプなのだ。

テーブルの端には灰色の猫が一匹乗っていた。体を伸ばして、だらりと寝そべっている。額と体の一部に少しだけ縞があった。目を閉じているので虹彩の色はわからない。

僕が椅子に腰をおろし、回復剤のパックにストローを立てて中身を吸い始めると、灰色猫は両目を開いて身を起こした。こちらをじっと見つめる目の色は緑だった。敵意や嫌悪は読み取れない。好奇心だけが仄見える。「よくできている。とてもロボット猫には見えない」

「猫型端末は需要が多いからね。パーツをそろえるのは簡単だった」

「特注じゃないのか」

「この程度なら既製品だけで仕上がるさ」

「生体部品も使っているのか」

「いいや。この毛並みも含めて、すべて人工物だ」

嘉山主任が猫に向かって手招きすると、猫はゆっくりと立ちあがり、テーブルの上を歩いてきた。会議室の構造には慣れているようだ。主任の腕が届くところまで近づくと、再びテーブルに腰をおろした。主任は猫の背を撫でながら僕に言った。「名前はバニラだ」

「女の子という設定か」

「いや、性別はない。バニラという名前は、こいつを作った人間が、バニラアイスを食べながらアイデアを練ったからさ」

「安直だなあ」

「アイスクリームが好きな男だったんだよ」

「で、僕は、こいつを使って、具体的に何をすればいいんだ？」

「まずは神経接続だ。異常がなければその先へ」

「機械知性とつながるのは初めてだよ。わくわくするな」

僕は猫のほうへ向き直り、あらためて挨拶した。「はじめまして。分析員の杉野《すぎの》といいます。よろしく」

猫は僕に近づいてくると、テーブルに置いた僕の手をゆっくりと舐めた。ざらりと皮膚を撫であげた舌の感触は、本物の猫と寸分違わず、しかも若干濡れていた。あまりにも精巧な作りに、僕は思わず溜息を洩らした。

すると、バニラは初めて口を開いた。「あまり驚かないね。猫の扱いに慣れているのか」

「以前、本物を家で飼っていた。仕事でも猫を相手にできるのはうれしいね」

「人間というのは本当に猫好きなんだな」

「まあね。最近は社員のストレス解消のために、社内で、猫型ロボットを放し飼いにしているオフィスもあるぐらいだから」

バニラの背を撫でていると、小学生の頃を思い出した。ある日突然、父と母が三毛猫を飼うと言い出したのだ。大方の面倒を見ていたのは両親で、僕は〈家に猫がいる〉という状況を楽しんでいただけだった。それでも十八年も一緒に暮らしたので、死んだときには、頭で考えていたほどには冷静になれなかった。いろんな思い出が一気に胸に溢れ、涙が止まらなくなった。もしかしたら僕は、両親よりも、たくさん泣いたかもしれない。以後、僕は自分からは猫を飼ったことがない。何となく思い切れないのだ。

「じゃあ、あとはよろしく」と言って主任は立ちあがった。「バニラは君に任せっぱなしにするから、好きに連れ回してくれ。報告書は毎日提出するように」

「わかった」

主任が会議室から出て行ったあと、僕は灰色猫を抱きあげた。「あらためてよろしく、バニラくん」

「君は私について、どこまで説明を受けた？」

「だいたいのところはね。主任はまだ何かを隠しているようだが、無理に穿鑿《せんさく》するつもりはない。会社の話だから口にできない事柄も多かろう。僕の仕事は君の要求に応じることだけだ。君は機械知性なのに、開発チームに対して随分な要求をしたそうだね」

「その口ぶりでは、かなりのところまで知っているな」

「ああ」僕はうなずいた。「君は『人間の本質について知りたい』とか『人間とは何か』と言い出したんだろう？　哲学的かつ文学的な問いかけだ。僕が答えを返せるかどうかはわからないが、もらった時間分は、きっちりと考えよう。お互いに楽しみながら」

嘉山主任からバニラの話を聞かされたのは先週だ。主任が「我が社には表に出せない秘密のプロジェクトがある」と娯楽映画の導入部みたいな切り出し方をしたので、僕は話半分に聞いていた。仕事を離れれば、主任は僕にとって友人以上パートナー未満という存在で、普段から、会社のあれやこれやをネタに呑んでいる仲だった。このときも、軽く、噂話でも始めるのだろうと思っていた。

　主任はジョッキを傾けつつ続けた。「以前、我が社の研究部門は、次世代型の小惑星探査機を作ろうとしたことがある。私は一時期、この部門にいた。秘密というのは、探査機を制御する人工知能の部分だ。当時、開発チームにいた後藤《ごとう》さんという人が、会社からの要求以上のものを目指したいと言い出した。人工知能ではなく、人工知性が欲しいのだ——と。それは、人間に似た機械知性を作るという意味ではなく、宇宙開発に特化した異種知性を作ることだった——」

　アンジーは汎用型の宇宙探査機だ。搭載されている人工知能は機能が限定されている。惑星や衛星を調査し、サンプルを採るだけで、だからコンパクトに組み立てられる。

　ところが後藤さんは真反対の方向を目指した。人間が出す命令に従うだけでなく、状況に合わせて自分で判断してデータを採ってくる——そういう探査機を作ろうとした。宇宙で想定外の出来事に直面したときでも、探査機が自己判断で、データやサンプルを採れるようにと。

　様々な研究やブレイクスルーを経験したのち、人工知能の性能は飛躍的に発展した。僕が社会に出た頃には、地球上の簡単な仕事は、多くの人工知能が担うようになっていた。宇宙開発もそのひとつだ。

後藤さんの提案は、開発スタッフの好奇心をくすぐった。通信タイムラグは地球からの距離に比例して大きくなる。宇宙開発を続けるうえで避けられない問題点だ。探査機が、人間の指示に加えて、自分の判断で何かを調べてくれる……というのは面白い。それがどの程度役に立つのか、現場で使い物になるかどうかは別として、試してみる価値はあると考えた。

ところが後藤さんは、皆が考えていたよりもマッドな人だったらしい。バニラを宇宙だけでなく、この世のあらゆる事柄に好奇心を持つ機械として作ろうとした。「宇宙を知ろうとする心は、この世のすべてを知ろうとする心につながる」と言って。

バニラの性能に関しては、主任の誇張も混じっている気がした。幾ら人工知能の技術が発達したとはいえ、そう簡単に、人間なみに思考する機械知性が作れるとは思えないからだ。あるいは、何か別の事情を隠しているようにも見えた。開発チームだけが知っている秘密を。

それはともかくとして。

バニラは己の好奇心を満たすために次々とデータを食い、思考力を鍛えていったらしい。宇宙に対して並々ならぬ興味を抱き、開発スタッフに向かって、「もっと最新のデータが欲しい」「人間の分析員と同じように、現場から送信されるデータを分析してみたい」と言い出した。

正式な探査機となる前の段階として、バニラは僕たちと同じようにＳＲシステムにアクセスし、MT群小惑星からのデータを解析し始めた。機械知性だから、分析結果を感覚素材に変換することはできない。だが、数値の整理だけでも役に立つから、学術機関へ送り、宇宙の研究に使ってもらっているという。

やがてバニラは、宇宙関係だけでなく、自分を運用している人間たちにも興味を抱くようになった。機械知性と人間とはどこが違うのか。開発スタッフと対話を繰り返すうちに、とうとう、「人間の本質について知りたい」「人間とは何か」と言い出した。スタッフはこの質問を持てあまし、いっそ他部門の人間と接触させれば、バニラは好奇心を満たされて自分なりに答えをはじき出すのではないか——という結論に至った。

で、「誰にバニラの世話を任せるのか」となったとき、僕が候補にあがったのだという。主任とのつき合いから、人柄がよく伝わっていたせいだろう。

主任は言った。「バニラは秘密の研究材料だ。たとえ社内といえども、本体を簡単に社員に見せるわけにはいかない。そこで、猫型端末を作って、本体と接続して運用する方法が採られた。君が接触するのは、バニラの本体ではなく、猫型端末のほうだ。この猫を連れ回し、毎日語りかけ、人間という存在について教えてやって欲しい」

マイクとスピーカーの組み合わせだけでもやれる作業だが、目の前に実体があったほうが愛着が増すし、愛着は信頼関係を生み出すだろうというわけだ。

バニラの相手をすれば特別手当が出ると聞き及んだ瞬間、僕はその場で「他の誰にも頼むな。僕が引き受ける」と答えていた。機械知性との接触で何をどう教えればいいのか、まったくわかっていなかったくせに。バニラが好奇心だけでデータを食い続けたように、僕もまた、好奇心によって突き動かされたのだ。

経理部から送付された書類を開いてみると、確かに特別手当の記載があった。吃驚する金額ではないが、臨時で請け負う仕事の報酬としては充分だ。

バニラと出会った日、僕は分析員としての業務を二時間早く切りあげ、別室へ移動した。そこには、僕とバニラが、ふたりきりで接続できる環境が整っていた。

僕たちがお互いの接続に利用するのは、普通のSRシステムだった。システム同士をつないで情報のやり取りをするらしい。バニラは既に、片方の装置へ乗り込んでいた。シートに座り、センサー類に取り囲まれ、ゆったりと尻尾を振っている。〈仕事のできる猫〉といった風情だ。

僕は蟬の幼虫に似た形の装置に入り込むと、シートに腰をおろし、背もたれに体をあずけた。風船が膨らむように周囲から柔らかい壁が接近し、センサー類が全身を押し包む。頭部や皮膚への接触点からセンサーがデータを拾い始め、バニラが乗っている装置との交信を始めた。

マイクを通して僕はバニラに訊ねた。「人間と接続するのは初めてか」

「予行演習として開発チームのスタッフとつながったことがある。特に問題は生じなかったよ」

「じゃあ安心だ」

「怖いのか」

「まあね。こちらは初めてだから」

「私は機械だ。人間としての感情は持っていない。君の脳みそから何を読み取ろうが、君の価値を数値に換算するような無礼な真似はしないよ」

そのとき、脳神経に電気信号が割り込んだことを知らせるシグナルが目の前ではじけた。指先が重くなり目蓋がおりてくる。僕は状況に任せて、そのまま眠りについた。

アンジーのデータを分析しているとき、僕はいつも覚醒している。こんなふうに眠ったりはしない。だが、バニラの電子頭脳に接続すると、どうも、人間側はこんなふうになるらしい。少しだけ胸が騒いだ。

次に目をあけたとき、僕の眼前からは装置内の機械がすべて姿を消していた。僕は見知らぬ場所で簡易ベッドに横たわり、野外の風に曝されていた。

濃い灰色の空と黒い大地が、どこまでも広がっている。

家屋も樹木も岩も川も見えない。都市も、どこにも存在しない。僕以外の人間も、空を舞う鳥や地を駆ける獣の姿も見あたらない。

ああ、これは夢だなと自分でもわかった。夢でなければ、システムが作り出している代替世界だ。いずれにせよ、現実のどこかの場所にいるわけではない。

曇った空から何かが降下してくる。大量のアンジーの群れだった。六本の脚を広げて地上へ降ってくる姿は、その名の由来となった天使《Angel》よりも、バクテリオファージを連想させた。それは、紛争地に爆弾が降ってくるようにも、自律型殺戮兵器がばら撒かれているようにも見えた。音は聞こえない。だが、彼方から届く振動を肌が受けとめている。体の奥でも何かが鳴っている。双方が一体となって響き合う。

アンジーの群れは光のリボンを背負っていた。現実の観測時には有り得ない光景だ。メインベルト彗星のイメージが混じっているのだろうか。横たわる僕の全身からも、空へ向かって光のリボンが伸びている。光は蔓草のように伸び、その先端で小さなものが蠢いていた。よく見れば、それは家で飼っている金魚や、よく知っている人間の姿だった。金魚は長い尾をゆらめかせて虚空を泳ぎ、人間たちは縄でつながれた囚人のように空を彷徨っている。友人や同僚や上司の顔が見えた。どこで見たのか思い出せないが確かに知っていると知覚できる顔もあった。光のリボンは次々と僕の体から噴き出し、アンジーたちが降りてくる空へ吸い込まれていく。

僕は記憶をバニラに吸い取られているのだろうかと、ふと思った。では、僕が知覚できる形でのバニラは、この夢の世界のどこにいるのだろう。あるいは、こちらからは見えないように、巧妙にマスキングされているのだろうか。

両腕の皮膚がもぞもぞと波打った。萌え出るように次々と光のリボンが頭をもたげる。リボンの先端は飴細工のように形を変え、個々の物体に成長していった。僕の肉体を引き裂くように、記憶が少しずつ花開く。皮膚と筋肉が記憶に置き換わる。体が裏返るような感触は、薄気味悪かったが心地よくもあった。

体の中心から外側へ向かって、記憶が細波のように広がっていく。このまま、ずっと横になっていたかった。いつまでもここに。


接続の終わりは、始まりと同じようにすみやかに訪れた。瞬く間に現実に引き戻された僕は、しばらく現実の世界に適応できず、ぼうっとしていた。

夢の感触がまだ皮膚にはりついていた。視覚よりも触覚に刻まれる夢だった。それを皮膚から引き剝がす手段を僕は何も知らず、おかげで装置の外へ出るのが、いつもより三十秒ほど遅れた。

バニラは先に出て待っていた。床の上に座り、あたりを掃くように尻尾を動かしていた。

「具合はどうだ」と訊ねてきた。

「化け猫に精気を吸い取られたような気分だ」と僕が答えると、バニラは少し顎を引き、歯を剝き出して笑みに似た表情を作った。

僕は腰を落としてバニラの頭を撫でた。「ほんとに生きている猫みたいだ。とても人工物とは思えない」

「飼っていた猫を好きだったか」

「ああ。とても」

「では、いま君が撫でているのは私ではなく、『記憶の中の君の猫』というわけだな」

「嫌な言い方をするなよ。人間の心は、それほど単純じゃない。確かに僕は、いま、自分が飼っていた猫を思い出しながら君を撫でたよ。でも、死んだ猫と君との区別がつかないわけじゃない。人間は幻想と現実の両方に手を伸ばせる。その仲立ちをしているのが想像力だ。君にも、そういう機能はあるのかい」

「人工知性にも人工知性なりの想像力はあるよ」

「どんなものが」

「私の中にあるのは、未来しか見ない想像力さ」


仕事が終わると、僕はまっすぐに家へ帰った。いつもは買い物をしたり外食したりするが疲労感が強かったのでやめた。専門のクリニックで脳の検査を受けておこうかなと思ったが、それほど深刻に考える必要もないか——と思い直し、足を自宅へ向けた。

家では簡易パックの夕食を摂り、情報端末でニュースを眺め、ネットの社交場を彷徨い、溜めていた電子本を読んだ。映画は最近ほとんど観ない。映像分析を仕事にしたせいか、帰宅すると動画を避けるようになってしまった。電子書籍も、動画や外部リンクを埋め込んで構築した本は目が疲れるので読めなくなった。テキストのみで構成された作品を探し、ゆっくりとページを送る。

ＳＲシステムは、僕を毎日宇宙のどこかへ送り込む。ざらざらした小惑星の表面を歩かせ、太陽や金星や水星の灼熱の大気を呼吸させる。木星の水素の海を泳がせる。かちかちに凍った惑星や、火山が噴火している衛星も調べた。すべて、太陽系内のどこかに実在する場所だ。僕はそこへ直接行ったわけでもないのに、日常の延長として、体験した気持ちになっている。宇宙飛行士ではない人間でも宇宙へ行き、宇宙を調べられる状況を、ＳＲシステムは作り出した。僕たち分析員は、冒険者や開拓者としてではなく、会社員として太陽系内を駆け巡る。体験を感覚素材に変えて売りに出す。

——でも、バニラは行くんだな。いずれ本物の探査機になって、本物の宇宙へ。

宇宙へ行く。

バニラは、それを自分ではどう思っているのだろうか。

バニラとの接続は、翌日からも同じように繰り返された。僕はそのつど不思議な夢を見て、目覚めると、ぼうっとした気分でシートにもたれかかった。バニラにとっては「人間を知るための作業」らしいが、僕がバニラを知る手段にはなっていない。いや、無意識下で何か洞察を得ているのかもしれないが、何がどうやり取りされているのかわからないのは、どうも居心地が悪い。

もしかしたら、僕が見ている夢は、そのままバニラに記憶されているのではないかと、ふと思った。人間から記憶を吸い取って本物の人間になろうとしている機械、というホラーじみた発想が浮かぶ。

僕がさりげなく訊ねてみると、バニラは「幾ら生体脳と電子頭脳がつながっていても、私は人間の夢を画像として見ているわけじゃない。精神科には人間の夢を映像化できる装置があるそうだが、私にはそういう機能はない」と答え、僕が手にしていた回復剤のストローを噛もうとした。

僕は手を振ってバニラを追い払った。「噛むな。飲むな」

「少しぐらい、いいじゃないか」

「君は機械だろう」

「回復剤をエネルギーに変換する程度の装置は備えている」

「でも、飲む必要はないはずだ」

「純粋に好奇心からだ」

「欲しかったら自分で買え」

「猫は金など持っていない」

「嘉山主任に買ってもらえばいい」

「君が買ってくれたほうが面倒が少ない。私の担当者として費用を請求できるんだろう？」

仕方がないので、僕は自分のＩＤを使って回復剤をもう一本購入した。あとで経理課に、バニラに与えた分だと説明しなければならない。

ストローを挿してテーブルに置いてやると、バニラはすぐに食いつき、中身を吸い始めた。

「美味いか」

「いや、味はわからないんだ」

「えっ。だったら、なぜ買えと」

「人間は分析装置を使ったあと、必ずこれを飲んでいる。その気持ちに共感してみたかっただけだ」

「共感って――」

「『形から入る』という言葉もあるぐらいだからな。なるほど、これは参考になった。ありがとう」

「なあバニラ。さっきの件だが」

「私が獏みたいに君の夢を食っているという話か」

「そう」

「私が記録しているのは君の脳の神経発火パターンだ。海馬に溜め込んだ記録を、君が夢という機能を使ってどのように大脳へ振り分けているか——その過程を記録している。君が人間としてどんな夢を見ているのか私は全然知らない。仮に知る手段があったとしても、凡庸な人類が見ている夢の内容など興味はない」

「凡庸で悪かったな。君だって、ただの猫のくせに」

「私は猫ではない。人工知性だ」

「さっきは猫だって言ったじゃないか」

「あれは言葉の綾だ」

ああ言えばこう言う。一筋縄ではいかない奴だ。僕は気を取り直して続けた。「なあ、バニラ。君は、人間になりたいと思ったことがあるのか」

「ないよ」

「じゃあ、なぜ、人間について知りたがる」

「私を作った人間は私に命じた。『この世のあらゆることに興味を持ち、その本質を探れ』と。私は彼が書き込んだ指示に従っているだけだ。機械は与えられた命令に忠実に働くだけさ。命令自体の是非や真偽は問わない」

あっさり言う。

いかにも機械らしい物言いだ。

バニラ自身に意思がないなら、僕はバニラを介して、バニラを作った人間と対話していることになるのだろうか。後藤さんという人と。彼は、どんな意図から次世代型探査機を構想したのだろう。SRシステムで過去を追体験するように、僕はバニラを通して、顔も知らない研究者と対話しているに等しいのか。

そのとき、バニラが訊ねた。「君自身は、宇宙へ行きたいと思ったことはないのか」

「ないね」

「こういう仕事をしているのに？」

「関係ないよ。僕は分析員の仕事が性に合うから、ここにいるだけだ。宇宙に興味のある人間が、みんな宇宙飛行士になるわけじゃないだろう」

「それはそうだが、人間というのは、そんな動機だけで働き続けられるのか？」

「人による――かな。動機がないと働けない人もいるし、動機がないほうが働きやすい人もいる」

バニラは人間が考え込むような仕草を見せ、猫にしては複雑な表情を浮かべた。それを見ていると、少し付け加えたい衝動に駆られたので、僕は「そうだな――」と続けた。「僕の場合、働く動機とは違うが、ひとつだけ仕事をするうえで楽しみがある。アンジーのデータを分析していると、頭の中で音楽に似たものが鳴るんだ」

「音楽？」

「具体的な曲じゃない。音楽としか呼びようのないものが鳴る。幻聴じゃないよ。共感覚の一種らしい。ＭＴ群小惑星の微生物は、小惑星を構成している物質から直接電子を取り込んだり、仲間同士で電子の受け渡しをしたりする。それが電気信号としてアンジーのセンサーに拾われ、データを分析する人間の脳に影響しているんじゃないか――と言われている。市販の音楽データでは味わえない綺麗な音だ。これが楽しくて、仕事をしている部分はある。僕の場合は音だが、光の明滅を見るとか、舌の上に味を感じる人もいるそうだ」

「私は感じないな。人間だけの反応か」

「そうだね。人間の脳と電子チップは違うから。ところで、君に、ひとつ提案があるんだが」

「なんだ」

「会社の外へ出てみないか」

「なぜ」

「人間について学びたいなら、会社の中だけでは狭過ぎる。君には、もっとデータの収集が必要だ。ようするに、本物の体験がいるわけだ」

「『体験』なら、感覚素材を通して大量に取得済みだ。惑星探査のデータだけでなく、人間の日常的な感覚も」

「感覚素材を使うんじゃなくて、君自身が行動し、体験して欲しいんだ」

「外部刺激を電気的に処理するという意味では、感覚素材も自分で体験するのも同じだと思うが」

「怖いのか。外へ出るのが」

「そんなことはない」

「だったら行こうよ。出るには君の同意がいる。君さえOKを出してくれるなら、僕から主任にかけあってみる」


バニラを社外へ連れ出す許可が欲しいと頼むと、嘉山主任は目を丸くした。「猫型端末を外で紛失したらどうする気だ。君が置き忘れるだけじゃなく、盗まれる危険性だってあるんだぞ」

「本体は会社にいるんだ。端末をなくしたって、どうってことはないだろう。その時点で通信を絶てばいい」

「ただで作ったわけじゃないんだ。君にあげたわけでもない」

「もしもの場合には僕が弁償する。とにかく、バニラを外へ出してやってくれ。でなければ、人間について学ばせるなんて不可能だ」

「君以外の他人に接触させる気か。ペットロボットだと偽って」

「違う。もっと幅広い体験をしてもらう」

「回数は？」

「制限なしで。最低でも三ヶ月は続けたい」

猫型端末が、どの程度の距離まで本体からの無線通信を拾えるのか、僕はまったく知らなかった。ただ、バニラの本体は小惑星探査用に作られた装置だ。通信に関しては、いい機械を載せているはずなのだ。

嘉山主任は、僕が猫型端末に惚れ込んでおかしくなったのではという不安や、誰かに売り飛ばすのではないかという疑念を抱いているようだった。どちらの心配も無用だと僕は言っておいた。会社の不利益になることを、社員である僕が、わざわざ上司に打ち明けてまでするだろうか？　と説得して。

外出許可をもらうと、僕はバニラを鞄に入れ、会社の玄関を出た。機械猫だから、本物の猫と違ってキャリーに入れる必要はない。携帯用の猫トイレもいらない。猫にかかるストレスも気にしなくていい。気楽な旅だ。

連れ歩く先は無数にあった。街の中だけでも、飲食店、娯楽施設など遊び場はたくさんある。僕は週に何度か、バニラをあちこちへ連れ回した。美術館やコンサートホールは、バニラが無断撮影・録音用の機械だと疑われかねないので、入るのはあきらめた。芸術関係の情報は、僕の家で触れさせた。

自然の中へも積極的に連れ出した。河原を歩き、森林公園を見せ、動物園や水族館や植物園にも出かけた。野鳥も見せたかったので、手頃な山に登ったりもした。どこへ行ってもバニラは冷静だった。「ふん、この程度なら、データベースや感覚素材で知っているぞ」と嘯《うそぶ》いたが、興味津々なのは傍目にも明らかだった。

本物の猫が餌やおもちゃを狙うときの炯々《けいけい》たる眼差しで、バニラは日々新たに物事を味わっていた。会社にいた頃とは大違いだった。あの音は何か、あの光って見えるものは何か、この場所の気温はどうしてこんなに低いのか、どうして大気がこんなに湿っているのか。バニラが繰り出す質問に、僕は可能な限り答え続けた。

夏、僕はバニラを連れて南の離島へ旅行した。昔は日本に属していたが、いまはパスポートがなければ入れなくなっている土地だ。僕の収入では、綺麗な海が見えるホテルに泊まるにはちょっと思い切りが必要だったが、バニラの件で出た特別手当を使った。

部屋は海側を取った。

バルコニーから星を眺めるために。

室内へ入り、外の空気を吸うために窓を開いた瞬間、バニラはバルコニーに向かって駆け出した。僕が止めるまもなく室外へ出て、バルコニーの手すりに飛び乗った。しなやかに身をくねらせ、眼下の清々しく青い海へ向かって、前のめりの姿勢をとった。

僕は仰天して駆け寄り、バニラを後ろから抱きすくめた。

慌てて手すりから引き剥がしたせいで、僕はよろけて尻餅をついた。腰から脳天へ激しい痛みが突き抜けた。声も出せないほどの痛みに悶えていると、バニラは僕を見おろしながら冷ややかに言った。「慌てるからだ。ここの床は、滑りにくいように加工してあるのに」

「君が落ちそうになったせいだぞ」僕が呻きながら言うと、バニラはきょとんとした表情で、

「私が海へ飛び込むとでも思ったのかね」と訊ねた。

「そうだよ」

「馬鹿な。私の筐体は生活防水程度しか施されていない。フロートも備えていない。海に入れば沈むだけだ。それぐらい、自分でもよくわかっている」

「試すかもしれないと心配したんだ」

「なぜ」

「君は最近、ものすごく本物の猫っぽくなってきたから。自分では気づかない？」

「猫じゃなくて『人間に近づいている』――の間違いではないのか」

「いや、さすがに、そこまでは」

バニラは「ふんっ」と鼻を鳴らすと、黙って室内へ戻った。

急に機嫌を損ねたように見えたが、猫型端末に組み込まれたデフォルトの反応かもしれないので放っておいた。

夜、僕たちはもう一度バルコニーに出た。星を眺めるには、とてもよい季節だった。

僕はサイドテーブルの傍らに置かれた長椅子に横たわり、「今度は手すりにあがるなよ」とバニラに注意を促し、ここへ乗りなよと声をかけた。

バニラは僕の腹に登り、腰を落ち着けた。頭をあげ、数え切れないほどの星が散らばり、うっすらと白く輝く夜空を見つめた。

冷蔵庫から取ってきたカクテルを、僕は冷たいうちに飲み乾した。「大気を通すと、星の輝きはこんなふうに揺れる。実際に見るのは初めてだろう？」

「大気の層がある惑星だけで見られる現象か」

「この程度だって、君は直接見た経験がなかったはずだ。映像では知っていたかもしれないが、本物の風景としては」

「確かに……」

「君は宇宙や小惑星について、人間よりも正確に答えられる。でも、『地球もまた宇宙の一部である』という『実感』は持っていなかったはずだ。それを知らずして、人間の本質に到達できるとは僕には思えなかった。引っぱり回して悪かったな。多少は、君の考察に役立っただろうか」

「そうだったのか……。ありがとう」

「僕たちは、地球のことすら、まだ完全には知らない。何も知らず、何も理解できないまま、はかなく人生を終えていく……。それが普通の人間だ。なんでも知っているような顔をする奴がいたら、むしろ警戒したほうがいいぐらいだ」

「君は謙虚だな」

「どういたしまして。ところで、『人間とは何か』という問いに対する答えは、そろそろ出せたのかな」

「暫定的には」

「聞かせてくれよ」

「人間は、ひとことで言えば混沌だ。数々の都市の形や創作物の形態が、その複雑さを物語っている。人間の複雑さは、『地球という惑星全体の環境に影響されている』ように見える。端的に言えば、私ひとりで答えを出せるものではないわけだ」

「君も謙虚という概念を覚えたな」

「そうかねえ？　まあ、ともかくあれだ。『人間とは何か』という問い自体には、あんまり意味がないんだな。我々は、『あなたは何者なのか』『あなたはどのような存在か』という問いかけにすら、簡単には答えを得られないのだろう。君が私にしてくれたように、時間をかけて相手とつき合い、初めてその一端を摑めるんだろうな。それですら、おそらく、すべてには理解が及ぶまい」

　バニラは猫の顔で、にやりと笑った。「私にとっては、人間の本質を突きとめるよりも、宇宙の本質を調べるほうが易しいのかもしれない。勿論、宇宙には宇宙の複雑さがあるが、少なくとも人工知性には、こちらのほうが向きそうだ」

「人間について知ることを、あきらめたのかい」

「いや、そういうわけではないが……。諸々の予定が近づいているのでね。残念ながら、このあたりで打ち止めだ」バニラは続けた。「杉野さん、いくつか訊ねたい。君には友達がいないのか」

「なぜ、そんなことを訊く」

「君はいろんな場所へ私を連れて行ってくれたが、その間、友達や家族と連絡を取り合う姿を見なかった」

「友達ぐらいいるし、家族も健在だよ。君を他人と会わせなかったのは、人間を知るためには、人間から離れたほうがいいと思ったからさ」

「逆説的に？」

「君は人間によって作られ、いつも人間に取り囲まれてきた。でも、たまには、ひとりになるのもいいんじゃないかな。本物の人間だって、時々は、わざと孤独を選んで正気を保つんだから」

バニラはうれしそうに目を細めた。「私と一緒にいて、楽しかったか」

「ああ。最初は大変かなと思ったけど、ヒューマノイドと同棲したがる人の気持ちが少しわかった。人工知性というのは、想像以上に人間と相性がいいんだな」

「君は、なぜ私の相手を引き受けたんだ？」

「仕事だからさ。君が君を作った人間の命令に忠実なのと同じだ。僕はただの平凡な人間で、平凡に働き、平凡に私生活を送り、この世に何も残さず平凡に死んでいく。ただそれだけだ」

「そうか……」

「だから、過去に対する拘りや、屈折した感情から君の世話を引き受けたわけじゃない。申し訳ないぐらい僕の中には何もない。むしろ、僕のほうが、君からたくさん教わったかもしれない」

「私は、たいしたことはしていないはずだが」

「僕にとっては一生に一度あるかないかの特別任務だ。この思い出だけで、これから先も退屈せずに済むだろう」

バニラが複雑な表情を浮かべたので、僕は続けた。「じゃあ今度は僕が訊ねる番だ。君は……本当に人工知性なのかい。この猫型端末の向こうに、実は、本物の人間が接続されていたりしないか」

若干の沈黙があった。

僕が自分の疑念に対して、確信を抱く程度には。

バニラは静かに答えた。「――残念ながら、君が期待しているものは、この世に存在しない。私は、ただの電子チップだ。それ以上でもそれ以下でもない」

僕はバニラの答えを否定しなかった。「そうか」とだけ返事をした。

悪戯っぽい口調でバニラは言った。「もしかしたら君は私の本体を、秘密の小部屋に監禁されている美少女なのでは――とでも思っていたのかな」

「まあね」

「すまないな。現実は、こんなものだ」

「いいよ。結構楽しかったし」

「アステロイド・ベルトへ行けば、私はアンジーと同じように、地球へ向けて観測データを送るだろう。私が撮影した記録を君が分析してくれるとうれしいな。そのときには、ほんの少しでもいいから私を思い出してくれ。灰色猫と過ごした奇妙な日々と共にね」


月末、もう一度、SRシステムでバニラと接続したあと、僕は特別任務から解放された。

バニラは最後の日にも感傷的な言葉など何ひとつ口にせず、「じゃあ、私は行くから元気で」と、あっさり部屋を出て行った。僕にできたのは、その寸前、もう一度バニラの頭を撫でてやることだけだった。初めて会ったときよりも強く、本物の猫の手触りを覚えた。一瞬、幻覚に見舞われたかと思ったほどに。次の瞬間、バニラは、掌の下からするりと抜け出していった。

バニラとは、それっきりになった。

僕は日常的な業務だけをこなす日々に戻り、仕事の負担は減った。にもかかわらず、目に見えて作業効率が落ちた。分析装置の中にいると頭痛と眩暈がした。頭の中で、心地よく音楽が鳴ることもなくなった。

三日間連続して休みを取ったが回復せず、朝起きてもぼーっとしたままで体を動かせなくなったところで、産業医から「鬱状態」と診断された。バニラとの交流を終えたせいで「荷おろし症候群」になったらしい。何となく納得できる理由だった。事情がわかると、体調が少しだけ上向いた。

ベッドから身を起こし、ふらふらしながらも歩けるようになったとき、嘉山主任が家まで見舞いに来た。退職勧告かな、と僕が身構えると、主任は「今日は仕事ではなく、個人的な事情で来た」と言い、ダイニングテーブルに土産の菓子を置いた。「調子はどうだ」

「いまいちだな。自分が、こんなにやわだとは思わなかった」

「バニラの件では熱心にやってもらったからな。無理もない」

「僕は、そこまでは」

「自覚がないのが一番危ないのさ」

主任は椅子に腰をおろすと、テーブルの上で両手を組んだ。「治療で投薬を受けると脳神経に影響が出る。しばらく、君の脳が作る感覚素材は売り物にならないな」

「じゃあ、部署替えを？」

「長期休暇という手もあるぞ」

「復職できる保証があるならね」

「そうだな。実は、バニラとも話し合ったんだが——一連の事情を詳しく伝えれば、君もすっぱりあきらめがついて、回復が早くなるんじゃないかという結論になってね」

「どういう意味だ」

「君はバニラの本体が、実は人間ではないかと疑っているそうだね。なぜ、そう思った？」

「『感覚素材を味わった経験がある』と聞かされたから。あれは、人間でなければアクセスしても意味のないデータだ。人工知性には生身の身体がないから、データだけ流し込んでも何も感じられない。人間としての脳と身体があってこそ、初めて体験できるんだ。だからバニラの本体は、なんらかの事情で部屋から出られない人か、もしかしたら、全身不随の患者が猫型端末と神経接続しているんじゃないかと——」

「君の想像は半分だけ当たっている。確かに、バニラには『身体』がある。私たちと同じ意味での肉体ではないがね」

「全部、話してくれるのか」

「その前に約束してくれ。これを聞き終えたら、君はバニラへの執着を完全に断ち切ること。薬物治療なしで分析員の仕事に復帰できなかった場合には、自己都合退職すること。この条件を呑んでくれるなら、バニラの真相について教える」

　これは事実上、選択肢のない問いかけだった。僕は「ずるい」と思ったが、反論はしなかった。バニラに対する拘りから、僕が予想外に落ち込んでしまったのは確かで、そこから回復するには、主任が言うように真相を知るのが一番の近道なのだ。

　それでいいと僕が告げると、主任はうなずき、持参した菓子の包みを開いた。「食べながら話そう。これ、駅前の店で焼いているワッフルだ。美味いぞ」

「ありがとう」

「バニラは次世代型の宇宙探査機として開発された――ということは、前にも教えたよな」

「ああ」

「後藤さんという開発者が関わっていたことも」

「バニラに必要以上の知性を持たせたマッドな人だろう？」

「そう。実は、バニラは電脳上に仮想身体を持っている。電子データだけで構成された身体だ。作ったのは、勿論、後藤さん。男でも女でもない、性別を持たない人間の身体をデザインし、バニラが、これを自分の体だと認識できるようにした。人工知性に性別を持たせることを、後藤さんは、とても嫌っていたからね。人間だって、Xジェンダーや Aセクシュアルの人がいるんだから、性差や性的指向を固定するなんぞつまらんと言って、何も設定しなかった。だからバニラは、自分を男とも女とも自覚していない。『私』という定義しか持たない存在だ。ジェンダーやセクシュアリティの特徴は、人工知性の人格形成に必ずしも重要な要素ではない——というのが後藤さんの持論だった。加えて、この電脳上の仮想身体を、人工生体組織と電気信号をやり取りできるように接続した」

「なんだって?」

「つまりバニラは、コンピュータの中にしかない仮想身体を中継して、人工生体組織を『自分の肉体のように』知覚できる。人間の感覚素材を味わえるのは、このおかげだ。電子チップの頭脳に、人工生体組織の体という組み合わせ。加えて、探査機としてのハードウェアも持っている。正確に言うと、この三者を統合した全体を指して、バニラと呼ぶわけだ」

「人工生体組織って……そんなものをどこから」

「再生医療で使っている品だ。ようするに、人工筋肉とか人工臓器とか人工皮膚とか」

「医療用の人工組織を寄せ集めて、生身の人間をひとり、実験室で作ってしまったのか? フランケンシュタインの怪物みたいに」

「違うよ」主任は顔をしかめた。「幾らなんでも、そんなことをしたら法律的に問題になる。後藤さんも、それはよく承知していた。だから、もっと恐ろしい手段をとった。『人間の形をしていなければ問題ないんだろう?』と言ってね。単なる器官や、人工細胞や、人工臓器の一部分だけなら、宇宙環境における医療素材の試作品として、法律的に許可を得られるはずだと——」

僕は絶句して口元に手をやった。食べたばかりのワッフルを吐きそうになった。

主任は力なく笑った。「吐きたいなら洗面所へ行って好きなだけ吐いてこい。実際、こんな気分の悪い話はないからな。……後藤さんは、『人間の形をしていない生体組織』と『バニラの仮想身体』をリンクさせたんだ。バニラの電子チップが、自分にも人間の体があると錯覚できるように、感覚のマッピングを行った。個々の細胞が受容する外部刺激――すなわち生体が受け取る電気信号を、仮想身体の各部位に、逐一、関連付けていった。おかげでバニラは、生体組織の調子が悪くなると、自分が病気になったような感覚すら得られる。ただの機械なのに、生体組織の一部が壊れると、手足が痛いとか、胃のあたりがむかつくとか、そんなふうに感じてしまうんだ」

僕は息が止まりそうになった。バニラに与えられた、あまりにも過剰な構造を想像して。

「後藤さんは、なぜそこまで」

「体の感覚を持つ人工知性と、持たない人工知性――。それぞれがどのように発達していくか、これもまた、後藤さんの興味の対象だった。環境にダイレクトに働きかけるデバイスを持っている場合と、そうでない場合――知性は、それぞれ違う方向へ発展するだろう。人間や動物の姿を与えられれば、それによく似た思考を。地球上に存在しない生き物や単なる機械の姿を与えられれば、我々が想像したこともない思考を。そして、体の感覚を持たない知性の場合、宇宙環境に曝されたとき、何を思考し始めるのか。あの人は、すべてを知りたがった。知るためなら何をやっても構わんという、壊れた部分のある人だった」

「なんてことだ……」

「大勢の一般人が宇宙で普通に暮らすようになったとき、人工生体組織を使った医療の機会はとても増えるだろう。ナノ治療機による細胞修復だけでは追いつかない身体の劣化は、人工臓器との入れ替えで対処したほうが早い。この人工臓器を、完全に機械として作るか、人体との相性がよい生体組織を使うか——。これは、その人が働いている環境によるだろうね。過酷な宇宙空間で働く人は機械の体が便利だ。対人関係が多い職場では、生身の人間のほうが好まれる。うちの場合は、医療関係の企業から『宇宙環境における人工生体組織の耐用年数を調査したい』という依頼を、以前から受けていた。小惑星探査機の機体内に、生体維持装置を付けたボックスを搭載し、そこに人工生体組織を収めて、アステロイド・ベルトあたりまで運んでいく。現場の環境で、どの程度まで細胞が保つか調べるわけだ。地球や月でテストした程度では、もっと遠くへ行ったときの劣化の具合がわからない。バニラの構造は、このテスト要求に、ぴたりとはまる形で作られていった」

「でも、だったら、バニラの仮想身体と生体組織を接続する必要はないはずだ。単に、生体組織の変化を記録すればいいだけで」

「だから、そこが後藤さんのマッドなところなんだよ」

「誰も止めなかったのか」

「さすがに、やり過ぎだという声が出た。宇宙で医療用素材のテストをするのはいいが、人工知性の仮想身体とリンクするやり方は承認できないと。だが、後藤さんは私費まで注ぎ込んで、バニラのシステムを完成させてしまった。結果、これは一台限りの試作機として門外不出となり、会社での保管が決まった。探査機としての性能、人工知性としての性能、人工生体組織の宇宙実験――個別で見れば、将来、会社の利益となってくれる要素を山ほど含んでいたからね。廃棄処分にはできないと上は判断した。後藤さんは自主退職という形は取ったが、事実上は馘首だ。ただ、退職金は少しもらったようだ。口止めの意味で会社が出したんじゃないかな。もう十年以上前の話さ。後藤さんは辞めるときに言ったよ。バニラに人間の身体感覚を持たせることは、機械知性を人間の精神に近づける意味も持つ。それはすなわち、宇宙環境が、人間の精神にどんな影響を与えるかというテストにもなり得ると。つまり、『人工精神』のテストになるわけだから、誕生させたからには徹底的に使い倒せ……とね。まったくもって、あの人は何というか――」

「バニラはただの機械じゃない……だが人間でもないのか……」僕はつぶやいた。「じゃあ、これは新しいタイプの人工生物なのか。それとも、ただの既成部品の寄せ集めに過ぎないのか――」

「それは君が決めるんだな。会社にとってバニラはただの備品だ。しかし、君にとっては、そうじゃないだろう。バニラは言っていたよ。君と交流したおかげで、自分は少しだけ変われたと。とても感謝していると。だからこそ、君の調子が悪いと知ったとき、真実を告げたほうがいいと判断した。それが君にとっては、一番の『治療』になるだろうってね」

僕は片手で顔を覆った。しばらく黙り込んでいた。胸の底から湧きあがってきたのは、悲しみではなく怒りに近かった。

「君にバニラを預けたのはね……」と主任は続けた。「特別な能力や才能を持たない、ごく普通の人間だったからだ。人工知能以上の存在である人工知性の研究が進み、日常的に私たちの社会の中で使われるようになるとき、それを使う圧倒的大多数は、ごく普通の人間だ。だから研究段階では、そういう人間と交流させる実験こそが、人工知性を発展させるための要となる。バニラは君の中から、人間との共存に必要な要素を確かに摑み取ったと思う。いずれそのデータは、本格的な開発が始まるときに参照されるだろう」

「そんな部分すら、切り売りして金にする気か」

「我々は会社の人間だ。所詮その程度しかできない。——なあ、杉野。顔をあげなよ。バニラは予定通り宇宙へ行く。最初から決まっていたことだ。こういう事情だから、地球へは二度と還らない。通常、アステロイド・ベルトで働く小惑星探査機は、装置に寿命が来れば、ケレスのリサイクル工場に送られ、別の機械を作るための原料に戻る。だが、バニラは壊れるまで小惑星に留まるのではなく、機能が働いているうちに、自分を、もっと遠い宇宙へ飛ばしてくれと私に頼んできた」

「え？」

「『私はアステロイド・ベルトの先へ行ってみたい。次世代型探査機として、もっと難しい仕事に挑んでみたい。この旅を許可して欲しい』とね。私は、この望みをかなえてやるつもりだ。それがバニラという存在を好き勝手に扱ってきた、我々にできる唯一の償いだと思わないか」

「償いだと考えることすら、僕には人類の傲慢に思えるよ」

「でも、だったら他に何ができる？　このまま行かせてやって欲しい。それが、人工的に知性を与えられてしまったバニラの——自ら選択した道なんだから」

＊

僕は、いまでも同じ会社で働いている。

観測データの分析員として。

他にやれることもないし、幸い、投薬もナノ治療機の投与もなしに体調が回復したので、以前と変わらず仕事を続けている。

今日、バニラが木星に向けて加速されたという知らせを、嘉山主任から聞かされた。あれから、もう何ヶ月も経ったのだ。灰色の猫型端末と交流していた時期を、僕はいまでも昨日のことのように思い出せる。

バニラを生物と捉えるか、ただの機械と捉えるか。未だに、社内では判断が分かれているようだ。僕自身は、最初からバニラを〈生き物に似た何か〉として捉えていた。それは人間側からの一方的な感情移入に過ぎないが、研究者ではない僕には、これで充分な気がするのだ。

若い頃、もっと真面目に勉強して、宇宙飛行士になっておけばよかったと思う。もし、現職の宇宙飛行士だったら、僕はバニラと一緒にアステロイド・ベルトへ、そして、その先にある木星まで、さらに遠い宇宙まで行く計画を、具体的に立てられたかもしれない。いまさら悔やんでも仕方がないが、真夜中にベッドへ入るとき、ふと、悔やんでも悔やみきれない思いが、胸の奥から湧きあがってくることがある。

バニラが本物の生物であろうが、機械であろうが、僕にとっては同じだった。性別も体も必要なかった。バニラの知性そのものに、僕は深い愛着を覚えたのだから。

他者の心に忘れ得ぬ痕跡を刻むことを愛と呼ぶのであれば、バニラは間違いなく、僕に愛をくれたのだと思う。

メインベルト彗星から無数の微生物が宇宙空間へ撒き散らされるように、バニラもまた、アステロイド・ツリーの彼方、遥か遠くの惑星へ向けて旅立った。

僕は、それを甘い感傷に彩られた記憶として心に留めるような——そんな人間にはなりたくないと思っている。

生命とは何か、知性とは何か。

その問いに対する好奇心と探究心を満たすために、僕たち人類が何をしたのか、いつまでも覚えておくつもりだ。

【付記】

本短篇集に収録された作品群は、２００９年から２０１５年までの７年間にわたって、ホラーやＳＦの短篇アンソロジー、および一般文芸雑誌に、単発作品として掲載されたものです。収録にあたって細部を再構成しました。

「夢みる葦笛」は最も古い作品で、初出は２００９年です。作中に登場するボーカロイド（VOCALOID）を巡る状況は、著者が本作をホラー作品として書くために執筆当時独自に設定したものであり、実在のボカロ業界の諸々とはまったく関係がないことを、お断りしておきます。

２０１６年９月　　　　著者

解説――環境のなかでの生命、世界とつながる自分

牧《まき》　眞司《しんじ》
（ＳＦ評論家）

精華十篇。すべてが傑作というハイレベルの短篇集である。

いまの日本ＳＦは史上空前の収穫期にあり、星新一《ほししんいち》、小松左京《こまつさきょう》、筒井康隆《つついやすたか》をはじめ綺羅《きら》星《ぼし》のごとき才能が次々にあらわれた一九六〇年前後、ベストセラーになった『日本沈没』から映画「スター・ウォーズ」を経てＳＦブームといわれた一九七〇年中・後期と比べても、こと作品の質においては凌駕《りょうが》している。残念なのはＳＦに限らず小説全般のマーケット構造が変わったことで、プロ作家が短篇を発表する場が縮小していることだが、そのぶん、一篇一篇のクオリティが驚くほど上がっている。

上田早夕里は、日本ＳＦ大賞を受賞した『華竜の宮』（ハヤカワ文庫）、直木賞候補にあがった『破滅の王』（双葉社）など、長篇でも卓越した膂力《りょりょく》を示す実力派だが、短篇作家としても現代日本ＳＦの最前線に位置し、次々と新しい領域を切り拓いている。ＳＦ短篇集は、『魚舟《うおぶね》・獣舟《けものぶね》』（光文社文庫）、『リリエンタールの末裔』（ハヤカワ文庫）につづいて、本書が三冊目となる。ＳＦ関係者へのアンケートによって決まる「ベストＳＦ２０１６」（『ＳＦ

が読みたい！　2017年版』早川書房）で、『華竜の宮』に引き続き、みごと二度目の国内篇第一位を獲得した。

ここに収められている作品は、一九三〇年代前半の上海を舞台にした改変歴史「上海《シャンハイ》フランス租界祁斉路《チジロ》三二〇号」あり、あたりまえの日常に亀裂が走る「石繭《いしまゆ》」あり、グロテスクに変貌した未来の地球を描いた「滑車の地」あり、遠く離れた惑星の物語「プテロス」ありと、趣向も題材もさまざまだ。しかし、そうした外形的な違いの先に、上田早夕里ならではの思索や感覚、表現性が通っている。

なかなかしっくりくる言葉がないのだが、ここではとりあえず「環境と個」「世界と自分のつながり」とでもいっておこう。それが端的に示されているのは、「プテロス」において、生物学者の志雄《ユキオ》が異星生物プテロスを観察することで得た次の認識である。

この惑星とプテロスが、連動するひとつの存在であると考えてみよう。星に棲む一個の生物が行動しているというよりも、その行動を含めたすべてがひとつの世界であり、自分たちは、その全体像を外部から眺めているだけだと。プテロスは、いわば一本のネジのようなもので――ネジだけ調べても、どんな機械が動いているのかわからないように、自分はこの惑星の本質を、まだ理解していないのだろう。

もちろん、これはプテロスだけの特殊事情ではなかろう。ありとあらゆる生命にあてはまる。別の作品「氷波《ひょうは》」のなかには、「人間ってのは、体表も内部も微生物だらけだ。（略）人間の体は微生物から見たらひとつの生態系だ。この生態系へ、地球外で発見された新しい微生物を加えたらどうなるだろう？」という台詞がある。視点のとりかたが違うだけで、ここでも「環境と個」が意識されている。

そして、「アステロイド・ツリーの彼方へ」では、この考えかたが機械知性にまで拡張される。この作品に登場する猫型端末バニラは、この世のすべてを知ろうとする動機が組みこまれていた。バニラの世話を任された分析員、杉野《すぎの》は相手の貪欲な好奇心にたじろぎながら、やがてもっと積極的に情報を与えてやろうと考えるようになる。杉野が提案したのは、バニラを社外に連れだすことだった。バニラは最初、体験ならば感覚素材と代替現実《SR》システムを通じてできるので、実際に外に行く必要はないと言う。しかし、杉野に挑発されて外に出てみると、とたんに態度が変わる。

杉野はバニラに、こう言う。

「君は宇宙や小惑星について、人間よりも正確に答えられる。でも、『地球もまた宇宙の一部である』という実感は持っていなかったはずだ。それを知らずして、人間の本質に到達できるとは僕には思えなかった」

いっぽう、広い世界にふれたあとでバニラがこんな感想を漏らす。

「人間は、ひとことで言えば混沌だ。数々の都市の形や創作物の形態が、その複雑さを物語っている。人間の複雑さは、『地球という惑星全体の環境に影響されている』ように見える。端的に言えば、私ひとりで答えを出せるものではないわけだ」

「プテロス」では「環境と個」のつながりがひとつの生態系として扱われていたことが、「アステロイド・ツリーの彼方へ」では知性の問題として捉え直されているといってもよかろう。先ほど「環境と個」「世界と自分のつながり」と言ったが、よりこなれた表現を選ぶなら、杉野の台詞にあった「実感」こそがふさわしいかもしれない。

世界のなかでひとが感じる「実感」。その始原を追究すれば現象学や身体論に行きつくだろう。しかし、難しく考えるまでもなく、人間誰しもが日々「実感」しながら生きている。ただ、惰性化した日常のなかで、それが自覚化されずに埋没してしまう。それを呼び覚ますのも、文学の（あるいは芸術一般の）かけがえのない働きではないか。

「実感」は心地良いものとはかぎらない。たとえば、「夢みる葦笛」で、語り手の亜紀《あき》は、いつしか町にあらわれるようになった正体不明の生物（？）イソアの奏でる曲に激しい違和感を覚える。音の調和だけをみるならみごとで、実際、多くのひとは聞き惚れているのだが、亜紀にとっては甘美の奥から嫌悪が湧きあがってくるのだ。彼女はそれを「人間から自由意思を奪うようなこの曲」と表現する。この作品では音だが、上田早夕里は五感が捉えられた世界をひじょうに巧みに表現する。そしてそれは表現にとどまらず、作品の核心にも関わっていくのだ。

「夢みる葦笛」は物語は滑らかでひっかからずに読める奇想小説だが、テーマ面では絶妙なひねりがある。亜紀は友人である歌手、響子《きょうこ》がボーカロイド用に提供し調整された音域の広い声と、響子が喉の疾患を治療したあとの音域の狭まった生の声を聴き比べ、生の声が好きだという。おそらく、そこに人間らしさを見出すのだろう。イソアの曲に嫌悪を覚えるのと対照的だ。しかし、響子自身は、イソアの曲を歌ってみたいという。物語はイソアの実態をめぐって急展開があるのだが、その手前、亜紀が感じた「生の声」と「ボーカロイドの声」との違いによって、「人間を人間たらしめているのは何か？」という問いが浮びあがる。

実はこれが、上田早夕里のＳＦ作品のほぼすべてにおいて、さまざまにかたちを変えて提起される問いなのだ。代表シリーズ《オーシャンクロニクル》では、地球が大規模海面上昇を経て、生態系の激変はもちろんのこと、社会体制や生活様式も変容を余儀なくされ、生物としての人間すらも動的に多様化していく。当然、人間が人間である意味、あるいは根拠がラディカルに主題化される。

本書収録作のなかでは、「完全なる脳髄」が未発達の生体脳を機械脳で補った合成人間《シンセティック・マン》を映し鏡にして、「本物の人間」の自明性に疑問をつきつける。「眼神《マナガミ》」は怪奇小説、「石繭」は奇妙な味の作品だが、どちらも根底に近代的自我の枠からはみ出る「不確かな自分」が横たわっている。

「楽園（パラディスス）」の中核をなすアイデアは、メモリアル・アバターというテクノロジーの発展によって、ひとつの脳内に他人の意識が併存する可能性だ。ふたつの意識の結びつきで〈第二の意識〉とでも呼ぶべきものが生まれるだろうが、それはおそらく超人のようなものではない。メディカル・プログラマの森井宏美《もりいひろみ》は「私たちの〈意識〉が、私たちの体を制御できないのと同じ」「テクノロジーそのものも、人間の身体の一部」と説明する。

「滑車の地」のヒロイン、リーアは地下都市で人工的に造られた獣であり、意識はあるものの自分を部品とみなしている。彼女自身が「〈人間〉と同じにはなれない」と明言さえする。しかし、だからといって、まったく人間と通じあえないわけでもない。

人間と人間ならざるものの意思疎通は、ＳＦの永遠のテーマだろう。かつては共通するプロトコルがあっさり見つかってしまう、かたちばかりのファーストコンタクトＳＦも濫造されていたが、そのいっぽうでスタニスワフ・レム『ソラリス』やストルガツキー兄弟『ストーカー』など、不可知論的世界観を背景にした圧倒的なディスコミュニケーションを描いた作品もある。ピーター・ワッツ『ブラインドサイト』に至っては、宇宙的規模の生存戦略において意識を持たない知性のほうが有利という、身も蓋もない設定だ。

上田早夕里がユニークなのは、そのいずれとも異なる道筋を見出しているところだ。「プテロス」のなかにこんな一節がある。

「コミュニケーションの可・不可と、共生の可・不可は関係ない。生き物は、内面をわかり合えなくても共生できる存在だ。相手の存在を認めさえすれば、共に暮らす手段が見つかる」

ヒューマニズムを前提としない共生の希望、あるいは覚悟。これまで見てきたとおり、それはたんなるお題目ではなく、科学的な広い視野と思考、そして世界を生きる実感によって裏打ちされている。それが、日常を舞台にした作品から宇宙規模のスケールの作品まで、上田SFの大きな魅力だろう。

【初出】

「夢みる葦笛」　異形コレクション・第四十三巻『怪物團』（光文社文庫／二〇〇九年）
「眼神」　異形コレクション・第四十五巻『憑依』（光文社文庫／二〇一〇年）
「完全なる脳髄」　異形コレクション・第四十六巻『Fの肖像　フランケンシュタインの幻想たち』（光文社文庫／二〇一〇年）
「石繭」　異形コレクション・第四十七巻『物語のルミナリエ』（光文社文庫／二〇一一年）
「氷波」　『読楽』二〇一二年五月号（徳間書店／二〇一二年）
「滑車の地」　『小説現代』二〇一二年九月号（講談社／二〇一二年）
「プテロス」　※本短篇集初出（執筆：二〇一三年／改稿：二〇一六年）
「楽園（パラディスス）」　『ＳＦ　ＪＡＣＫ』（角川書店／二〇一三年）
「上海フランス租界祁斉路三二〇号」　『ＳＦ宝石』（光文社／二〇一三年）
「アステロイド・ツリーの彼方へ」　『ＳＦ宝石　２０１５』（光文社／二〇一五年）

二〇一六年九月　光文社刊

光文社文庫

夢《ゆめ》みる葦《あし》笛《ぶえ》

著 者　上《うえ》田《だ》早《さ》夕《ゆ》里《り》

2018年12月20日　初版1刷発行

発行者　鈴　木　広　和
印　刷　堀　内　印　刷
製　本　ナショナル製本

発行所　株式会社 光　文　社
〒112-8011　東京都文京区音羽1-16-6
電話 (03)5395-8149　編　集　部
8116　書籍販売部
8125　業　務　部

ISBN978-4-334-77772-2　Printed in Japan

組版　萩原印刷